UN JOUR DE SEPTEMBRE
(ET TOUS LES JOURS D'APRÈS)

Cet ouvrage a été réalisé avec la collaboration de Josselin Rieu (correction).

1, rond-point du Général-Eisenhower, 31101 Toulouse Cedex 9, France.
editionsmilan.com

Titre original : *Ground Zero*

Cet ouvrage a été proposé à l'éditeur français par l'agence Editio Dialog, Lille.

Dépôt légal : août 2021 • ISBN : 978-2-4080-2992-0
Achevé d'imprimer au 3e trimestre 2021 en Italie par Grafica Veneta.
Ce livre a été imprimé sur du papier issu de forêts gérées durablement.
Plus d'informations sur la fabrication de nos livres :
editionsmilan.com/comment-fabriquons-nous-nos-livres

Tu vides tes étagères et connais déjà ce livre par cœur ? Donne-le !

Certifié PEFC
Ce produit est issu de forêts gérées durablement et de sources contrôlées
PEFC
PEFC/18-31-226
www.pefc-france.org

ALAN GRATZ

UN JOUR DE SEPTEMBRE (ET TOUS LES JOURS D'APRÈS)

Traduit de l'anglais (États-Unis)
par Virginie Cantin

MILAN

NOTE DE L'AUTEUR

Le 11 septembre 2001, j'étais professeur d'anglais en classe de 4e, dans un collège du Tennessee. Lorsque la nouvelle des attentats de New York nous est parvenue, nous avons rassemblé les élèves dans le gymnase et tenté désespérément de comprendre les images floues diffusées par notre vieille télévision. À l'époque, personne n'avait de Smartphone. Facebook et Twitter n'existaient pas, et nous ne pouvions que nous interroger : que se passait-il ? Pourquoi faire une chose pareille ? Y aurait-il d'autres attaques ? Étions-nous en guerre ? Et contre qui ? Qu'allait-il se passer, ensuite ?

Nous n'étions sûrs que d'une chose : rien ne serait plus jamais comme avant.

Chaque adulte en Amérique se souvient de l'endroit où il se trouvait le 11 septembre 2001. Mais pour une nouvelle génération de jeunes, il ne s'agit que d'une simple date qui ne correspond à aucune expérience vécue. Ma propre fille est née un an plus tard et passera son bac cette année. Pour les collégiens d'aujourd'hui, le 11 septembre 2001, c'est de l'histoire ancienne.

C'est à cette histoire que j'ai voulu donner vie dans ce nouveau roman, *Un jour de septembre (et tous les jours d'après)*, à travers l'aventure de Brandon, un garçon de douze ans qui fait face à la panique, à l'incertitude et à la terreur, alors qu'il tente de s'échapper de la tour nord du World Trade Center après l'impact du premier avion, ce jour-là. Cependant, à mes yeux, il est tout aussi important de raconter comment le monde a évolué depuis cette date.

Pour cela, j'ai créé le personnage de Reshmina, onze ans, une jeune Afghane qui lutte pour survivre à la guerre opposant les États-Unis et les talibans. Intimement mêlés, les destins croisés de Brandon et Reshmina illustrent la portée et les rententissements durables des événements de cette journée.

Malgré toute son horreur, le 11 septembre est aussi l'histoire de personnes qui se sont unies et entraidées dans un moment de crise. Et, au-delà de toutes les morts et les destructions que la guerre a causées en Afghanistan, ce conflit a aussi permis de renverser les talibans et d'accorder une plus grande liberté aux femmes de ce pays. *Un jour de septembre (et tous les jours d'après)* explore ces contradictions, soulignant que c'est souvent dans les pires situations qu'on donne le meilleur de soi-même et que prendre la bonne décision est impossible lorsque les deux alternatives sont également intolérables. Ces expériences humaines, ces défis qui nous unissent dépassent les notions de nationalité, de religion et de culture ; je pense que la fiction peut aider les jeunes à appréhender ces grandes questions qui font peur et à éprouver de l'empathie pour ceux qui y sont confrontés.

L'année 2021 marquera le vingtième anniversaire des attentats du 11 septembre. Marquera-t-elle aussi le vingtième anniversaire de la guerre en Afghanistan ? L'avenir nous le dira. Quoi qu'il en soit, ces 102 minutes effroyables, par un beau matin ensoleillé de septembre 2001, ont changé le monde. Et je crois qu'il est plus important que jamais que les nouvelles générations comprennent comment ce terrible événement a fait de nous ce que nous sommes aujourd'hui.

Alan Gratz, Asheville, Caroline du Nord, mars 2020

À Jennifer Hull Price.

BRANDON

SURVIE, MODE D'EMPLOI

Brandon Chavez avait des ennuis.

Il aurait dû être au collège, ce matin, en train de lire un nouveau magazine de skateboard avec ses amis, près de la fenêtre. Au lieu de cela, il était assis à côté de son père, dans une rame de métro bondée, entre Brooklyn et Manhattan.

Brandon n'avait pas le droit d'aller en cours aujourd'hui.

Il était exclu.

VROUM. Brandon sursauta quand le train sortit du tunnel souterrain et jaillit en pleine lumière pour amorcer sa montée sur le pont de Manhattan. Le soleil de ce matin radieux de septembre l'éblouit.

Près de lui, son père replia son journal.

– Bon, Brandon, si on en parlait ?

Brandon ne voulait pas parler de son exclusion. Il n'avait rien dit durant le dîner la veille, ni au petit déjeuner ce matin, ni pendant qu'il attendait le métro avec son père. Maintenant, il sentait le silence s'immiscer entre eux, tel un gouffre invisible qui les séparait.

Son père se tourna vers lui. Leo Chavez n'était pas grand, mais il avait une large poitrine et des bras forts. Brandon pensait qu'il aurait fait un bon catcheur professionnel. Il dégageait une force tranquille dont Brandon avait l'impression, en cet instant, qu'elle était dirigée contre lui.

– Quand j'ai reçu ce coup de fil de ton collège, je me suis demandé si tu étais malade, puis j'ai pensé que tu t'étais une fois de plus ouvert la tête en faisant des acrobaties dans la cour de récré, dit son père. Mais non ! On m'appelait pour me dire que mon fils avait envoyé son poing dans la figure d'un camarade !

– Il l'a mérité ! lança Brandon.

Toute sa colère et sa frustration de la veille se reflétent sur son visage lorsqu'il se tourna vers son père.

– Cedric a apporté ses gants de Wolverine… Tu sais, comme dans le film *X-Men.* Stuart Pendleton les a volés et il ne voulait pas les rendre !

– Alors tu l'as frappé, c'est ça ?

– Mais, papa, il ne voulait pas les rendre ! Qu'est-ce que tu voulais que je fasse ?

– Je ne sais pas, Brandon, soupira son père. Discuter avec lui. Aller parler à la prof, peut-être ?

Discuter avec lui ? On ne discutait pas avec une brute comme Stuart Pendleton ! Et faire intervenir un adulte aurait peut-être permis à Cedric de récupérer ses gants, mais Stuart, lui, se serait vengé sur Brandon parce qu'il aurait mouchardé.

– Tu ne comprends pas, papa.

– J'en comprends assez pour savoir que frapper n'était pas la solution, répliqua son père. En plus, le principal m'a dit que le jouet du garçon que tu essayais d'aider avait été abîmé dans la bagarre.

Le visage de Brandon s'éclaira. Pour ça, au moins, il avait une solution. Mais avant qu'il puisse l'exposer, son père reprit :

– J'ai dû quitter le travail tôt hier, Brandon. Tu sais que je ne peux pas me permettre de m'absenter. Les choses sont déjà assez difficiles comme ça…

Brandon hocha la tête, les yeux dans le vague. C'est pour cela qu'il accompagnait son père au travail, ce matin. Ce dernier ne pouvait pas poser sa journée, et il n'y avait personne d'autre pour rester à la maison avec son fils.

Le train Q s'élança avec fracas sur le pont de Manhattan, et Brandon aperçut au loin le World Trade Center. Difficile de le manquer. Sur la pointe sud de Manhattan, les deux rectangles gris des tours jumelles dépassaient tous les gratte-ciel voisins. Les deux bâtiments étaient presque identiques, à l'exception de l'énorme antenne rouge et blanche installée sur le toit de la tour nord.

C'est là que travaillait le père de Brandon. Il était chef de cuisine du restaurant *Windows on the World*[1], situé tout en haut de la tour, aux cent sixième et cent septième étages.

---

1. Nom du restaurant aux derniers étages du World Trade Center, qui signifie « fenêtres sur le monde ». *(N.D.T.)*

– Brandon, tu te souviens de ce que je t'ai dit à propos de nous deux ? demanda son père.

Brandon lui donna la réponse qu'il répétait depuis que sa mère était morte d'un cancer, huit ans auparavant, alors qu'il n'avait que sept ans.

– Toi et moi, nous formons une équipe.

– Oui, une équipe, insista son père. C'est ce que nous avons toujours dit. C'est comme ça que nous arrivons à survivre, n'est-ce pas ? Ensemble. C'est toi et moi contre le monde entier. Mais tu m'as abandonné, sur ce coup-là. Tu as lâché ton équipier.

La déception dans la voix de son père lui fit l'effet d'un coup de poing à l'estomac, et Brandon sentit ses yeux se remplir de larmes. Ça faisait bien plus mal que de se faire disputer.

Le train plongea de nouveau sous terre, et le ciel bleu vif disparut.

Après un rapide changement, Brandon et son père descendirent à leur arrêt, puis montèrent les escaliers qui menaient au centre commercial situé sous la World Trade Center Plaza. Il était à peine huit heures et quart et l'endroit était déjà bondé. De longues files d'attente s'étaient formées devant la boulangerie et le stand de café à emporter.

Perdu dans ses pensées, Brandon suivait son père. Il aurait voulu pouvoir revenir en arrière, remonter le temps et agir autrement. Mais même si cela avait été possible, l'aurait-il vraiment fait ? Stuart Pendleton n'avait pas volé le coup de poing qu'il lui avait donné.

– Je n'aurais pas dû être puni, dit Brandon à son père alors qu'ils se frayaient un chemin à travers la foule. Ce n'est pas juste.

Le centre commercial abritait le terminus des trains en provenance du New Jersey et de cinq lignes de métro, et possédait trois sorties différentes qui donnaient sur les rues de Manhattan.

– Tu crois peut-être que tu as le droit de frapper les gens que tu n'aimes pas ? lui demanda son père.

– S'ils embêtent les autres, oui !

Ils tournèrent à gauche au magasin Warner Bros, avec ses grandes statues de Daffy Duck et de Bugs Bunny, mais pour une fois Brandon les regarda à peine.

– Il y a des règles, Brandon, dit son père en se dirigeant vers les escaliers roulants situés au fond du centre commercial. Si tu frappes quelqu'un, tu seras puni, peu importe la raison. Tes actes doivent avoir des conséquences. S'ils n'en avaient pas, ce serait toi, le voyou.

Brandon n'en croyait pas ses oreilles. Lui ? Un voyou ?

– C'est exactement ça, reprit son père. Un harceleur, même. Quelqu'un qui embête tout le monde sans jamais être puni.

Brandon fronça les sourcils. Ce n'était pas lui, le méchant, dans cette histoire, mais Stuart Pendleton !

Soudain, il se rappela qu'il avait décidé de dédommager Cedric. Il n'était pas passé devant le magasin de jouets, près de chez lui, mais il savait qu'il y en avait un ici, dans le centre commercial. Il ferma les yeux et dessina le plan dans sa tête. Il fallait redescendre, prendre à droite après la boutique *J.Crew*, puis passer devant *Hallmark* et *Bath and Body Works*. Oui. C'était là qu'il trouverait des CD, des DVD et des jouets… comme les gants de Wolverine qu'il avait déchirés.

Brandon tapota la liasse de billets d'un dollar et la petite monnaie qu'il avait fourrées dans la poche de son jean avant de partir. Pendant que son père travaillerait tout en haut de la tour, Brandon redescendrait, achèterait une paire de gants pour Cedric, et…

– Oh ! lala ! Attention !

Brandon se retourna. Derrière eux, dans l'escalator, un homme noir et barbu au crâne rasé, vêtu d'un costume croisé, jonglait avec sa mallette, son journal plié et un porte-gobelets en carton contenant trois tasses de café fumantes. Il était sur le point de laisser tomber au moins un de ces objets, sinon tous, à commencer par le porte-gobelets qui penchait dangereusement.

Brandon le saisit juste à temps, tandis que son père attrapait la mallette.

– Ouf ! Merci, dit l'homme d'affaires. Cette journée a failli très mal commencer pour nous tous.

Brandon et son père lui rendirent ses affaires, et ils se séparèrent en haut de l'escalier roulant, dans le hall de la tour nord du World Trade Center. Brandon jeta un coup d'œil autour de lui. Il était déjà venu plusieurs fois, mais la taille de l'endroit l'impressionnait toujours.

Le hall aurait pu contenir quatre semi-remorques mis bout à bout, et on aurait pu en empiler trois sans toucher le plafond. Entre le sol et celui-ci, une mezzanine coursive ouvrait l'espace. Le soleil qui se reflétait sur les vitres des bâtiments plus petits, de l'autre côté de la rue, faisait briller le hall de la tour nord.

Le père de Brandon traversa une foule bigarrée, composée d'hommes et de femmes de toutes les couleurs et de toutes les tailles, vêtus de costumes ou de tailleurs, d'uniformes de livreur ou de vêtements décontractés, et se rendit au guichet d'accueil. Il lui avait dit un jour que plus de vingt-cinq mille personnes travaillaient dans la seule tour nord. La plupart n'étaient pas encore là, mais le hall était déjà bondé.

Un agent de sécurité prit une photo de Brandon pour lui établir un badge temporaire, et le garçon attendit qu'elle sorte de la machine.

– Je l'ai emmené à l'infirmerie, dit Brandon.

Son père fronça les sourcils.

– Qui ça ?

– Stuart Pendleton. Le garçon que j'ai frappé.

Brandon voulait que son père comprenne qu'il n'était pas une brute, ni un sale gosse qui tapait ses camarades sans s'inquiéter de leur sort.

– Quand j'ai vu qu'il saignait du nez, je l'ai aidé à se relever et l'ai emmené à l'infirmerie.

Son père lâcha un soupir.

– C'est bien, Brandon. Mais tu n'as pas pensé qu'il aurait peut-être mieux valu ne pas lui donner un coup de poing ?

Le gardien remit son badge à Brandon.

– Tiens, petit.

Brandon regarda sa photo. Cheveux noirs en bataille. Peau mate et pommettes hautes, comme son père. Nez légèrement retroussé et yeux bleus, comme sa mère. Son nom – *Brandon Chavez* – était imprimé sous la photo, ainsi que la date : *11 septembre 2001.*

– Viens, Brandon, lui dit son père. Prenons l'ascenseur.

RESHMINA

ICI ET MAINTENANT

– *Five. Six. Seven. Eight…*

Reshmina comptait en anglais les morceaux de bois qu'elle ramassait pour chauffer sa maison.

– *Nine. Eleven.*

Zut ! Elle avait oublié un nombre. *Ten.*

Reshmina se redressa. L'air du petit matin était frais et vif. En levant les yeux vers le ciel d'un bleu éclatant et sans nuage, elle pouvait voir jusqu'à la chaîne de montagnes qui séparait l'Afghanistan, son pays natal, du Pakistan, le pays voisin. Les montagnes aux sommets enneigés étaient arides et brunes. À leur pied s'étalait un patchwork vert et or composé de rizières, de champs de blé et de jardins potagers bordant une rivière brune qui coulait paresseusement.

On était en septembre et Reshmina songea avec un peu de tristesse que ce serait bientôt la saison des moissons. Ses parents lui demanderaient de les aider au lieu d'aller à l'école. Elle détestait manquer l'école.

– Les talibans attaquent ! lança son frère jumeau en surgissant du buisson derrière lequel il s'était caché.

Reshmina laissa échapper un cri de surprise, envoyant valser sa brassée de bois.

Un bâton dans les mains en guise de fusil, Pasoon faisait semblant de lui tirer dessus.

– Ta ta ta ta ta !

Reshmina repoussa son frère des deux mains.

– Espèce d'imbécile ! Regarde ce que tu as fait ! Je vais devoir tout recommencer, maintenant.

Pasoon rit de sa propre blague.

– Je voulais juste t'aider. Tu comprends ?

Il lui tendit son faux fusil de bois.

– Tiens, ça t'en fera un de plus !

Reshmina lui arracha le bâton des mains.

– Tu as attendu combien de temps derrière ce buisson ?

– Toute la matinée ! dit Pasoon, tout fier de lui. Tu as mis une éternité à arriver jusqu'ici.

Reshmina et Pasoon étaient tous les deux minces, avec un visage rond, la peau mate, de grands yeux marron et des cheveux noirs. Ceux de Pasoon étaient courts et en bataille, tandis que ceux de Reshmina étaient longs, coiffés avec soin et cachés sous un foulard noir. Pasoon était un peu plus grand que Reshmina, mais ils se ressemblaient énormément.

Par contre, ils n'avaient pas du tout la même vie.

Parce qu'il était un garçon, Pasoon avait le temps de jouer et de faire des blagues. Sa seule corvée était de conduire les chèvres dans les montagnes pour les faire paître pendant quelques heures. Reshmina, elle, travaillait du matin jusqu'au soir. Pendant que Pasoon faisait la sieste en l'attendant, elle allait chercher de l'eau à la rivière. Il y avait aussi le linge à laver, les tapis à battre et à empiler, les sols à balayer, les animaux à nourrir, le repas à préparer – et, tous les après-midi, deux kilomètres de marche pour aller à l'école. Pasoon, lui, ne se souciait même plus de cela. Il n'allait plus à l'école depuis un an.

Pasoon se pencha pour ramasser le petit bois qui avait échappé à Reshmina.

– Je t'ai entendue t'entraîner à parler anglais, lui dit-il.

Leur langue maternelle était le pachtou, la langue des montagnes afghanes. Ils connaissaient tous les deux un peu de dari, parlé dans la plupart des autres régions du pays. Mais seule Reshmina avait suivi des cours d'anglais.

– Pourquoi fais-tu ça ? demanda Pasoon.

– Comment ça ?

– Je veux dire : pourquoi s'embêter ?

– J'apprends l'anglais parce que je veux devenir professeur, expliqua Reshmina.

– *Professeur ?* s'écria Pasoon. L'homme que tu épouseras ne te laissera jamais travailler !

Reshmina se rembrunit. Pasoon avait probablement raison. En Afghanistan, les femmes devaient obéir à leur mari, et la plupart des hommes ordonnaient à leurs femmes de rester chez elles pour s'occuper de la maison et élever les enfants.

Reshmina avait une institutrice, à l'école, mais elle venait d'Australie et était célibataire.

– J'enseignerai jusqu'à ce que je sois mariée, dit Reshmina.

Mais elle savait que ce n'était qu'un rêve. Ses parents venaient d'arranger le mariage de Marzia, sa sœur, qui aurait seize ans l'année prochaine, avec un homme plus âgé qu'elle. Dans cinq ans, quand Reshmina aurait son âge, elle serait mariée, elle aussi, et passerait directement de la salle de classe à son nouveau foyer. Ses parents avaient réservé le même sort à Hila, l'aînée, mais celle-ci était morte avant qu'on puisse célébrer ses noces.

En songeant à elle, Reshmina sentit une vague de tristesse la submerger. Hila était comme une seconde mère pour elle et Pasoon. Elle leur inventait des histoires et leur avait appris à lire. Elle aimait sauter, leur faire peur et les pourchasser tout autour de la maison en se faisant passer pour un lion des montagnes.

Luttant contre la douleur que ces souvenirs ravivaient en elle, Reshmina se tourna vers Pasoon.

– Et puis… nous sommes en 2019. Tout le monde parle anglais, aujourd'hui.

– Darwesh et Amaan disent que quand les talibans gagneront et que les Américains partiront, personne ne se souciera plus de parler anglais ! ricana Pasoon.

Reshmina secoua la tête. Darwesh et Amaan avaient trois ans de plus que Pasoon, et celui-ci était sans arrêt avec eux. Ils avaient quitté leur famille le mois dernier, et tout le monde savait où ils étaient partis. Tous les jeunes hommes finissaient par rejoindre les talibans dans les montagnes.

Talib signifie « étudiant » en pachtou : à l'origine, les talibans étaient des groupes d'hommes qui étudiaient dans des écoles coraniques. Ils avaient une interprétation très stricte de la loi religieuse et, pendant la dernière guerre civile en Afghanistan, dans les années 1990, ils s'étaient battus pour accéder au pouvoir.

La mère et la grand-mère de Reshmina lui avaient raconté des histoires affreuses sur leur vie sous le règne des talibans, qui battaient les hommes qui ne se laissaient pas pousser la barbe, massacraient des familles et brûlaient des écoles. Ils avaient même procédé à des exécutions publiques dans le stade de football de Kaboul, la capitale afghane. Pour les femmes, c'était encore pire. Les talibans interdisaient aux filles d'aller à l'école ou de travailler, punissaient les femmes qui quittaient leur maison sans un membre masculin de leur famille, et vendaient les filles comme esclaves. Cela faisait vingt ans que l'armée américaine avait chassé les talibans du pouvoir, mais ils étaient toujours là, cachés dans les montagnes, tout près de chez Reshmina. Les soldats américains étaient eux aussi toujours présents, combattant les talibans aux côtés de l'armée nationale afghane.

Cependant, les talibans avaient changé. Ils étaient beaucoup moins organisés qu'avant, et divisés en groupes qui n'avaient pas tous les mêmes croyances. Certains d'entre eux partageaient l'interprétation stricte de l'islam des anciens talibans. D'autres, moins soucieux de la religion, saisissaient toutes les occasions pour chasser les envahisseurs étrangers d'Afghanistan. Certains n'étaient que de jeunes montagnards pauvres qui avaient besoin d'un travail pour se nourrir. La seule chose qu'ils avaient en commun était leur haine des Américains et du nouveau gouvernement afghan soutenu par ces derniers, qu'ils combattaient tous avec la même détermination.

Quand Pasoon lui tourna le dos pour ramasser un bout de bois, Reshmina en profita pour se venger. Elle glissa de petits bâtons entre ses doigts pour former des griffes et s'approcha de lui sur la pointe des pieds.

– Attaque de léopard des neiges ! cria-t-elle en lui sautant sur le dos.

Pasoon cria et lâcha tout le bois qu'il avait ramassé. Reshmina fit mine de lui griffer le cou, et il roula à terre. Quelques secondes plus tard, ils se bagarraient et riaient comme quand ils étaient petits – avant que Hila disparaisse, que Marzia soit fiancée et que Pasoon commence à parler de rejoindre les talibans.

Enfin, Pasoon se libéra, et Reshmina se laissa tomber au sol, à côté de lui. Ils restèrent allongés sur le dos, haletants, les yeux fixés sur le ciel bleu sans nuage. Quand elle prit la main de son frère, il ne se déroba pas, et elle sourit. Cet instant, ici et maintenant, était ce qu'elle désirait le plus au monde ; ce qui lui avait progressivement échappé, à mesure qu'elle et son frère grandissaient. Si seulement elle avait pu remonter le temps, jusqu'à l'époque où elle et Pasoon se pourchassaient dans les collines, allaient se baigner dans la rivière et jouaient à cache-cache dans les grottes autour du village !

Reshmina aurait voulu capturer ce moment. L'emprisonner dans l'ambre. Hila était perdue pour toujours ; bientôt, Marzia allait se marier et quitter la maison, et Pasoon suivrait Darwesh et Amaan. Quant à elle…

Soudain, un cri de femme résonna dans la montagne. Il provenait du village. Puis une voix masculine cria :

– Ouvrez !

Reshmina avait la chair de poule. D'un geste vif, Pasoon retira sa main et tous deux se levèrent à la hâte. Il se passait quelque chose dans leur village. Quelque chose de grave.

Pasoon dévala la colline, Reshmina sur ses talons. Ils contournèrent la montagne et s'arrêtèrent au bord de la rivière.

Dans le village, des hommes en tenue de camouflage armés de fusils automatiques – des soldats de l'armée nationale afghane – frappaient aux portes, demandant à trouver refuge chez les habitants. Ils étaient encadrés par des soldats américains, qui dirigeaient leurs mouvements.

Reshmina retint son souffle. On attaquait son village !

BRANDON

FENÊTRES SUR LE MONDE

Brandon adorait prendre l'ascenseur express qui montait sans s'arrêter les cent sept étages de la tour nord. C'était vraiment magique – un instant, on touchait terre, et l'instant d'après, on se retrouvait à plus de trois cents mètres au-dessus du sol, en plein ciel. Impatient, Brandon regardait les chiffres rouges au-dessus de la porte changer à toute vitesse – 101, 102, 103, 104, 105, 106... *Ding!* Ils étaient arrivés. Au cent septième étage. *Windows on the World*...

Les clients étaient déjà installés à table pour le petit déjeuner. Mme Eng, la responsable de salle, salua Brandon, mais celui-ci courut tout droit vers les fenêtres auxquelles ce célèbre restaurant devait son nom : les fenêtres sur le monde...

Le ciel était toujours aussi bleu et sans nuage, et la vue était très dégagée, depuis l'autre rive du fleuve Hudson jusqu'au New Jersey. Vus d'en haut, les énormes porte-conteneurs du port ressemblaient à des jouets. Un hélicoptère passa, plus bas. Pris d'un léger vertige, Brandon avait du mal à imaginer qu'il était à la fois aussi haut dans le ciel et parfaitement à l'abri derrière les baies vitrées. Il en avait la chair de poule. Chaque cellule de son corps semblait crier : « Ce n'est pas possible d'être aussi haut. » Pourtant, il était bel et bien là et, l'espace d'un instant, il se sentit le roi du monde. Ou, au moins, de New York et du New Jersey.

– Bon, Brandon, puisque tu es ici, je vais te mettre au travail ! lui lança son père. Prends un pichet d'eau et va remplir les vases sur toutes les tables vides, s'il te plaît.

Brandon leva les yeux au ciel, mais ne protesta pas.

Il commença par les tables situées de l'autre côté du restaurant, qui offraient des vues encore plus impressionnantes. Tout près se trouvait la gigantesque tour sud du World Trade Center. C'était la jumelle de la tour nord, sauf que son sommet était occupé par un observatoire, et non un restaurant, et qu'elle n'avait pas d'antenne. Ses fenêtres, comme celles de la tour nord, étaient partiellement occultées par de minces panneaux d'aluminium. Au-delà de la tour sud, au loin, se dressait la statue de la Liberté – qui, vue de cette hauteur, ne formait qu'un point sur un îlot du port de New York.

Après avoir rempli les vases, Brandon se dirigea vers la façade est du restaurant, qui offrait des panoramas spectaculaires sur les ponts de Brooklyn et de Manhattan.

C'était là qu'il se trouvait moins d'une demi-heure plus tôt, occupé à regarder les tours jumelles depuis le train.

Je suis sûr que je peux voir ma maison d'ici, pensa-t-il.

Un grand bruit de l'autre côté du restaurant le fit sursauter. Une alarme se déclencha, et quelqu'un se mit à crier : « Au secours ! Au feu ! »

Les clients se levèrent, sans trop savoir quoi faire. Brandon posa son pichet. L'agitation provenait des cuisines, où se trouvait son père.

Mme Eng tenta de rassurer les clients.

– Je suis sûre que ce n'est rien. Ne vous inquiétez pas.

Brandon se précipita et s'arrêta sur le seuil. Une grande flamme s'élevait de l'un des fourneaux et léchait le plafond. Il sentit la chaleur à travers ses vêtements. Le sol de la cuisine était jonché de vaisselle brisée et de nourriture ; les cuisiniers et les serveurs, affolés, se tenaient à l'écart des fourneaux.

Son père était là, mais il n'était pas blessé. Et il n'avait pas peur du feu.

– Qu'est-ce que vous attendez tous ? s'écria-t-il en attrapant un torchon pour étouffer les flammes.

Brandon se détendit. Il avait déjà vu des incendies de cuisine. Ils étaient toujours spectaculaires, mais pas très dangereux. De la graisse prenait feu sur un fourneau, formant des flammes très hautes et très vives. Il suffisait alors de jeter un grand couvercle ou une serviette humide dessus pour les éteindre en un instant.

En temps normal, Brandon serait resté à regarder, mais il se rendit compte que c'était le moment idéal pour s'éclipser et descendre au centre commercial acheter les gants de Wolverine qu'il donnerait à Cedric. Il tâta de nouveau les pièces et les billets dans sa poche. Il avait le temps d'aller chez *Sam Goody* et de revenir sans même que son père, occupé à nettoyer la cuisine, ne s'aperçoive de son absence.

Brandon passa discrètement devant Mme Eng, occupée à rassurer les clients, et fila vers les ascenseurs. Tout en jetant des regards nerveux par-dessus son épaule, il appuya sur le bouton : pourvu que son père ne sorte pas de la cuisine !

Une porte s'ouvrit. Ce n'était pas celle de l'ascenseur express qui descendait sans arrêt jusque dans le hall. Celui-ci s'arrêtait au *sky lobby* du soixante-dix-huitième étage. De là, Brandon devrait en prendre deux autres pour arriver au rez-de-chaussée. Ce ne serait pas aussi rapide, mais il ne voulait surtout pas traîner ici !

Il sauta à l'intérieur, juste au moment où les portes se refermaient. Il avait réussi ! Le sourire aux lèvres, il s'appuya contre la barre, au fond de la cabine. Il ne pouvait pas effacer le coup de poing lancé à Stuart Pendleton, mais le fait de savoir qu'il pouvait racheter les gants de Wolverine à Cedric le réconfortait.

L'ascenseur ralentit, s'arrêta pour accueillir un vieil homme aux cheveux gris, puis stoppa de nouveau pour laisser entrer une femme blonde en pantalon violet, suivie d'un homme de grande taille en blazer bleu et cravate rouge.

Brandon jeta un coup d'œil à sa montre : huit heures quarante-cinq.

Je n'aurais pas dû prendre cet ascenseur, pensa-t-il. *Il va falloir que je me dépêche si je ne veux pas que papa remarque mon absence !*

L'ascenseur stoppa de nouveau ; un homme à la peau foncée et à la barbe poivre et sel entra, tirant derrière lui un chariot chargé de plats vides. Il portait un turban bleu clair de la même couleur que son uniforme de *Windows on the World*. Brandon se figea en voyant le nom sur son badge : *SHAVINDER*. Il ne le connaissait pas, mais il se demanda si le serveur avait pu le repérer au restaurant et savoir qu'il était le fils de Leo Chavez. Il se glissa derrière l'homme en blazer et regarda défiler les chiffres rouges des étages : 94, 93, 92, 91, 90, 89, 88, 87, 86…

Une explosion retentit au-dessus de leurs têtes, et l'ascenseur eut une forte secousse.

Brandon dut s'agripper à la main courante pour ne pas perdre l'équilibre. Deux autres passagers – la femme blonde et le vieil homme – furent projetés au sol, mais il n'aurait pas pu les aider, même s'il l'avait voulu. L'ascenseur tremblait tellement qu'il avait l'impression d'être secoué dans tous les sens.

Tout à coup, il eut une sensation de chute. Non, la cabine de l'ascenseur ne tombait pas, mais elle penchait dangereusement, comme le grand huit de Coney Island. Brandon s'accrocha, les talons plantés dans le sol, tandis que les autres passagers glissaient vers l'avant, jusqu'à ce qu'ils heurtent la paroi opposée. Le chariot s'était renversé.

Brandon réfléchit à toute vitesse. Que s'était-il donc passé ? L'ascenseur ne pouvait pas se balancer comme ça dans la cage d'ascenseur, à peine plus large que la cabine elle-même. Ce qui voulait dire que c'était la tour entière qui penchait. Les cent sept étages. Or, ce n'était pas possible, n'est-ce pas ?

L'ascenseur s'immobilisa soudain, et Brandon retint son souffle. Tout le monde se taisait. Lentement, par à-coups et avec des grincements étranges, l'ascenseur se redressa. Mais alors que Brandon prenait une profonde inspiration, il se mit à pencher dans l'autre sens. Les passagers collés contre la paroi attrapèrent la rampe située au fond de la cabine. Les yeux fermés, Brandon croisa les bras autour de son corps tandis que des assiettes cassées et des couverts glissaient vers ses pieds. Mais cette fois, l'ascenseur n'alla pas aussi loin. Il flotta un instant, puis se redressa. Les lumières se mirent à clignoter et le calme revint.

– Mais enfin qu'est-ce qu… ?

Avant que l'homme aux cheveux gris puisse achever sa phrase, l'ascenseur chuta.

RESHMINA

TABLE RASE

Les jumeaux grimpèrent à toute vitesse jusqu'à leur village. Les pensées de Reshmina galopaient plus vite encore que ses pieds.

Les Américains étaient là.

Reshmina avait déjà rencontré des soldats de l'armée nationale afghane de la base voisine, qui discutaient parfois avec les anciens du village. Les Américains, c'était différent. Reshmina avait vu leurs hélicoptères survoler la vallée et entendu leurs armes pétarader au moment des affrontements avec les talibans. Mais en onze ans, c'est-à-dire depuis sa naissance, pas une seule fois les Américains n'étaient entrés dans son petit village isolé. Que venaient-ils donc faire ici ?

Comme la plupart des autres villages de la province, celui de Reshmina était bâti à flanc de montagne. Les terrains cultivables étant rares, on avait construit les maisons les unes au-dessus des autres, en pyramide, comme les gâteaux dans les vitrines des pâtisseries.

Celle de Reshmina et son frère était située tout en haut du village et, pour s'y rendre, ils devaient gravir un long escalier en colimaçon taillé dans la roche.

Au coin d'une rue, ils tombèrent nez à nez avec un groupe de soldats de l'armée nationale afghane. Ils avaient l'air très jeunes, presque adolescents. *Ce sont des garçons comme Darwesh et Amaan, les amis de Pasoon*, pensa Reshmina.

Deux des soldats avaient arrêté un vieil homme nommé Samandar devant chez lui, et une demi-douzaine d'autres pénétrèrent à l'intérieur.

– Ils fouillent toutes les maisons, chuchota Reshmina.

Mais que cherchaient-ils ?

Samandar commençait à protester, et Pasoon prit la main de Reshmina pour l'entraîner plus haut.

Dans la maison située juste en dessous de la leur, elle vit un soldat américain donner des ordres à un groupe de soldats afghans. Son uniforme était couleur sable, contrairement au camouflage vert des soldats de l'armée nationale afghane. Il était aussi plus lourdement équipé – et portait un plus gros fusil.

Reshmina mit son foulard sur son visage et détourna le regard en passant.

– T'as vu ça ? siffla Pasoon. Des Afghans reçoivent des ordres d'un Américain dans leur propre pays !

Ils atteignirent enfin leur maison, une bâtisse carrée de terre battue, de brique et de bois. Pasoon ouvrit la porte et Reshmina le suivit à l'intérieur.

Il n'y avait que trois pièces chez eux : la pièce de devant où la famille prenait ses repas, celle du milieu où les femmes passaient le plus clair de leur temps et où tout le monde dormait, et, au fond, une petite cuisine avec son fourneau.

Dans toutes les pièces, le sol était en terre battue et recouvert de tapis ; il n'y avait aucun meuble.

Reshmina se précipita dans la pièce commune. Sa sœur aînée, Marzia, était accroupie et ramassait des grains de riz tombés d'un bol, tandis que leur *anaa* – leur grand-mère – brodait en chantant une chanson au petit frère de Reshmina, Zahir, qui jouait sur un tapis à côté d'elle. Marzia était jolie avec sa robe rose et son foulard turquoise. Anaa, elle, portait une robe à fleurs bleue et blanche et un châle assorti.

– L'armée afghane est là ! cria Reshmina. Ils fouillent toutes les maisons !

Marzia se leva d'un bond.

– Quoi ? Mais pourquoi ?

– Les Américains font ce qu'ils veulent, gronda Pasoon. Ce sont eux qui commandent. Ils n'ont pas besoin de raison !

Le père de Reshmina entra dans la pièce, appuyé sur sa béquille en bois. Les montagnes escarpées du sud de l'Afghanistan avaient volé des années à leur *baba*, creusant avant l'heure dans son visage des rides de vieillard. Sa barbe plus sel que poivre était courte et drue ; il portait un pantalon ample, une longue tunique vert olive et un turban gris.

Soudain, des coups retentirent à la porte. La mère de Reshmina – Mor – quitta la cuisine à la hâte tout en se couvrant la tête avec son foulard.

– Qu'est-ce que c'est ? Qui est là ? demanda-t-elle.

– Les soldats, répondit Baba. Je vais leur parler.

Pasoon suivit son père jusqu'à la porte d'entrée pendant que Reshmina attendait nerveusement avec le reste de la famille dans la pièce des femmes. Quelques minutes plus tard, les soldats entrèrent et commencèrent à fouiller la salle à manger. Baba était avec eux, mais Pasoon avait disparu.

Reshmina ne pouvait pas s'empêcher de trembler. Que pouvaient-ils bien vouloir ? Elle et sa famille n'avaient rien à cacher ! Quand Marzia prit sa main et la serra très fort, Reshmina comprit que sa grande sœur avait peur, elle aussi.

Baba conduisit les soldats dans la chambre à coucher. Reshmina reconnut le soldat américain qu'elle avait croisé en venant. Trapu, il avait la peau mate et les épaules larges.

Reshmina s'adressa à son père :

– Baba, où est Pasoon ?

– Ils lui ont ordonné de rester dehors.

Imperturbable, Anaa continua sa broderie, mais la mère de Reshmina vint prendre le petit Zahir, puis attira Reshmina et Marzia à elle, comme si les soldats allaient les lui enlever.

– Dites-leur que nous ne leur voulons pas de mal, lança le soldat américain en anglais.

Malgré sa peur, Reshmina sentit un léger frisson d'excitation la traverser. Ses cours d'anglais avaient porté leurs fruits. Elle comprenait ce qu'il disait !

– Les soldats ne sont pas ici pour vous faire du mal, dit une voix en pachtou, et Reshmina resta bouche bée en voyant une silhouette s'avancer derrière l'Américain.

L'interprète portait un pantalon de camouflage, une veste sable sur une chemise noire à manches longues et un foulard de tête vert.

C'était une femme afghane !

– Les Américains ont été informés que les talibans avaient caché des armes dans ce village, expliqua-t-elle à Reshmina et à sa famille dans leur langue. L'armée nationale afghane est ici pour fouiller votre maison. Le sergent américain supervise les opérations.

Anaa sortit de son silence pour déclarer :

– Il n'y a pas d'armes ici, et pas de talibans non plus.

Reshmina l'entendit à peine, incapable de quitter l'interprète des yeux. Toutes les femmes afghanes de sa connaissance étaient des mères, des épouses et des filles. Aucune d'entre elles n'avait de travail en dehors de la maison – et surtout pas un travail aussi important que celui d'interprète, où l'on parle avec des hommes en dehors de son foyer.

– Qui êtes-vous ? demanda-t-elle à la jeune femme.

– Je m'appelle Mariam, répondit l'interprète en souriant. Je suis de Kaboul.

Reshmina n'y croyait pas. C'était comme si une toute nouvelle voie s'ouvrait à elle, dont elle ignorait jusque-là l'existence. Comme si l'image de la femme qu'elle pourrait devenir apparaissait devant ses yeux.

Mariam.

Les deux soldats afghans fouillèrent la chambre familiale, puis l'Américain les envoya dans la cuisine et dans l'enclos des chèvres. Pasoon avait raison : il se comportait comme un chef.

Reshmina l'observa de nouveau, et remarqua qu'un petit animal en peluche à la bouche immense, aux longs membres frêles et au regard espiègle dépassait d'une des poches de sa veste. Il était décoloré et poussiéreux, comme tout en

Afghanistan, et un peu décousu. Reshmina fronça les sourcils. Pourquoi l'Américain portait-il sur lui une chose aussi étrange ? Et qu'est-ce que cela signifiait ?

Un des soldats afghans s'approcha, tenant à la main un objet que Reshmina reconnut aussitôt : c'était le petit avion en métal que leur sœur Hila avait offert à Pasoon, il y a deux ans. Maintenant que Hila était partie, ce jouet était son bien le plus précieux.

– J'ai trouvé ça dans un trou du mur à l'arrière de la maison, dit le soldat à Mariam, qui traduisit pour le soldat américain.

Le jouet à la main, celui-ci se tourna vers la famille de Reshmina.

– Pourquoi l'avez-vous caché ?

Mariam traduisit, et Anaa laissa échapper un rire.

– C'est à mon petit-fils. C'est un garçon. Il adore les cachettes.

Reshmina acquiesça d'un signe de tête. Anaa avait raison. Ce n'étaient pas leurs affaires !

– Ce n'est qu'un jouet, dit Baba au soldat afghan.

L'Américain fronça les sourcils et rendit l'avion à Baba.

– Dites-leur de ne rien nous cacher, conseilla-t-il à Mariam en anglais. Cela ne fait qu'éveiller les soupçons.

Les soldats achevèrent la fouille et Baba les raccompagna à la porte, ainsi que l'Américain et Mariam. Reshmina s'éloigna de sa mère pour les suivre. Celle-ci l'appela, mais la fillette l'ignora. Elle voulait observer Mariam. L'écouter.

Elle aperçut Pasoon, flanqué de deux autres soldats afghans, sur le seuil de la maison. Il avait l'air furieux. Les poings serrés, les bras tendus le long du corps, il semblait prêt à se battre.

– Le sergent apprécie votre coopération, dit Mariam à Baba et Pasoon, en désignant l'Américain. Il espère que nous pourrons faire table rase du passé et repartir à zéro.

– Table rase, répéta Baba. Alors qu'ils s'introduisent dans nos maisons et violent notre intimité ? Qu'ils tuent notre peuple ?

– Ils ont tué ma sœur Hila ! lança Pasoon dans un sanglot, en regardant l'Américain droit dans les yeux.

Puis, se tournant vers les soldats afghans, il lança :

– Et vous, vous trahissez notre pays en travaillant pour eux !

Le père de Reshmina posa une main sur l'épaule de Pasoon pour le calmer, mais celui-ci se libéra.

– Ce « passé » dont ils parlent est notre présent, dit Baba à Mariam. Sommes-nous censés oublier nos mères et nos pères, nos fils et nos filles, nos frères et nos sœurs tués dans les attaques américaines ? Si on allait chez eux massacrer un village entier, proposeraient-ils de tout oublier pour repartir à zéro ? Ou jureraient-ils de se venger et de ne jamais oublier ?

Reshmina avait envie de pleurer. Elle détestait l'idée de vengeance, mais elle ne pouvait pas non plus oublier la manière dont les Américains avaient tué sa sœur. Parfois, elle aurait voulu les voir souffrir autant que Hila avait souffert, juste pour qu'ils comprennent.

Mariam traduisait intégralement pour le soldat américain, exprimant dans la langue de ce dernier tout leur chagrin et leur frustration.

– Dites-leur de ne pas laisser les talibans entrer dans leur village, et nous les laisserons tranquilles, conclut le soldat.

Cette fois, ce fut au tour de Reshmina de répéter ces mots, sans attendre que Mariam les traduise en pachtou.

– *Ne pas laisser les talibans entrer* ? Mais comment les arrêter si vous confisquez nos armes ? s'exclama-t-elle.

Baba et Pasoon ne comprenaient pas ses mots, mais ils avaient l'air surpris qu'elle prenne la parole.

– Vous pouvez toujours choisir, répliqua l'Américain : notre camp ou le leur.

– Ce n'est pas un choix ! dit Mariam au sergent. Si ces villageois se rangent du côté des Américains, les talibans les élimineront. S'ils prennent parti pour les talibans, c'est vous et l'armée nationale afghane qui les tuerez. Vous leur demandez de choisir leur propre fin !

Le sergent haussa les épaules.

– Je suis désolé…

Il s'engagea dans les escaliers pour aller fouiller la maison voisine, suivi par les soldats afghans.

Mariam prit une profonde inspiration et regarda Reshmina.

– Je suis désolée, moi aussi, dit-elle avant d'aller rejoindre les soldats.

Pasoon n'avait rien compris de cette conversation qui s'était déroulée en anglais.

– Qu'est-ce que tu leur as raconté ? demanda-t-il à Reshmina.

Celle-ci ne répondit pas, de crainte de le mettre encore plus en colère.

– Je les déteste ! lança Pasoon avant de cracher par terre.

Baba rentra dans la maison, tandis que Reshmina s'élançait vers l'escalier de pierre.

– Où vas-tu ? lui demanda Pasoon.

– Je veux accompagner l'interprète, dit Reshmina.

Pasoon lui saisit le bras, puis jeta un bref regard par-dessus son épaule.

– Pas question !

– Pasoon, qu'est-ce que tu fais ?

Pourquoi son frère se comportait-il de façon aussi étrange ?

– Rien, dit-il, mais il faut faire tes corvées. Allez, viens. Je vais t'aider à balayer le sol.

Maintenant, Reshmina savait que son frère mijotait quelque chose. Pasoon ne lui proposait jamais son aide. D'un geste, elle se dégagea.

– Pasoon, qu'est-ce qui se passe ?

Pasoon jeta des regards méfiants autour de lui avant d'attirer Reshmina dans un coin sombre, sous les marches.

– C'est les talibans, dit-il à voix basse. Ils ont lancé la rumeur selon laquelle il y avait des armes dans notre village pour attirer les soldats ici. C'est Darwesh et Amaan qui me l'ont raconté. C'est un piège, Reshmina. Les talibans ont monté une embuscade à la sortie du village !

BRANDON

PRIS AU PIÈGE

L'ascenseur continua de descendre d'une façon inhabituelle – Brandon le sentit à son estomac qui se soulevait. À voir leur expression horrifiée, les autres passagers ressentaient la même chose.

– Appuyez sur le bouton d'arrêt d'urgence ! cria la femme blonde.

Personne ne bougea, et l'ascenseur poursuivit sa chute. Au-dessus d'eux, un affreux grincement se faisait entendre.

– Appuyez ! répéta la femme.

Il y eut un bruit sourd au-dessus d'eux, et la cabine tomba comme une pierre. Brandon se précipita vers le panneau et pressa le bouton rouge. Les freins de secours se déclenchèrent à grands fracas et la cabine s'immobilisa brutalement, projetant au sol tous les passagers. Plus personne ne bougeait. Le souffle court et rapide, Brandon était paralysé par la peur. Que s'était-il passé ?

Cela sentait le brûlé, mais pas comme dans une cuisine. Il y avait une odeur chimique, comme celle des cubes qui servent à allumer les barbecues.

Enfin, tout le monde se releva, en s'aidant mutuellement. Les jambes de Brandon tremblaient tant qu'il avait du mal à se tenir debout.

– Qu'est-ce qu'il s'est passé ? demanda l'homme au blazer bleu.

Aucun d'entre eux n'avait la réponse.

– J'ai connu l'ouragan Belle dans cette tour, en 1976, expliqua Shavinder, le serveur du restaurant *Windows on the World*. Les tours ont bougé de quatre mètres vers l'avant, puis vers l'arrière. Mais ce n'était pas du tout comme ça.

L'homme aux cheveux argentés tripotait nerveusement les boutons de sa chemise. Il murmura :

– Bon Dieu, si ce truc s'écroulait, il y en aurait jusqu'à Chinatown !

Brandon pâlit.

Les tours jumelles ? S'écrouler ?

– Essayons d'appeler, proposa la femme.

Il y avait un combiné d'urgence derrière un panneau métallique. Shavinder appuya sur le bouton et attendit.

– *Allô, bonjour !*

Brandon se détendit. Si quelqu'un savait qu'ils étaient dans l'ascenseur, on viendrait les secourir.

– Oui, nous sommes coincés dans un ascenseur au quatre-vingt-cinquième étage !

Brandon perçut une voix calme à l'autre bout du fil.

– Il y a un problème au quatre-vingt-onzième étage, expliqua Shavinder aux autres passagers. Une explosion, probablement… Allô ? Allô, vous êtes là ? Il est parti !

Une explosion ? Qu'est-ce qui a bien pu exploser ? s'interrogea Brandon, tandis que l'homme au blazer bleu prenait le combiné des mains de Shavinder et appuyait à son tour sur le bouton.

Il secoua la tête.

– La ligne est coupée.

Une fumée noire s'insinuait par le plafond de l'ascenseur, et Brandon sentit une goutte de sueur couler dans son dos. Y avait-il le feu ? Il commençait à faire très chaud, dans la cabine.

– Il faut sortir d'ici ! s'écria l'homme aux cheveux gris.

– Restez calmes, ordonna la femme.

Elle sortit un téléphone portable de son attaché-case mais n'obtint aucun signal. Personne d'autre n'avait de téléphone.

Ils étaient piégés. Coupés du reste du monde.

Brandon se prit la tête dans les mains et essaya de ne pas pleurer. Il avait très peur, et il était seul, séparé de la personne en qui il avait le plus confiance – son père.

« C'est toi et moi contre le monde entier, Brandon. C'est comme ça que nous arrivons à survivre. »

Mais comment faire, sans lui ?

La fumée lui grattait la gorge, et il se mit à tousser, bientôt imité par le vieil homme. Désormais, une fumée âcre emplissait la cabine ; Brandon la voyait s'insinuer parmi eux, tel un monstre envahissant…

Le grand homme prit des serviettes tombées du chariot.

– Tenez, enroulez-les autour de vos visages !

– Mouillez-les d'abord, conseilla Shavinder.

Le pichet renversé contenait encore un peu d'eau. Il y trempa les serviettes avant de les distribuer. Brandon noua le tissu derrière sa tête et prit une profonde inspiration. Il avait encore du mal à respirer, mais la serviette filtrait une grande partie de la fumée. Malgré cela, le vieil homme toussait encore.

Ils s'assirent tous pour s'éloigner le plus possible de la fumée puis se présentèrent brièvement. La femme blonde s'appelait Marni, et elle était agent de change dans le Connecticut. Né à New Delhi, en Inde, Shavinder vivait dans le Queens et travaillait au restaurant *Windows on the World* depuis son ouverture, en 1976. Le vieil homme, Stephen, était un banquier d'affaires qui travaillait au cent unième étage et vivait dans l'Upper West Side à Manhattan. C'était un pur New-Yorkais. Le grand homme, lui, s'appelait Mike et habitait le New Jersey. Il était venu au World Trade Center pour passer un entretien d'embauche dans une compagnie d'assurances.

– Je m'appelle Brandon, dit ce dernier quand son tour arriva.

C'était bizarre, de parler à des adultes comme s'il était l'un des leurs. Pourtant, c'était vrai : quels que soient leur âge et leur origine, tous les passagers de cet ascenseur se trouvaient désormais dans la même galère.

– Attends, tu es le fils de Leo Chavez ? demanda Shavinder.

Brandon hocha la tête. Inutile de le cacher – de plus, contrarier son père était le dernier de ses soucis, maintenant !

– D'après vous, c'était quoi, ce bruit ? interrogea Mike. Ce claquement, juste avant que Brandon appuie sur le bouton ? Vous croyez que c'était le câble de l'ascenseur ?

Personne ne lui répondit. Jusqu'à présent, personne ne semblait paniquer, mais Brandon se rendit compte qu'il tremblait et ne pouvait pas s'arrêter.

Il aurait tant voulu appeler son père ! *Si seulement je n'étais pas parti sans rien dire ! Et tout ça pour de stupides gants de Wolverine.*

Il s'était comporté comme un imbécile, et il allait mourir étouffé dans ce cercueil de métal.

– Petit, tu veux bien nous aider ?

C'était Mike. Quand Brandon leva la tête, il découvrit quatre paires d'yeux braquées sur lui.

– On va essayer de sortir d'ici. Si je te fais la courte échelle, tu peux essayer de soulever le plafond ?

Brandon acquiesça et Mike le hissa sur ses épaules. La fumée était plus épaisse là-haut ; Brandon retint son souffle, mais il eut beau pousser et frapper, le plafond ne bougea pas.

– Essayons d'ouvrir les portes ! proposa Shavinder.

Lui et Mike posèrent leurs paumes à plat sur les portes métalliques de l'ascenseur, qui s'écartèrent à peine.

Brandon sentit une bouffée d'espoir l'envahir – et s'ils réussissaient à sortir d'ici, finalement ?

Marni et lui se précipitèrent pour les aider. Ensemble, ils ouvrirent grand les portes de l'ascenseur, que Shavinder bloqua avec un plateau en métal.

Brandon fut surpris de découvrir, au lieu d'un couloir comme il s'y attendait, un mur gris, brut, avec le nombre 85 écrit au crayon.

Ils étaient au quatre-vingt-cinquième étage, mais il n'y avait pas d'issue.

Bien sûr ! L'ascenseur ne s'arrête plus après le quatre-vingt-dix-septième étage, songea-t-il. Il n'y a pas de sortie jusqu'au *sky lobby*, situé bien plus bas, au soixante-dix-huitième.

Ce qui signifiait qu'ils étaient vraiment pris au piège. Et la fumée et la chaleur empiraient de minute en minute…

– C'est du Placoplatre, observa Mike. On l'utilise pour faire des cloisons.

– On peut essayer de le casser ? suggéra Marni.

Mike donna un coup de pied dans le mur. Brandon se pencha pour mieux voir : le coup n'avait laissé qu'une faible empreinte.

Mike fit signe à tout le monde de reculer, baissa une épaule, prit son élan…

Pour seul résultat, l'ascenseur trembla et descendit de quinze centimètres supplémentaires. Brandon crut que son cœur allait s'arrêter de battre.

– Arrêtez ! fit Stephen.

– Excusez-moi d'essayer de nous sauver la vie ! répliqua Mike, à bout de nerfs.

Tout le monde se mit à se disputer, et Stephen eut une nouvelle quinte de toux. La fumée s'épaississait et on se serait cru dans un sauna, désormais.

Brandon ramassa un couteau qu'il brandit triomphalement.

– Regardez ça ! s'écria-t-il.

Les cris cessèrent et tous se tournèrent vers lui.

– Oui, ça pourrait marcher ! dit Mike.

Tout fier, Brandon lui tendit le couteau, et Mike entreprit de découper la plaque de plâtre. Un petit morceau tomba sur la moquette, laissant un minuscule trou dans le mur.

– On va y arriver !

Mike enleva son blazer et desserra sa cravate, puis s'attela à la tâche, pendant que Shavinder s'emparait d'une espèce de spatule pour gratter à son tour. Bientôt, Marni et Brandon les relayèrent. C'était un travail épuisant, mais ils ne demandèrent pas son aide à Stephen, qui ne la proposa pas non plus. Il avait trop de mal à respirer.

La fumée s'infiltrait dans chaque fissure, désormais ; ça craquait et grondait au-dessus de leurs têtes.

Stephen décrocha une nouvelle fois le téléphone, en vain : personne ne répondit.

Que se passait-il donc ? Où étaient les gens chargés de la sécurité ?

La respiration de Stephen était sifflante.

– Nous allons tous mourir ici, parvint-il à articuler.

– Mais non ! assura Marni.

Elle n'avait pas l'air convaincue. Quant à Brandon, il tremblait tellement qu'il avait du mal à viser droit quand il frappait le mur. Comment s'était-il retrouvé pris au piège, sans son père auprès de lui ? Pas plus tard que ce matin, ils avaient pris ensemble un autre ascenseur. Pourquoi cela n'était-il pas arrivé à ce moment-là, quand ils pouvaient s'entraider ?

Mike et Shavinder découvrirent qu'il n'y avait pas une couche de Placoplatre, mais trois. Après bien des efforts, ils réussirent à creuser un rond. Aucun d'entre eux ne pouvait s'y glisser, à part Brandon.

– Allez, bonhomme, vas-y ! lança Shavinder.

– On ne sait même pas où ça mène ! protesta Brandon.

Il passa la tête dans le trou. Derrière, tout était sombre.

– L'essentiel, c'est de sortir de cet ascenseur ! s'écria Marni.

Brandon ne pouvait qu'approuver. Il inspira une longue bouffée d'air humide et enfumé puis, avec l'aide de Mike et Shavinder, il se hissa vers l'inconnu.

RESHMINA

PACHTOUNWALI

Reshmina fixait son frère, horrifiée. Il *savait* que les talibans préparaient une attaque ? D'autres villageois étaient-ils au courant ?

– Pasoon, les soldats de l'armée nationale afghane sont des Afghans ! Ils appartiennent à notre peuple ! Et je t'assure que je n'aime pas plus les Américains que toi, dit-elle avant que son frère puisse l'interrompre, mais cette trahison ne rendra pas service à notre village. Les Américains croiront que c'est nous qui leur avons tendu une embuscade !

– Les soldats afghans ont choisi leur camp en acceptant de faire le sale boulot des Américains, décréta Pasoon. En plus, ce n'est pas vraiment *nous* qui allons attaquer.

– Non, mais c'est nous qui devrons mentir ! Et si tu ne veux rien dire à personne, je vais parler, moi !

– Surtout pas !

Malgré la tentative de Pasoon pour la retenir, Reshmina s'élançait déjà vers les escaliers de pierre. Son frère lui emboîta le pas.

Reshmina s'accroupit dès qu'elle entendit le bruit familier des mitraillettes et des explosions. Son cœur battait à tout rompre.

– Ils ont déjà commencé ! s'écria Pasoon.

Un cri retentit, puis des soldats afghans dévalèrent l'escalier pour aller se mettre à l'abri.

Pasoon entraîna Reshmina en direction de leur maison.

– Cours !

Elle descendit l'escalier en vitesse puis courut se réfugier dans le salon où la famille avait l'habitude de se rassembler. Baba n'était pas là et… elle se rendit compte que Pasoon ne l'avait pas suivie.

Le sol trembla sous l'effet d'une explosion toute proche, et des blocs de terre tombèrent du plafond.

– Nous serons plus en sécurité à l'arrière de la maison, dit Anaa en les conduisant dans la chambre à coucher, tandis que Mor disparaissait dans la cuisine.

Quand des coups de feu éclatèrent, suffisamment proches pour faire trembler la vaisselle sur la table, Reshmina et Marzia s'appuyèrent contre le mur, blotties l'une contre l'autre. Anaa prit Zahir sur ses genoux pour lui chanter une chanson, mais celui-ci ne semblait pas effrayé par les tirs et les explosions. Il avait l'habitude. Reshmina, elle, sursautait à chaque fois. De nouveau, le sol trembla, et Marzia lui serra le bras.

Mon Dieu, faites qu'il n'arrive rien à Baba et Pasoon ! pria Reshmina. *Ni à Mariam…*

Alors que les combats faisaient rage au-dehors, elle se demanda si elle irait un jour étudier à Kaboul pour devenir interprète. Elle travaillerait avec les Américains, comme Mariam. C'était sûrement bien payé – et bien plus intéressant que de devenir femme au foyer. C'était un rêve presque impossible mais, si Mariam avait réussi, Reshmina pouvait y arriver, elle aussi.

Et puis à quoi bon vivre, sans rêve ni ambition ?

Dehors, les tirs de balles et de roquettes ne cessaient pas. Reshmina s'écarta de Marzia pour aller chercher son manuel d'anglais sous les matelas empilés dans un coin de la pièce. S'il fallait devenir interprète pour se sortir de là, elle n'avait pas une minute à perdre !

Sa mère les rejoignit.

– Oh non, ce n'est pas le moment ! dit-elle en arrachant le manuel des mains de Reshmina pour le remplacer par un balai.

– Il faut te concentrer sur le travail de la maison, pas sur tes livres de classe ! Et toi, continue de trier le riz ! ajouta-t-elle en se tournant vers Marzia. Baissez la tête et apprenez à devenir de bonnes épouses. C'est ainsi qu'on survit, quand on est une femme.

À ces mots, elle retourna dans la cuisine sans voir que Reshmina jetait le balai par terre dans un geste de colère.

– Il ne faut pas en vouloir à ta mère, Mina-jan, lui dit sa grand-mère.

Zahir s'était endormi dans ses bras, et Anaa reprit ses travaux d'aiguille tandis que Marzia allait s'occuper du riz.

– Pourquoi ? demanda Reshmina. Tout ce qu'elle veut, c'est que j'apprenne à devenir une bonne épouse pour trouver un riche mari. Elle ne rêve pas d'un avenir meilleur pour moi !

– Essaye de comprendre, Mina-jan, insista Anaa. Ta mère n'a jamais eu le droit de rêver. Moi, je suis née à Kaboul, bien avant l'arrivée des Américains et des talibans. Et même avant l'invasion soviétique. C'était une époque bénie, l'âge d'or de l'Afghanistan, poursuivit-elle avec nostalgie. Les femmes étudiaient et travaillaient. L'une de mes sœurs est devenue directrice d'école, et une de mes amies poétesse. Nous étions habillées différemment aussi, à la mode européenne ou américaine. J'ai même porté une jupe qui m'arrivait au-dessus des genoux. On appelait ça une minijupe.

Reshmina échangea un regard étonné avec sa sœur.

– Dans la rue ? demanda-t-elle.

Elle n'arrivait pas à s'imaginer porter une telle tenue à la maison, alors dehors…

– Oh oui ! confirma sa grand-mère en éclatant de rire. Les garçons aimaient bien ça, et moi aussi.

Marzia rougit. Reshmina se levait et commençait à balayer la pièce. Dehors, les tirs se poursuivaient.

– Les femmes qui portaient le tchador le faisaient uniquement par choix, expliqua Anaa.

Le tchador était un vêtement traditionnel qui couvrait les femmes des pieds à la tête, ne laissant voir que leur visage.

– Nous étions tous musulmans mais, à cette époque, personne n'essayait d'imposer ses croyances à quiconque. La société était très tolérante. Nous travaillions ensemble pour un avenir meilleur. Un meilleur Afghanistan. Dans un esprit fraternel.

Son expression s'assombrit quand elle ajouta :

– Puis, il y a quarante ans, les Russes nous ont envahis, et je suis venue me réfugier dans les montagnes avec votre grand-père. Paix à son âme…

Anaa ferma les yeux.

– Depuis, notre pays n'a connu que la guerre. C'est dans ce monde qu'est née votre mère.

– Nous aussi ! répliqua Reshmina, en désignant son petit frère et sa sœur.

Et, comme pour confirmer ses dires, le grondement d'un hélicoptère américain se fit entendre, suivi d'une explosion qui fit sursauter Reshmina.

Anaa hocha la tête.

– Quand votre mère avait six ans, son père a été tué par un missile pendant qu'il faisait sa prière dans la cour, dit-elle d'une voix douce. Quelques années plus tard, les talibans ont assassiné son frère aîné sans raison, sans explication. Peu après son mariage, le mari de votre mère… votre père, mon fils… a eu la jambe broyée dans l'explosion d'une mine soviétique. Deux de ses enfants sont morts avant d'avoir atteint l'âge de cinq ans et sa fille aînée, votre sœur Hila, a succombé sous les bombes américaines.

De nouveau, elle ferma les yeux et laissa échapper un soupir. Elle portait son chagrin comme un tchador.

Reshmina avait la gorge serrée. Elle savait, bien sûr, ce qui était arrivé à sa sœur et à son père, mais sa mère ne lui avait jamais raconté le reste.

– Est-ce si étonnant, dans ces conditions, que votre mère vous souhaite seulement de trouver un bon mari et de devenir une bonne épouse ? demanda Anaa. Elle n'a jamais connu son pays autrement, contrairement à moi, et elle ne peut pas croire en des jours meilleurs comme vous. Elle s'attend à ce que votre vie soit aussi difficile que la sienne, et elle veut vous protéger de ce sentiment douloureux et dangereux qu'est l'espoir.

Tout à coup, Reshmina eut pitié de sa mère. Pas seulement en raison des drames qu'elle avait vécus, mais parce qu'elle n'avait eu personne dans sa jeunesse – comme Anaa, l'institutrice de Reshmina ou même Mariam – pour lui montrer que tout n'était pas noir, dans la vie.

Soudain, la voix de sa mère la fit sursauter. Plongée dans ses pensées, Reshmina ne l'avait pas entendue entrer.

– Quand tu auras fini de balayer, tu pourras aller ramasser encore un peu de bois, dit Mor. Les tirs ont cessé. Pour l'instant…

Sa mère avait raison, la bataille était terminée.

– Oui, Mor, répondit-elle, docile.

Je vais essayer d'être plus gentille avec maman à l'avenir, se promit-elle. *Sans renoncer pour autant à mes rêves.*

Une fois Mor partie, Reshmina alla chercher son manuel d'anglais, qu'elle glissa sous sa tunique, avant de sortir par la porte de derrière pour aller chercher du bois. Elle lut sa leçon à voix haute, tout en marchant dans la montagne :

– Palwasha écrit une lettre sur son ordinateur. Elle tchatte avec ses amis sur Facebook.

Si elle n'avait jamais utilisé d'ordinateur, Reshmina savait à quoi cela ressemblait. Dans son école, les filles plus âgées s'entraînaient à taper sur un clavier en carton et lisaient des livres sur le système d'exploitation Windows en attendant le jour où elles auraient – enfin – un ordinateur. Elle ignorait aussi ce qu'était Facebook, mais cela avait l'air très important.

Reshmina cueillit une brindille bien sèche.

– Il y a une fête sur la plage, lut-elle à voix haute. Palwasha prend la voiture pour y déposer sa mère.

Soudain, elle se figea. Elle avait cru percevoir un gémissement. Elle fouilla du regard les environs et découvrit un soldat américain allongé sur un tapis de feuilles sèches. Son visage était noir comme le charbon et il y avait des taches sombres sur son uniforme. *Du sang.* Il avait sans doute été blessé pendant la bataille.

Le soldat gémit de nouveau et rampa dans sa direction. Que faisait-il ? Il semblait chercher quelque chose. Pourtant, sur ces collines, il n'y avait que des arbustes à perte de vue.

Quand le soldat tourna la tête dans sa direction, elle retint son souffle – heureusement, son regard glissa sur elle comme si elle avait été invisible.

Il a perdu la vue…

Son visage était gonflé à cause de ses blessures et si personne ne lui portait secours, il mourrait ici, dans ces bois. Et sa mort serait encore plus douloureuse si les talibans le trouvaient.

Et alors ? songea Reshmina. Ce n'était pas son problème. Les Américains avaient tué sa sœur. Selon le *pachtounwali*, le code d'honneur des Pachtouns, il était juste et bien de se venger de ceux qui vous avaient fait du mal. Ce que l'on appelait en pachtou le *badal* ne prenait jamais fin. Dans dix ans – et même mille –, Reshmina aurait toujours le droit de se venger de quelqu'un qui l'avait offensée.

Pourquoi ne pas disparaître et laisser mourir cet homme, après tout ?

Elle s'apprêtait à partir quand elle lâcha son manuel, qui tomba au sol avec un bruit sourd. Une nouvelle fois, le soldat tourna la tête vers elle.

– Il y a quelqu'un ? demanda-t-il en anglais. S'il vous plaît ? Je ne vois rien, et mes oreilles sifflent très fort. Je suis blessé. Aidez-moi, je vous en supplie…

Reshmina maudit sa maladresse. Si elle avait pu s'éclipser en silence et laisser ce soldat mourir, elle serait tranquille, à présent. Mais il l'avait entendue et la suppliait de lui venir en aide. Or, le code d'honneur des Pachtouns, s'il accordait le droit à la vengeance, imposait aussi le *nanawatai* – le devoir d'aider et protéger quiconque le réclamait, ami ou ennemi. Cela ressemblait à ce que les Américains appelaient le « droit d'asile ».

Si elle partait, sa sœur serait vengée ; par contre, cela signifierait aussi qu'elle avait failli en refusant d'apporter son aide à une personne qui en avait exprimé le besoin.

– Il y a quelqu'un ? demanda de nouveau l'Américain d'une voix faible. Je vous en supplie… Qui que vous soyez, aidez-moi !

BRANDON

EN CAS D'URGENCE

Un détecteur de mouvement se déclencha au moment où Brandon passait de l'autre côté de la cloison, et des lumières se mirent à clignoter au plafond.

Brandon était dans des toilettes. Pour *femmes*. Mais il n'eut pas le temps d'être gêné. Aussitôt, il se releva et se retourna pour crier à ceux qui étaient restés coincés dans l'ascenseur :

– Je vais chercher de l'aide !

Il ouvrit la porte à la volée, s'élança dans un couloir… Un extincteur et un tuyau de secours étaient accrochés au mur du premier bureau où il entra – celui de la banque Hyakugo. Il y avait un guichet d'accueil et quelques fauteuils réservés aux visiteurs, mais il ne vit personne.

– Il y a quelqu'un ?

Comme la fumée avait disparu, Brandon retira la serviette humide qu'il avait nouée autour de son visage et prit un grand bol d'air frais.

– Il y a quelqu'un ? reprit-il. Nous avons besoin d'aide !

En passant devant la réception, Brandon vit plusieurs personnes en train de regarder par les fenêtres. Il se précipita vers eux.

– Hé ! Nous avons…

Il s'arrêta net, stupéfait par le spectacle qui s'offrait à lui.

Du papier. Le ciel était rempli de milliers de feuilles qui virevoltaient au vent comme autant de flocons de neige. Ce n'était pas normal. Personne ne pouvait les avoir jetées par la fenêtre *exprès*. Les fenêtres du World Trade Center ne s'ouvraient pas.

Au beau milieu de cette avalanche de papier, Brandon vit chuter de gros morceaux de verre et de métal, ainsi qu'un liquide couler sur la façade de la tour. Pourtant, il ne pleuvait pas.

Il sentit son ventre se nouer. Il s'était passé quelque chose de terrible aux étages supérieurs de la tour nord. Mais quoi ? Et à quel niveau ? Tout en haut, dans le restaurant *Windows on the World* ? Son père était-il sain et sauf ?

– C'est sûrement une explosion de gaz, dit l'un des banquiers.

– Ça m'étonnerait, rétorqua l'autre. Il n'y a pas de conduites de gaz dans le bâtiment.

– Je vous en prie, aidez-nous ! cria Brandon. Quatre personnes sont coincées dans un ascenseur. Il y a beaucoup de fumée.

– Où ça ? demanda un homme.

– Suivez-moi, je vais vous montrer !

Deux hommes et une femme lui emboîtèrent le pas jusque dans les toilettes. Brandon redoutait de regarder par le trou du mur. Et si l'ascenseur s'était décroché pendant son absence et que tous les gens qui se trouvaient à l'intérieur étaient morts ? Une épaisse fumée noire lui brouillait la vue, mais il poussa un soupir de soulagement en entendant Stephen tousser. Ses compagnons étaient toujours là !

– Oh, mon Dieu ! s'exclama l'un de ceux qui l'avaient suivi.

– Reculez ! dit un autre.

À tour de rôle, les deux hommes donnèrent des coups de pied dans le mur, tandis que la femme retournait au bureau pour appeler les secours.

Tout à coup, la cabine de l'ascenseur bougea. Un bruit de vaisselle brisée et des cris de terreur retentirent. La cabine s'arrêta trente centimètres plus bas et Brandon retint son souffle. Si elle descendait encore, les passagers ne pourraient plus atteindre le trou. Et si elle allait jusqu'en bas…

– Vite ! hurla Brandon, il faut les sortir de là !

Haletant et transpirant dans leurs chemises, les banquiers tapaient sur le mur aussi fort et aussi vite qu'ils pouvaient. La fumée devenait de plus en plus dense. *Il faut faire quelque chose*, songea Brandon en jetant des regards affolés autour de lui. Les efforts des deux hommes ne suffiraient pas, et ils n'avaient pas le temps d'attendre les pompiers ou le service de sécurité de la tour.

Les pompiers…

Tout à coup, il eut une idée. Il courut jusqu'au couloir – là, le poste d'incendie ! Ce n'était pas le tuyau qui l'intéressait, mais l'objet qui se trouvait juste derrière la vitre : une hache de pompier !

EN CAS D'URGENCE, BRISEZ LA GLACE ! était-il écrit.

Eh bien, justement, il y a urgence ! songea Brandon en arrachant l'extincteur de son support pour s'en servir de marteau.

Le verre vola en éclats. Brandon se coupa légèrement le poignet en glissant le bras à l'intérieur, mais il avait connu pire en faisant du skateboard. Le plus important, c'était de récupérer cette hache.

Il regagna les toilettes à la hâte et vit les deux banquiers penchés en avant, les mains sur leurs genoux, hors d'haleine. La fumée avait encore épaissi.

– Attention ! cria Brandon.

Tremblant de peur, il leva la grande hache au-dessus de sa tête puis frappa le mur de toutes ses forces.

Un morceau de Placoplatre céda mais, comme Brandon n'avait pas visé droit, la hache rebondit et alla frapper le sol, près du trou – faisant éclater le carrelage.

L'un des banquiers lui prit l'outil des mains.

– Bien joué, petit ! Mais laisse-moi prendre le relais, maintenant…

Brandon recula pendant que l'homme abattait la hache sur le mur. Il était évidemment plus fort que lui, et plus précis. En moins d'une minute, il avait ouvert une brèche assez grande pour que Marni puisse s'y glisser. Quand celle-ci se remit debout, elle enlaça Brandon, abasourdie d'être encore en vie. Brandon aurait dû se sentir gêné d'être ainsi embrassé par une inconnue, mais il répondit à son étreinte, soulagé lui aussi.

Mike et Shavinder aidèrent à leur tour Stephen à se hisser à travers le trou. Marni alla lui chercher de l'eau, car il avait toujours du mal à respirer. Enfin, Mike et Shavinder quittèrent la cabine. Tout le monde était sorti sain et sauf de ce maudit ascenseur !

Shavinder serra Brandon dans ses bras.

– Tu nous as sauvé la vie, dit-il.

– C'est eux qui ont tout fait ! répondit Brandon en désignant les deux employés de la banque.

L'homme qui tenait la hache s'essuya le front d'un revers de manche.

– Toutes ces années passées à couper du bois dans le Wisconsin ont fini par payer ! plaisanta-t-il.

Marni essaya de passer un coup de téléphone. Cette fois, elle eut du réseau et s'isola dans un coin des toilettes pour mieux entendre, tandis que Shavinder s'adressait aux banquiers.

– Savez-vous ce qu'il s'est passé ?

– J'ai l'impression que c'était un tremblement de terre.

– Oui, oui, je vais bien ! cria Marni dans le combiné. Le réseau est mauvais, mon chéri, et je… Oui, nous étions bloqués dans l'ascenseur, mais… Oh, mon Dieu !

Elle se tut quelques instants, puis se tourna vers le groupe.

– Mon mari dit qu'un avion a heurté la tour. Un avion de ligne. Toutes les chaînes de télévision en parlent !

– C'est pour cela que la tour a vacillé ! s'écria Stephen. Le choc a eu lieu pendant que nous étions dans l'ascenseur.

Un avion avait heurté la tour ?

Cela n'a pas de sens, songea Brandon. Comment un avion pouvait-il heurter les tours jumelles par accident ? C'étaient les plus hauts gratte-ciel de la ville, et le ciel était clair et sans nuage ! Aucun pilote au monde ne…

Un horrible grincement métallique fit frémir Brandon, et tous se retournèrent juste à temps pour voir la cabine d'ascenseur disparaître dans sa cage.

Personne ne fit un seul geste, ne dit un seul mot. Tous s'attendaient à entendre l'ascenseur se fracasser au sol, mais ils n'entendirent rien – peut-être parce qu'ils étaient trop loin.

Brandon relâcha son souffle, tandis que Mike jurait entre ses dents et que Stephen émit un sanglot. Ils venaient d'échapper de justesse à la mort.

– Chéri ? Je te rappelle dès que je suis dehors, promit Marni avant de refermer son téléphone à clapet.

Sous le choc, Brandon sortit des toilettes avec ses compagnons, tandis que les deux banquiers regagnaient leur bureau.

– L'avion doit avoir touché les étages au-dessus de nous, dit Mike avec calme. Les câbles de l'ascenseur ont été sectionnés.

Pris de panique, Brandon se tourna vers Shavinder.

– Mon père ! Il est au restaurant ! Si ça se trouve, c'est là que l'avion s'est écrasé !

Stephen leva les yeux vers le plafond.

– Les bureaux de mon entreprise sont répartis sur cinq étages. C'est peut-être à cet endroit que l'avion a heurté la tour.

Marni se couvrit la bouche de sa main.

– Mon entreprise occupe huit étages, juste au-dessus de nous. Et il y avait déjà près de dix personnes quand je suis arrivée, ce matin.

Mike tenta de la rassurer :

– Je suis sûr que tout le monde va bien.

Mais il n'avait aucun moyen de le savoir. Aucun moyen de voir quel étage l'avion avait heurté.

L'un des employés de la banque passa la tête à la porte de son bureau.

– Claudia a eu les secours au téléphone. Ils ont ordonné de ne pas bouger en attendant les pompiers !

Mike secoua la tête.

– Pas question. Je m'en vais. Il me faudra bien la journée entière pour me remettre de mes émotions !

Ses compagnons d'infortune acquiescèrent de la tête.

– Pas question de prendre un autre ascenseur. Peut-être même plus jamais, murmura Shavinder.

Il désigna la porte qui desservait les escaliers.

– Quatre-vingt-cinq étages pour descendre, vingt-deux pour monter.

Mike le regarda.

– Monter ? Pourquoi monter si c'est là-haut que l'avion s'est écrasé ?

– Les escaliers sont peut-être praticables, et des hélicoptères pourront nous faire descendre du toit, expliqua Shavinder. Ils l'ont déjà fait, en 1993. Et c'est beaucoup moins long que de descendre.

– J'ai laissé toutes mes affaires au bureau, ajouta Marni.

– Vous pourrez venir les récupérer demain, observa Shavinder.

Stephen se mit à tousser.

– Je n'arrive pas à me lever. Je suis désolé, mais j'ai encore du mal à respirer.

– Ne vous inquiétez pas, je vais vous aider à marcher, dit Mike.

– Moi aussi, ajouta Shavinder.

Stephen hocha la tête avec reconnaissance et glissa un bras sur l'épaule de chacun des hommes. Marni les suivit. Les employés de la banque décidèrent d'attendre les secours.

Personne n'avait demandé à Brandon ce qu'il voulait faire, croyant sans doute qu'il resterait avec le groupe. Mais quand ceux qui voulaient descendre s'engagèrent dans l'escalier, Brandon sut qu'il ne les suivrait pas. La voix de son père résonnait sans cesse dans sa tête.

« Tu te souviens de ce que je t'ai dit, à propos de nous deux ? »

– Toi et moi, nous formons une équipe, récita Brandon à voix haute. C'est comme ça que nous arrivons à survivre. Ensemble.

Brandon noua de nouveau la serviette humide autour de son visage et commença à grimper vers le restaurant du dernier étage.

RESHMINA

LE DIABLE AMÉRICAIN

Après quelques profondes inspirations, Reshmina prit sa décision.

– Je suis là, dit-elle au soldat en anglais. Je vais aller chercher mon père pour qu'il vous vienne en aide.

– Non, attends ! S'il te plaît. Ne m'abandonne pas. Je ne vois rien !

Comme il tendait la main vers elle, Reshmina fit un pas en arrière en secouant vigoureusement la tête, avant de se rappeler qu'il ne pouvait pas la voir.

– Je n'ai pas le droit de vous toucher, expliqua-t-elle.

Il était interdit à une femme ou à une jeune fille de toucher un homme qui n'était pas de sa famille.

L'angoisse et la frustration déformaient les traits du soldat. Il baissa la main.

– C'est vrai. Bien sûr…

Reshmina remarqua qu'il luttait pour contenir ses larmes, gravement blessé, désespérément seul. Elle comprenait son désarroi. Elle était son seul espoir de survie, et si elle le laissait maintenant, il n'avait aucune garantie qu'elle reviendrait.

Soudain, elle eut une idée.

– Je ne peux pas vous toucher ni vous ramener chez moi sans l'accord de mon père, commença Reshmina. Mais je vais marcher très lentement…

– Non, s'il te plaît ! la coupa le soldat. Ne me laisse pas !

Reshmina soupira. Il ne voulait pas la laisser finir !

– Je vais rentrer chez moi très lentement, répéta-t-elle, en récitant ma leçon à voix haute tout au long du chemin. Si on me suit, ce ne sera pas ma faute…

Reshmina vit le soldat se détendre, puis hocher faiblement la tête.

– J'ai compris, chuchota-t-il. Merci.

Reshmina s'éloigna en direction de sa maison, tout en reprenant sa leçon d'anglais.

– *Thank you for inviting me to go to the movies…*[2]

Elle jeta un coup d'œil par-dessus son épaule. Le soldat avait du mal à ramper, mais au moins il bougeait. Reshmina continua.

– J'ai été ravie de vous rencontrer. Pouvons-nous être amis sur Facebook ?

Alors qu'elle marchait en lisant à haute voix, Reshmina scrutait la colline, de crainte qu'à tout moment un combattant taliban ne surgisse de derrière un buisson ou un arbre et ne les tue. C'était idiot, car les environs étaient déserts. Cependant, si elle était prise…

2. « Merci de m'avoir invitée au cinéma avec vous… ». *(N.D.T.)*

Enfin, Reshmina arriva chez elle. Malgré ses blessures, le soldat américain avait réussi à la suivre jusqu'au bout. Elle le conduisit dans l'enclos des chèvres, derrière la maison, et verrouilla la porte.

– Ne bougez pas jusqu'à ce que mon père arrive, lui dit-elle. Vous êtes en sécurité, ici.

Le soldat, à bout de forces, ne répondit pas. Quand une chèvre vint le renifler, il resta étendu, sans bouger.

Reshmina courut jusqu'à la maison trouver sa grand-mère assise dans la chambre commune, en train de coudre, tandis que Zahir jouait dans un coin.

– Anaa ! Où est Baba ? J'ai besoin de lui ! s'écria Reshmina.

– Il vient juste de partir aux champs, répondit Anaa.

– Quoi ?

Déjà, Reshmina dévalait les escaliers. Baba était lent sur sa béquille ; elle le rattrapa rapidement.

– Baba ! Baba ! Viens vite, s'il te plaît ! cria-t-elle. Je veux te montrer quelque chose !

Baba hocha la tête avec inquiétude, tandis que Reshmina le poussait doucement vers l'enclos des chèvres. Il se figea en voyant le soldat américain étendu face contre terre.

– Comment cet homme est-il arrivé ici ? demanda-t-il.

– Je ne sais pas, Baba, dit Reshmina. Il a dû me suivre quand je ramassais du bois.

Quand Baba plissa les yeux, Reshmina comprit qu'il n'était pas dupe.

– Je ne l'ai pas touché, Baba ! Il était blessé, il m'a demandé de l'aide, et je suis venue te chercher tout de suite. Nous devons l'aider, n'est-ce pas, Baba ? C'est ce que dicte le code d'honneur des Pachtouns, non ?

Quand Baba laissa échapper un soupir, Reshmina le trouva soudain vieilli ; elle s'en voulut de lui causer des ennuis supplémentaires. Elle savait à quel point il était dangereux d'héberger un soldat américain, mais elle savait aussi que son père était un homme d'honneur.

– Si cet homme a réclamé l'asile, nous le lui offrirons, déclara-t-il enfin.

Reshmina serra la main de son père en signe de gratitude, puis tint sa béquille pendant qu'il aidait le soldat américain à se relever et le guidait vers la maison.

– Oh, mon Dieu ! murmura Anaa en levant les yeux de son ouvrage quand ils franchirent la porte.

Baba s'adressa à sa mère.

– Mor-jani, aide-moi !

Anaa se leva et étendit à la hâte une paillasse sur le sol. Le soldat gémit de douleur lorsque Baba l'y allongea.

– Où sommes-nous ? demanda-t-il. Et que s'est-il passé ?

– Nous sommes chez moi. Vous êtes en sécurité. Je m'appelle Reshmina, et mon père et ma grand-mère sont avec moi.

Anaa se pencha pour examiner les blessures du soldat.

– Merci, souffla celui-ci. Je m'appelle Taz.

Il posa la tête sur la paillasse, puis recommença à s'agiter.

– Je l'ai perdu ? demanda-t-il en tapotant sa poitrine jusqu'à ce que ses mains trouvent l'animal en peluche marron attaché à sa veste.

Reshmina avait déjà vu cette peluche… Cet homme était le soldat américain qui avait supervisé la fouille de leur maison !

Le soldat sembla se détendre après avoir trouvé le jouet.

– Qu'est-ce que c'est ? lui demanda Reshmina.

– Mon diable de Tasmanie, répondit Taz. C'est un peu mon porte-bonheur.

Reshmina fronça les sourcils. Le mot « Tasmanie » ne lui évoquait rien. Elle connaissait le mot « diable », mais cet objet ne ressemblait pas vraiment à un diable.

– C'est à ça que ressemble le diable, pour les Américains ?

Taz eut un petit rire.

– Non. C'est un personnage de dessin animé. Il tourbillonne et détruit tout sur son passage.

Si Reshmina ne savait pas ce qu'était un dessin animé, le fait de détruire tout sur son passage lui paraissait très américain.

– C'est pour ça qu'on m'appelle Taz, ajouta le soldat. Comme mon diable de Tasmanie.

Reshmina remarqua que c'était le nom Lowery, et non Taz, qui était cousu sur la veste du soldat. La plupart des Afghans n'avaient pas de nom de famille, mais son institutrice lui avait expliqué que la majorité des personnes dans le monde en avaient un. Ce soldat devait s'appeler Lowery.

– Et que signifie « M-S-C-V » ? demanda Reshmina en regardant les lettres tatouées sur le bras de Taz.

Taz plaqua son bras contre sa poitrine, comme s'il était gêné.

– Oh… ça ! Cela signifie… « Maudite soit cette vallée. » C'est un peu la devise de ma compagnie. Cette vallée tue nos amis et détruit nos vies, expliqua-t-il d'un air triste.

– Oui, répondit Reshmina. C'est la même chose pour nous.

Baba se tourna vers sa mère.

– Est-ce qu'il va s'en sortir, Mor-jani ?

Anaa leva les yeux de la jambe tachée de sang de Taz.

– Je ne sais pas, dit-elle. Il est gravement blessé et a besoin d'aller à l'hôpital.

Reshmina savait que c'était impossible. L'hôpital le plus proche se trouvait à Asadabad, à plus d'une journée de marche à travers des montagnes grouillant de talibans.

Marzia entra avec une brassée de vêtements mouillés… et les lâcha dans un cri en découvrant le soldat américain étendu sur le tapis.

– Il va falloir tout relaver, maintenant ! gronda Mor, qui arrivait derrière Marzia.

Elle se figea à son tour. Taz semblait tendu, maintenant qu'il savait que toute la famille était au courant de sa présence.

– Non ! s'écria Mor. Non, non !

Reshmina déglutit péniblement. Sa mère serait à coup sûr furieuse. Mais elle devait aider ce soldat. Le pachtounwali l'exigeait. Il fallait que sa mère comprenne.

– Il m'a demandé de l'aide, commença Reshmina.

Mor la fusilla du regard.

– Pauvre idiote ! siffla-t-elle. Tu vas nous faire tuer, ainsi que tout le village !

Les mots de sa mère lui firent l'effet d'une gifle. Comme Reshmina s'apprêtait à répliquer, Mor tourna les talons et regagna la cuisine.

La porte d'entrée s'ouvrit alors ; un instant plus tard, Reshmina entendit la voix de son frère.

– Vous ne devinerez jamais ce qu'il s'est passé ! s'écria-t-il.

Pasoon ! Il était de retour. Reshmina frissonna. Elle n'avait jamais eu peur de lui mais, dernièrement, il était de plus en plus en colère contre les Américains. Qui sait comment il réagirait en découvrant Taz chez lui ?

Reshmina courut au-devant de son frère.

– Les talibans ont tendu une embuscade aux Américains et à l'armée nationale afghane, comme ils l'avaient dit ! claironna Pasoon.

Il se mit à arpenter à grands pas le salon, encore sous le coup de ce qu'il venait de vivre.

– Ils les ont tous tués et ont emporté leurs corps !

Reshmina retint un cri d'effroi. Les talibans ne faisaient pas la distinction entre les soldats et leur interprète, encore moins lorsqu'il s'agissait d'un interprète féminin. Cela signifiait que Mariam…

Reshmina ravala ses sanglots. Il ne fallait pas laisser croire à Pasoon qu'elle pleurait la mort de citoyens américains.

– Ils ont même abattu un hélicoptère américain avec un lance-roquettes ! lança Pasoon avant d'imiter le sifflement du projectile sillonnant le ciel.

Pasoon ne prononça pas le *boum* final, car il venait d'apercevoir, dans la pièce voisine, Anaa, Baba et Marzia penchés au-dessus du soldat.

– Qu'est-ce qu'il se passe, ici ? demanda-t-il.

Reshmina tenta de lui bloquer la vue, mais Pasoon l'écarta. Il était trop tard pour l'arrêter. Son frère fixa le soldat américain, le visage déformé par la colère.

– Qu'est-ce qu'il fait là ? gronda-t-il.

– Il est blessé. Il ne voit plus rien, dit Reshmina. Il avait besoin d'aide.

– Tu l'as touché ? demanda Pasoon.

– Non ! C'est lui qui m'a suivie jusqu'ici !

Reshmina se tourna vers son père pour obtenir de l'aide.

– Le pachtounwali nous oblige à lui porter secours, n'est-ce pas, Baba ? À lui offrir un refuge, même si c'est un ennemi ?

– La vengeance figure aussi dans le code d'honneur ! lui rappela Pasoon. Tu as oublié qu'ils ont tué notre sœur ?

Reshmina jeta un coup d'œil à Taz. Il ne comprenait pas ce qu'elle et son frère disaient, bien sûr, mais il devait sentir qu'ils se disputaient à son sujet.

– Ce n'est pas lui qui l'a tuée, affirma-t-elle.

– Lui, non, mais son peuple, oui ! insista Pasoon. Lui a probablement tué la sœur de quelqu'un d'autre. On devrait le livrer aux talibans !

– Non ! gémit Reshmina.

Baba prit la parole.

– Assez, dit-il. Cet homme nous a demandé notre aide, et nous allons la lui apporter.

Reshmina planta ses yeux dans ceux de son frère, le menton levé d'un air triomphant.

– Je n'y crois pas ! gémit celui-ci. Ce sont eux, les terroristes, ici. Tous ! Et ils appellent ça « faire la guerre ». Tu as laissé entrer un terroriste chez nous ! Si tu ne le dénonces pas aux talibans, c'est moi qui le ferai !

– Non, tu ne feras rien du tout, gronda Baba. Tant que tu vivras sous mon toit, tu respecteras mes règles.

– Alors je ne vis plus sous ton toit ! cria Pasoon avant de sortir par la porte de derrière.

Reshmina voulut le suivre, mais Anaa l'arrêta.

– Laisse-le partir, Mina-jan. Il a juste besoin de se défouler un peu.

Reshmina acquiesça de la tête. Pasoon était souvent parti en trombe après s'être disputé avec Baba, et il revenait toujours. Mais si c'était différent, cette fois ?

La faible voix de Taz se fit entendre.

– Reshmina ? Tu es là ? Que se passe-t-il ?

– Je suis là, répondit Reshmina en anglais. Mon père vous offre le refuge dans notre maison.

– J'ai cru entendre quelqu'un parler de talibans… Il ne va pas me livrer à eux, n'est-ce pas ?

Reshmina traduisit la question de Taz pour son père.

– Dis-lui que même s'il ne reste que des femmes et des enfants pour défendre notre village, nous ne laisserons pas les talibans le prendre, promit Baba. Il est sous notre protection, désormais.

Il ne restait en effet que des femmes et des enfants pour protéger Taz, ainsi que quelques hommes âgés et blessés. Les plus jeunes avaient rejoint les insurgés dans les montagnes.

Reshmina traduisit à Taz les paroles de son père.

– Je… Remercie-le. *Manana*, articula Taz en mauvais pachtou. Merci.

– Nous ne pouvons pas garantir que les talibans respecteront le pachtounwali, reprit Baba. Tant que cet homme restera ici, il représentera un danger pour lui-même et pour nous. Il doit être rendu aux siens dès que possible.

– Mes amis viendront me chercher, déclara Taz. Les autres soldats qui étaient avec moi.

– Les autres soldats sont morts, expliqua Reshmina.

Elle s'en voulut d'être aussi abrupte ; malheureusement, elle n'avait pas les mots pour annoncer cette nouvelle en douceur.

– Et leur Apache a été abattu, ajouta-t-elle.

Elle ne savait pas comment on disait « hélicoptère » en anglais, mais elle savait que Taz comprendrait. Son institutrice lui avait appris que les Américains donnaient à leurs hélicoptères de combat les noms des tribus qu'ils avaient conquises.

– Les talibans les ont tous tués et ont emmené leurs corps. Je suis désolée.

Taz se redressa.

– Et l'autre Américain ? Lui aussi, il est mort ?

– Je crois que oui.

Des larmes jaillirent dans les yeux cernés de Taz.

– C'était mon frère, murmura Taz. Ils l'étaient tous. Aujourd'hui plus que jamais.

– Même les soldats afghans ? Et Mariam ? demanda Reshmina.

– Je voulais dire… Ce n'étaient pas réellement mes frères. Je me suis longtemps entraîné avec ces hommes. Je les considérais comme ma famille. Tu comprends ?

– Ils étaient votre tribu, dit Reshmina.

Taz hocha la tête.

– Oui, ma tribu.

Il s'essuya les yeux avant d'ajouter :

– Préviens ton père que ma radio est cassée, et que si mes camarades pensent que j'ai été tué et emporté par les talibans, ils ne reviendront pas me chercher.

Reshmina traduisit pour son père, qui hocha la tête.

– Je dois aller prévenir les autres familles du village, dit-il. Ils doivent savoir ce que nous avons fait. Ensuite, j'irai à la base de l'armée nationale afghane pour les informer que nous avons recueilli cet Américain. Ils transmettront à Asadabad.

Reshmina jeta à son père un regard étonné. La base se trouvait à presque cinq kilomètres, et la route était difficile, surtout pour un homme qui marchait avec une béquille.

Pour la première fois depuis l'arrivée de Taz, Marzia prit la parole.

– Quelqu'un d'autre que toi devrait y aller, Baba.

Leur père secoua la tête.

– Non, c'est à moi de m'en charger. Notre famille a offert l'asile à cet homme. Il est sous notre responsabilité.

Reshmina avait des sentiments mêlés. Elle serait volontiers allée en ville à la place de Baba, mais aucune famille n'enverrait une fille seule sur une base militaire. Pasoon aurait pu s'en charger aussi, s'il avait été d'accord avec cette démarche.

Reshmina expliqua à Taz ce que son père avait l'intention de faire. Le soldat la remercia de nouveau, arracha sur son uniforme le badge en tissu qui portait son nom et le lui tendit.

– Donne ça à ton père, s'il te plaît. Je fais partie des forces spéciales, et je suis chargé de faire un rapport à la base où il se rend. S'il montre ceci aux soldats afghans qui gardent le camp, ils auront la preuve que je suis vraiment ici.

Baba prit la bande de tissu, puis se tourna vers Reshmina.

– Zahir doit se trouver dans cette pièce à chaque fois que l'une d'entre vous approche le soldat, ordonna son père.

Reshmina acquiesça. Ni elle, ni Marzia, ni Anaa, ni sa mère n'étaient autorisées à côtoyer Taz sans être chaperonnées par un membre masculin de la famille. Zahir n'était certes pas une escorte idéale, mais il comptait tout de même.

Baba quitta la maison. Taz se rallongea, tandis qu'Anaa envoyait Marzia chercher de l'eau chaude et un linge pour nettoyer les blessures du soldat.

Un cri exaspéré en provenance de la cuisine rappela Reshmina à l'ordre.

– Il faut que j'aille ramasser du bois ! dit-elle.

Depuis ce matin, cela faisait deux fois qu'elle s'interrompait dans son travail.

– Je n'en ai pas pour longtemps ! confia-t-elle à Anaa.

Elle se tourna vers Taz pour traduire, mais il s'était déjà endormi.

– Marzia et moi veillerons sur lui, lança Anaa à Reshmina qui disparut par la porte de derrière.

Les chèvres se mirent à bêler sur son passage, furieuses qu'on ne les ait pas emmenées paître dans les montagnes. Où était donc Pasoon ? Quand son frère avait besoin d'évacuer sa colère, il partait dans les collines avec les chèvres et revenait une fois qu'il était calmé.

Et s'il avait vraiment rejoint les talibans, cette fois ? Malgré la petite voix dans sa tête qui lui soufflait qu'il était parti, Reshmina refusait d'y croire. Cette journée, pourtant, avait été particulière à bien des égards : le raid, la femme interprète, le soldat américain qu'elle avait secouru... Le fait d'avoir vu Taz chez lui était-il la goutte d'eau qui avait fait déborder le vase, pour Pasoon ?

Il y avait un moyen de s'en assurer. Le cœur battant, Reshmina contourna la maison, grimpa sur le seau en plastique posé à l'envers contre le mur et trouva la cachette où son frère rangeait toujours son avion. Elle était vide. Reshmina savait que Pasoon frère avait remis le jouet à sa place après le départ des Américains. Parmi ses rares possessions, c'était celle à laquelle il tenait le plus. Jamais il ne l'aurait laissée derrière lui. Si l'avion n'était plus là, cela signifiait que Pasoon était parti. Il avait rejoint les talibans et leur avait révélé que Taz était vivant et se cachait chez eux. Pourvu qu'il ne dénonce pas le soldat avant que leur père arrive à la base de l'armée nationale afghane !

Sautant à terre, Reshmina s'élança sur le sentier caprin qui grimpait dans les montagnes, sans même prendre la peine de dire où elle allait. Le temps était compté. Il fallait à tout prix qu'elle rattrape son frère.

BRANDON

ROCK TO FAKIE [3]

Brandon s'arrêta pour reprendre son souffle. La cage d'escalier, avec ses murs blancs et ses marches grises marquées à la peinture phosphorescente, était bien éclairée. Des rampes couraient des deux côtés, et chaque étage était indiqué par une petite pancarte scellée sur une porte métallique.

Il se trouvait dans la cage d'escalier A et, à ce moment-là, il était seul. Il faisait chaud et lourd, et une légère fumée planait dans l'air. Il essuya la sueur qui perlait sur son front. Il n'était qu'au quatre-vingt-septième étage. Il était temps de se remettre en marche.

Brandon était plutôt sportif. Il faisait du skateboard pendant des heures tous les week-ends et, l'année précédente,

3. Figure de skateboard consistant à faire passer la moitié de la planche par-dessus le sommet de la rampe avant de repartir en arrière. *(N.D.T.)*

à la fête de l'école, il avait gagné la course d'obstacles – en avant et en arrière. Mais monter des marches avec cette chaleur était bien plus fatigant que de faire du sport.

Brandon se figea en entendant un bruit d'éclaboussure : un liquide transparent coulait dans l'escalier. Cela ressemblait à de l'eau, mais le mari de Marni avait dit qu'un avion à réaction avait heurté le bâtiment. Et si c'était un produit dangereux ? Du kérosène, par exemple ?

Le liquide se fit plus abondant, formant une petite cascade qui dévalait les escaliers, encerclant peu à peu Brandon. Il ne pouvait ni monter ni descendre sans avoir les jambes éclaboussées. Pourtant, il devait absolument rejoindre son père…

Cramponné à la rampe, le cœur battant, Brandon se pencha pour humer le liquide. Ça ne sentait rien. En tout cas, ça ne sentait pas l'essence. Brandon aimait l'odeur de l'essence, qui lui rappelait les karts et les bateaux de pêche – mais ce liquide n'en était pas. C'était sûrement de l'eau provenant des arroseurs déclenchés par les systèmes d'alarme incendie.

Le restaurant *Windows on the World* était-il en feu ? Est-ce que son père allait bien ?

De nouveau, Brandon se sentit terriblement coupable d'être parti sans avertir son père. Celui-ci était-il quelque part au-dessus de lui, à sa recherche ? Avait-il appelé le 911 pour signaler sa disparition ? Tous deux formaient une équipe, et Brandon l'avait laissé tomber. Une fois de plus.

Son père avait fait de son mieux pour les maintenir à flot après la mort de sa mère. Il faisait beaucoup d'efforts, n'hésitant pas à lui acheter un nouveau skateboard alors qu'ils manquaient d'argent, ou veillant tard pour l'aider à faire ses devoirs de maths.

Brandon aurait tellement voulu lui dire qu'il était désolé ! De s'être enfui aujourd'hui, d'avoir été exclu du collège, de tout ce qu'il avait fait et qui avait compliqué la vie de son père. Pour cela, il fallait juste qu'il arrive jusqu'à lui.

Serrant les dents, Brandon monta sur la marche suivante. Un peu plus haut, il distingua des fissures dans le mur, puis, à l'étage suivant, de gros morceaux de Placoplatre sur les marches, qui lui bloquaient l'accès. Les deux rampes ne servaient plus à rien, désormais : l'une était arrachée, l'autre enfouie sous les gravats. Les montants métalliques auxquels étaient fixées les cloisons étaient mis à nu, et les fils rouges et noirs des néons arrachés pendaient lamentablement.

Brandon sentit la panique monter en lui. C'était mauvais signe. Très mauvais, même. S'approchait-il de l'endroit où l'avion avait frappé la tour ? Et s'il n'arrivait pas à passer ?

Brandon s'efforça de garder son calme. Il allait devoir escalader les débris, c'est tout. Il pouvait y arriver. Il s'appuya sur un fragment de mur pour grimper. L'eau qui ruisselait sur les marches les rendait glissantes, mais Brandon arrivait quand même à progresser.

Il était sur le point d'atteindre l'étage supérieur lorsque le morceau de Placoplatre auquel il s'accrochait se brisa dans sa main. Brandon tomba en arrière et se cogna la tête et le tibia avec un bruit sourd.

– Merde, murmura-t-il. Merde et remerde.

Les bras écartés, il s'allongea sur le dos, au milieu des débris. Il s'était égratigné les côtes et il se rendit compte qu'il saignait du nez. Il avait une vilaine trace rouge sur son tibia, et un point douloureux près de la hanche. Il ferma les yeux. Sans la fumée et les plaques de plâtre, il aurait pu se croire dans le fossé de drainage en béton où il avait appris à faire du skateboard – il y avait même un petit filet d'eau qui lui mouillait les fesses à travers son jean. Il ne lui manquait que son casque et ses protections. Mais ce qu'il avait appris avec le skateboard, c'était que si on abandonnait après une chute, on ne pouvait pas devenir un vrai skateur. Ça arrivait tout le temps de tomber, même quand on était très bon. C'était en tombant qu'on apprenait. Tous les skateurs mangeaient le trottoir, puis finissaient par apprendre à chuter. Et à se relever.

Brandon se remit debout et reprit son ascension, plus prudemment désormais. Une fois au quatre-vingt-huitième étage, il aperçut une lueur orange à travers une fissure du mur. À la fois soulagé et effrayé, il prit quelques instants pour réfléchir.

Si le feu s'est déclaré ici, au quatre-vingt-huitième étage, alors papa va bien ! Il me suffit d'atteindre l'étage supérieur, de monter jusqu'au restaurant, et nous attendrons ensemble l'arrivée des pompiers !

Avec une énergie renouvelée, Brandon escalada l'amas de gravats qui commençait à se désagréger sous l'effet de l'eau. Mais une fois arrivé sur le palier du quatre-vingt-neuvième étage, il s'aperçut qu'il était bloqué. La cage d'escalier menant aux étages supérieurs n'était plus là. Non seulement les murs avaient disparu, mais il n'y avait *plus rien*. L'escalier lui-même n'était plus qu'un tas de béton et de métal tordu. Il n'y avait rien à escalader, aucun moyen de passer de l'autre côté. *La cage d'escalier tout entière s'est effondrée.*

L'esprit de Brandon s'emballa. Comment cela était-il possible ? C'était le *World Trade Center*, le plus grand bâtiment de New York. Le deuxième plus grand de tous les États-Unis. Il ne pouvait pas s'écrouler comme ça !

Brandon se concentra. Cette cage d'escalier avait été détruite, mais il devait y en avoir d'autres, non ? Si celle-ci était la cage A, il y avait forcément une cage B. Il pouvait donc simplement sortir au quatre-vingt-neuvième étage, trouver une autre cage d'escalier intacte et continuer à monter. Brandon prit une profonde inspiration, puis hocha la tête. Son plan était bon, et il le conduirait jusqu'à son père.

La porte du quatre-vingt-neuvième étage était un peu voilée, telle une chaise en plastique bon marché qui se serait déformée sous un poids trop lourd, et des plaques de plâtre cassées encombraient le sol devant lui. Brandon tapa dans les cloisons humides pour dégager un passage, puis tira sur la porte. Elle ne bougea pas.

Sans lâcher la poignée, Brandon posa ses pieds sur le mur, en remontant à la verticale comme pour faire un *rock to fakie*. Il tirait avec ses bras tout en poussant avec ses jambes, quand enfin la porte s'entrouvrit dans un grincement. Brandon se glissa par l'ouverture et resta pétrifié. Le quatre-vingt-neuvième étage n'était plus là. Ou plutôt… il était désormais à ciel ouvert.

RESHMINA

J COMME JIHAD

Reshmina s'arrêta au sommet d'une crête pour observer les montagnes afghanes courant jusqu'à la frontière chinoise. Devant ces énormes blocs de roche, elle s'était toujours sentie minuscule. Si l'on ne prenait jamais le temps de lever les yeux, on oubliait aisément le vaste monde pour ne voir que son propre village.

Pasoon, lui, n'était nulle part en vue. Les cachettes étaient nombreuses dans ces montagnes, c'est pourquoi les talibans étaient si difficiles à trouver et à combattre. Pasoon était forcément quelque part, juste derrière la colline suivante, peut-être au-delà de la vallée voisine.

Mais où, exactement? se demanda Reshmina en reprenant sa route. Les talibans n'avaient ni village, ni camp, ni base. Ils arpentaient les montagnes arides et les cols entre l'Afghanistan et le Pakistan, passant d'un côté à l'autre de la frontière montagneuse, invisible et non surveillée, comme s'ils étaient partout chez eux. Pasoon avait dû prendre cette direction, comme elle, mais comment pouvait-il être sûr de les trouver ?

Soudain, Reshmina se souvint d'un jour où elle avait suivi son frère dans ces montagnes – un an ou deux auparavant ?

Quand Pasoon lui avait proposé d'aller explorer les environs, elle avait accepté avec enthousiasme, ravie d'échapper à ses corvées. En chemin, il avait ramassé un bâton qu'il brandissait comme une épée. Près de lui, Reshmina récitait en anglais le nom de ce qu'elle voyait : *rock*, le rocher. *Tree*, l'arbre. *Sun*, le soleil. *Brother*, le frère… Reshmina n'avait jamais vécu une aussi belle journée, jamais été aussi heureuse.

Ils étaient passés devant un gros rocher où un numéro de téléphone pakistanais était peint en gros – une sorte de panneau publicitaire destiné à tous ceux qui désiraient rejoindre les talibans –, avant de s'engager sur le sentier caprin qui contournait la montagne.

Enfin, ils étaient arrivés sur un petit promontoire, au sommet d'une falaise abrupte. Là, appuyé contre un rocher, se trouvait un vieux fusil à crosse de bois.

Reshmina avait retenu son souffle. Bien que cabossée par des années de combat, l'arme semblait encore utilisable. Comme s'il avait su que ce fusil serait là, Pasoon s'en était aussitôt emparé. Il était trop lourd pour lui, mais Reshmina savait qu'il s'était déjà servi d'une arme pour chasser les grues ou les cailles avec Baba.

Elle avait regardé son frère déverrouiller l'arme pour vérifier si elle était chargée. Il y avait deux cartouches par terre, que Pasoon avait fait glisser dans le chargeur avant de le remettre en place.

– Pasoon, qu'est-ce que tu fais ? avait demandé Reshmina, soudain alarmée. Il n'est pas à toi, ce fusil.

– Non, il appartient aux talibans ! Darwesh et Amaan ont dit qu'ils me donneraient cinq dollars si je tirais sur le campement américain !

Reshmina s'était sentie pâlir. Elle avait compris ! Pasoon n'était pas tombé sur ce fusil par hasard, pas plus qu'il ne l'avait invitée à aller « explorer les montagnes ». Il savait exactement où il allait, et ce qu'il allait faire une fois arrivé ! Les jambes tremblantes, Reshmina s'était avancée pour regarder en contrebas.

De l'autre côté de la vallée, elle avait découvert un campement fait de planches de contreplaqué et de bâches en plastique, qui avait servi autrefois de refuge aux bûcherons. C'était désormais une petite base américaine, délibérément implantée au cœur du territoire des talibans pour les pousser à l'attaque.

Pasoon, déterminé, avait levé son fusil pour la mettre en joue. Reshmina avait saisi la crosse afin d'arracher l'arme à son frère.

– Pasoon, arrête, ils ont des fusils, là-bas ! De gros fusils ! Ils vont te tuer ! Ils vont nous tuer tous les deux !

Pasoon avait froncé les sourcils et repris son fusil avant de rétorquer :

– Ils ne sauront même pas d'où provient le tir. En plus, je ne vais rien toucher. Darwesh et Amaan m'ont dit que je n'avais qu'à leur tirer dessus pour les voir sauter dans tous les sens comme des singes en colère et gaspiller leurs précieuses munitions pour riposter. Quand ils cesseront, je serai déjà loin !

– Mais pourquoi ne pas les laisser tranquilles ? avait demandé Reshmina.

Le visage de Pasoon s'était soudain assombri ; sa voix s'était faite plus acide :

– Nous les laisserons en paix quand eux nous laisseront en paix !

Posant le canon du fusil sur un rocher pour le stabiliser, Pasoon avait visé, tandis que, les mains déjà sur les oreilles, Reshmina s'écartait de lui. Pourquoi son frère l'avait-il emmenée ici ? Pour qu'elle le regarde ? L'encourage ? Elle n'aurait pas fait une chose pareille. Ou alors, avait-il peur ? C'était possible. Avait-il craint d'attirer les soupçons en se promenant seul dans les montagnes ?

Le recul du fusil avait fait tomber Pasoon à la renverse. Puis il avait couru se cacher derrière un rocher, sans oser regarder ce que son tir avait provoqué. Quelques secondes plus tard, Reshmina avait entendu les cris des Américains, puis le vacarme de la riposte. Elle s'était baissée, mais Pasoon avait dit vrai : leurs balles ne pouvaient pas les atteindre, surtout faute d'information sur l'endroit où s'était posté le tireur.

– Je vais attendre qu'ils me croient parti pour recommencer ! avait ricané Pasoon.

– Pasoon, ce n'est pas un jeu !

Mais Pasoon ne l'avait pas écoutée, trop content de se sentir adulte et important.

Je sais ce qu'il va se passer, maintenant, songea Reshmina, revenant au présent.

Les talibans diraient à Pasoon ce qu'il voulait entendre : qu'il était assez grand pour prendre ses propres décisions. Assez grand pour combattre les Américains à leurs côtés. Alors, Pasoon reviendrait sur cette crête, au cœur du fief des talibans.

Reshmina descendit à la hâte le sentier caprin qui menait à la vallée. Au pied de la colline, les jeunes garçons du village jouaient sur un char soviétique abandonné, à demi enfoui dans la terre, incliné. Sur le véhicule blindé, des traces noires délavées marquaient encore le point d'impact des roquettes tirées plus de trente ans auparavant par les moudjahidin – les combattants de la guérilla afghane.

Alignés sur un côté du canon, les garçons le poussaient de toutes leurs forces pour l'orienter vers le haut de la colline. Quand ils ne purent plus le pousser davantage, ils s'installèrent dessus à califourchon pour le faire retomber ; la tourelle atteignit alors le bas de son arc avec un bruit sourd, les jetant tous à terre.

Les garçons éclatèrent de rire, puis se levèrent pour recommencer.

– Vous connaissez mon frère Pasoon ? demanda Reshmina. Vous l'avez vu aujourd'hui ?

– Oui ! répondit l'un des garçons. Et il n'a pas voulu nous aider à pousser le canon !

Reshmina soupira. Ainsi, Pasoon était passé par ici ! Or il n'y avait rien d'autre, dans cette direction, que les talibans. Reshmina reprit son chemin.

Éloignée de la rivière, la province de Kunar était grise et poussiéreuse, sa terre aride et rocailleuse, sa végétation rare et sèche. Reshmina vit au loin un berger et ses chèvres ; elle douta que ces dernières trouvent autre chose à manger que des buissons d'épineux.

C'était Pasoon qui aurait dû faire paître son troupeau là-haut, dans les montagnes, et chanter des chansons à ses chèvres, au lieu de rejoindre les talibans engagés dans une guerre commencée une décennie avant sa naissance.

À bout de souffle, Reshmina grimpa sur un rocher pour défaire son foulard et prendre un grand bol d'air.

Elle avait commencé à perdre son frère jumeau à l'école. Leurs premiers manuels scolaires, avec lesquels ils avaient appris à lire le pachtou, étaient de vieux ouvrages antisoviétiques imprimés aux États-Unis et importés clandestinement du Pakistan. Les enfants afghans y apprenaient l'alphabet, mais aussi la manière de se défendre contre leurs occupants soviétiques. Reshmina se souvenait encore de certaines leçons.

K comme Kaboul, la capitale de notre cher pays, disait l'abécédaire. *Personne ne peut l'envahir. Seuls les Afghans musulmans peuvent la diriger.*

J comme jihad… Le jihad est la guerre que les musulmans mènent au nom de Dieu pour libérer les musulmans et les terres musulmanes des ennemis de l'islam. En cas d'invasion par des infidèles, le jihad s'impose à chaque musulman.

T comme topak. *Topak* était le mot pachtou pour « arme à feu ». *Mon oncle a un pistolet pour faire le jihad.*

Un autre manuel illustré racontait les aventures de deux garçons nommés Makboul et Bachir, qui aidaient les moudjahidin à préparer leurs armes avant une attaque contre l'armée soviétique.

Même les manuels de mathématiques encourageaient les Afghans à se battre. *Une balle de kalachnikov se déplace à 800 mètres par seconde. Si un moudjahid a le front d'un Russe dans sa ligne de mire à 3 200 mètres, combien de secondes faudra-t-il à la balle pour l'atteindre ?*

Reshmina savait que les Américains avaient conçu ces manuels pour nuire à leur ennemi de l'époque, l'Union soviétique. Ce que les États-Unis n'avaient pas prévu, c'était qu'eux-mêmes envahiraient un jour l'Afghanistan. Les Américains étaient devenus à leur tour les infidèles qu'ils avaient jadis entraîné les moudjahidin à combattre.

Reshmina avait réussi à ignorer ces slogans guerriers, réservant ses manuels à l'apprentissage de la lecture et de l'écriture. Mais Pasoon, lui, était fasciné par les images de chars, d'avions et de canons. Il avait été très influencé par des garçons comme Darwesh et Amaan, qui lui vantaient sans relâche les vertus des talibans. Deux ans auparavant, Hila avait été tuée dans cette attaque aérienne, et voici que, quelques heures plus tôt, Reshmina recueillait un soldat américain blessé chez elle…

C'était à cause de tout cela que Pasoon était parti. Pourvu qu'elle puisse le rattraper à temps !

Reshmina plissa les yeux, éblouie par la lumière du soleil. Elle crut distinguer un mouvement sur une crête, de l'autre côté de la vallée. La main en visière, elle scruta l'horizon. Oui, c'était Pasoon ! Elle aurait reconnu cette tête ronde et ces jambes maigres entre mille ! Son cœur bondit dans sa poitrine. Elle aimait toujours son jumeau, même si elle avait envie de le frapper.

Pasoon agita les bras pour attirer son attention, en criant son nom.

Quand la minuscule silhouette cessa de bouger et se retourna, elle comprit que ce n'était pas à elle que son frère faisait signe, mais à quelqu'un qui se tenait un peu plus loin, au sommet de la colline. Les silhouettes de quatre hommes enturbanés vêtus de pantalons larges et armés de fusils se découpaient en contre-jour.

Reshmina arrivait trop tard. Pasoon avait trouvé les talibans.

BRANDON

UN TROU DANS LE MONDE

Surplombant le vide, dans la tour éventrée, Brandon leva les yeux vers le beau ciel bleu de septembre. Un vent violent lui fouettait le visage, et des papiers incandescents tourbillonnaient au-dessus de lui. Des fils électriques dénudés crépitaient sur les murs effondrés.

Le souffle coupé, il s'appuya contre la porte de la cage d'escalier. À sa gauche et à sa droite, ce qui était auparavant un mur intérieur formait maintenant le mur *extérieur* de la tour nord. Au-dessous de lui, le pont de Brooklyn qui reliait Manhattan à l'East River paraissait minuscule, comme un décor de maquette de train. Il se trouvait à près de trois cents mètres dans les airs. Seulement, cette fois, aucune fenêtre, aucun plafond ne le séparait du ciel.

La serviette humide qu'il avait nouée autour de son visage s'envola. Une longue enjambée et il la rejoindrait pour un long, très long vol… Abasourdi, Brandon se laissa tomber, tremblant, sur ce qu'il restait du sol. Il savait qu'il devait bouger, retourner à l'intérieur. Mais il était paralysé par la peur.

Le rebord sur lequel il se trouvait ne faisait que un mètre de large. Horrifié, il fixa le vide autour de lui. Il aurait dû y avoir des murs, ici. Des bureaux, des photocopieuses, des fax, des fontaines à eau… Des gens. Mais il n'y avait rien. Ni personne.

Des images de son corps chutant du quatre-vingt-neuvième étage et s'écrasant au sol tournoyaient dans sa tête. Il tenta de les chasser, en vain. D'abord, ses pieds glisseraient, puis ses jambes. Il s'imaginait en train de s'agripper désespérément à la moquette, en larmes, priant pour ne pas lâcher prise. Il ne pouvait pas tomber. Mais l'attrait du vide était trop fort, et il était trop haut pour résister. Il éprouverait un terrible vertige avant de basculer dans les airs, battant désespérément des bras et des jambes. Il n'y aurait plus rien à quoi s'accrocher, plus rien à faire. Il serait déconnecté du monde. De tout ce qu'il avait jamais connu. Et puis le sol se précipiterait vers lui, de plus en plus vite, jusqu'à ce que…

Brandon ouvrit les yeux. Son cœur battait comme un fou et il tremblait comme une feuille, comme lorsqu'il se réveillait d'un cauchemar. Il était toujours assis par terre. Il n'avait pas bougé. Il n'était pas tombé.

Il allait tomber, s'il restait dehors plus longtemps. Le vent le ballottait, comme un chat jouant avec un bouchon. Il fallait qu'il se lève et qu'il parte d'ici. *Tout le quatre-vingt-*

neuvième étage n'a pas disparu, constata-t-il en reprenant ses esprits. Une partie était encore intacte, derrière lui. En rampant le long du couloir effondré, il pouvait tenter de rejoindre l'autre escalier. Mais ses bras et ses jambes étaient de plomb. Impossible de les bouger !

Tout à coup, l'air se mit à vibrer, le sol à trembler, et un hélicoptère bleu et blanc surgit juste devant lui. Il faisait du surplace, tanguant dans un sens puis dans l'autre pour se maintenir en position. Brandon lut les lettres *NYPD* écrites en blanc sur le flanc de l'appareil. Combien de fois s'était-il demandé, en voyant un hélicoptère survoler la ville, quel problème les policiers allaient résoudre ? Aujourd'hui, c'était lui, le problème.

La main en visière pour protéger ses yeux du vent, il distingua deux personnes à bord : un homme et une femme en uniforme bleu foncé portant un casque et des lunettes de soleil. Il se mit à agiter frénétiquement les bras comme un naufragé cherchant à attirer l'attention d'un navire de passage. Le pilote de l'hélicoptère toucha le micro intégré à son casque, comme pour parler à quelqu'un. Ils l'avaient certainement vu ! Ils allaient le secourir ! Brandon faillit laisser éclater sa joie.

Il continua d'agiter les bras, un grand sourire aux lèvres, mais il commençait à comprendre que l'hélicoptère de la police ne pouvait pas faire grand-chose, car il lui était impossible d'atterrir n'importe où, ou même de s'approcher suffisamment pour faire descendre une corde ou une échelle. Les sauveteurs étaient là, en sécurité dans leur hélicoptère, lui était coincé dans un gratte-ciel en flammes, et un gouffre de trois cents mètres de profondeur les séparait. Brandon baissa les bras et s'affaissa contre la porte. Ils ne pouvaient pas l'aider. Pas plus que s'il avait été sur la Lune !

Dans l'hélicoptère, les policiers devaient penser la même chose, car Brandon lut l'angoisse dans les yeux de la femme quand elle retira ses lunettes de soleil. Dans le grondement des hélices et du vent, il crut lire les mots « je suis désolée » sur ses lèvres.

Brandon fit un signe de la main résigné en voyant l'hélicoptère prendre de l'altitude. Il allait peut-être aider quelqu'un d'autre. Son père, par exemple – et lui-même, s'il arrivait jusqu'en haut.

Ses bras et ses jambes lui obéissant de nouveau, Brandon devait prendre une décision, quitter cet endroit, s'éloigner de cette corniche. Dans quelle direction aller ? La chose la plus facile à faire, la plus sensée, était de passer la porte pour se mettre en sécurité dans la cage d'escalier. Un escalier qui n'allait plus que vers le bas. Or, son père était en haut. Cependant il y avait deux autres cages d'escalier, et si l'une d'elles était encore intacte, Brandon pourrait se rendre à *Windows on the World.*

Il devait essayer.

Il essuya ses larmes. La corniche sur laquelle il se trouvait courait sur toute la longueur du mur intérieur jusqu'à la façade sud du bâtiment. De la fumée noire s'échappait du couloir ouvert ; il lui suffirait de ramper sur quelques mètres pour se retrouver à l'abri.

Tremblant comme une feuille, Brandon prit une grande inspiration et se mit à genoux. Il aurait voulu fermer les yeux mais il n'y arrivait pas – redoutant même de cligner des paupières, de crainte de basculer par-dessus le rebord. Il garda les yeux fixés au sol, ignorant le ciel, les papiers qui tourbillonnaient et les fils qui pendaient. Une main devant l'autre, une jambe à la fois, jamais moins de trois points d'appui… Brandon se dirigea vers l'extrémité sud du bâtiment. Tous les sens en éveil, il était attentif au moindre détail, au moindre signe de danger, captant des choses qu'il n'aurait jamais remarquées auparavant. La saleté des plinthes, la poussière que le tapis laissait sur ses doigts, l'odeur d'essence…

De nouveau, le vent fouetta le visage de Brandon ; alors qu'il secouait la tête pour écarter ses cheveux, une rafale le frappa et le poussa vers le vide… À plat ventre, il se rappela son cauchemar, se revit glisser et basculer dans le vide. Le cœur battant à cent à l'heure, il cria de peur et de désespoir, les ongles enfoncés dans le tapis humide. Soudain, il se sentit soulevé, traîné, non pas vers le bord, mais dans le sens opposé. Des mains le saisirent et le hissèrent dans le couloir enfumé.

Brandon et son sauveteur s'effondrèrent au sol.

– Qu'est-ce que tu fais ici, bon sang ! gronda une voix masculine.

Et Brandon découvrit un visage familier.

RESHMINA

L'APACHE

Reshmina regardait tour à tour Pasoon et les combattants talibans, sur la crête. Ces derniers devaient avoir vu son frère leur faire signe, pourtant ils demeuraient immobiles. C'était lui qui allait devoir monter jusqu'à eux.

Pasoon cessa d'agiter les mains et commença à grimper.

– Pasoon, arrête ! cria Reshmina, même s'il était trop loin pour l'entendre. Reshmina dévala la colline à sa poursuite. Elle courait beaucoup plus vite que lui, mais elle devait encore traverser le ruisseau, au fond de la vallée, et escalader l'autre versant. Jamais elle n'y arriverait !

– Pasoon, espèce d'idiot ! hurla-t-elle. Reviens !

Pasoon continua à grimper. Il était de plus en plus proche des talibans.

Reshmina glissa vers le fond du ravin. Encore loin devant elle, son frère rejoindrait les talibans avant qu'elle puisse le rattraper.

– Pasoon ! Je t'en prie, n'y va pas !

Elle jetait des regards désespérés autour d'elle, essayant de penser à tout ce qu'elle pourrait faire ou dire pour arrêter son jumeau.

Reshmina sentit les vibrations avant de percevoir le bourdonnement – un Apache ! L'hélicoptère américain survola la colline et piqua vers le ravin tel un insecte en colère, si bas qu'il souleva des cailloux et de la terre. On aurait dit une sauterelle géante, toute verte, avec un gros nez, une longue queue et des ailes repliées. À ceci près que cette sauterelle-là cachait des missiles et des mitrailleuses sous ses ailes. Était-elle à la recherche des soldats disparus ?

Une fusée jaillit d'une des ailes de l'Apache en direction de la crête où se trouvaient les talibans. Le flanc de la colline explosa, des grosses pierres s'en détachèrent puis roulèrent en direction de Reshmina. Elle courut se réfugier derrière un rocher et se recroquevilla alors que l'avalanche meurtrière passait tout près d'elle dans un grondement infernal.

Les Américains ne cherchaient pas leurs soldats. Ils cherchaient à se venger ! Reshmina entendit les talibans riposter, les balles de leurs fusils russes claquant telles des antennes métalliques sur un toit de tôle.

Quand l'avalanche cessa, Reshmina risqua un coup d'œil vers la colline. Son frère avait-il été touché par l'explosion ? Il n'était nulle part en vue ! Quel imbécile !

Reshmina regarda l'Apache tournoyer, ses canons ne lâchant jamais leur cible, au sommet de la crête. Des traînées blanches, aussi brillantes que le soleil, fusaient de sous ses ailes comme des feux d'artifice. Des balles traçantes… Elles étaient si rapides que Reshmina les voyait avant de les entendre. L'hélicoptère descendit encore, et l'impact des balles frappant le flanc de la colline devint si assourdissant que Reshmina se boucha les oreilles.

Il fallait qu'elle sache comment allait Pasoon ! Si ce gros lâche était blessé, elle devait l'aider.

Tête baissée, Reshmina se mit à courir vers la colline, les mains toujours sur les oreilles. L'Apache ne l'avait toujours pas repérée. Il pilonnait toujours la crête où se cachaient les talibans. Elle continua d'avancer, le regard rivé au sol, et rejoignit en quelques instants l'endroit où elle avait vu son jumeau. Des pierres fraîchement détachées provenant de l'explosion jonchaient le sol.

– Pasoon ! cria-t-elle. Pasoon, où es-tu ?

Une main sortit de derrière un rocher et la plaqua au sol.

– Couche-toi, idiote ! cria son frère.

Il était vivant ! Reshmina l'enlaça, puis lui donna un coup de poing dans l'épaule.

– Aïe !

– Je n'arrive pas à croire que tu sois vraiment parti pour rejoindre les talibans ! Tu es stupide, ou quoi ?

Ils sursautèrent quand des balles frappèrent la colline, juste au-dessus d'eux.

– Vite ! Partons d'ici !

L'Apache cessa ses tirs et se propulsa en haut de la colline à la poursuite des talibans.

Pasoon tendit la main à Reshmina pour l'aider à se relever.

– Viens ! On y va !

Le chemin qui longeait le ravin était trop exposé – si l'hélicoptère revenait, il les repérerait, et comme les Américains étaient pour le moment plutôt d'humeur à tirer d'abord et poser des questions ensuite, Reshmina et son frère avancèrent à flanc de colline, main dans la main, loin de la bataille.

– Tu n'es pas censée venir ici ! gronda Pasoon.

– Toi non plus ! rétorqua Reshmina, furieuse.

Reshmina se tordit la cheville sur le sol caillouteux et sentit une douleur aiguë. Malgré ses poumons qui lui brûlaient et l'impression que son cœur semblait sur le point d'éclater, elle n'abandonna pas. Ils ne pouvaient pas s'arrêter.

Elle jeta un coup d'œil par-dessus son épaule : l'hélicoptère n'était plus là.

– Reshmina, attention !

Une falaise ! Là, juste devant elle !

Reshmina lâcha la main de Pasoon, se jeta en arrière et tomba lourdement sur les fesses. Elle se retourna et agrippa le sol mais, prise dans l'élan de sa course, elle sentit ses pieds puis ses jambes se dérober…

– Reshmina !

Pasoon s'élança pour lui saisir les mains, juste avant qu'elle ne bascule dans le vide. Seuls la tête, les épaules et les bras de Reshmina touchaient encore la terre ferme.

Elle ravala un cri d'effroi. Elle avait beau agiter les jambes, elle ne rencontrait rien d'autre que de l'air. Elle allait lâcher prise… Déjà, elle se voyait tomber, virevolter, comme dans ces cauchemars où elle tentait de s'agripper à quelque chose, n'importe quoi, alors que le sol était de plus en plus proche… avant de se réveiller en nage, haletante. Mais cette fois, le réveil ne la sauverait pas.

– Pasoon ! Tiens bon ! Ne me lâche pas !

Les yeux exorbités, le front ruisselant de sueur, son frère jumeau tirait de toutes ses forces pour tenter de la hisser jusqu'à lui, tandis qu'elle cherchait désespérément un point d'appui du pied.

Soudain, elle sentit quelque chose. Ce n'était pas un rocher, ni un arbuste, mais une vibration, qui prenait naissance au creux de son ventre et gagnait tout son corps. Tout à coup, tel un aigle fondant sur sa proie, une ombre gigantesque apparut derrière elle. L'hélicoptère américain.

L'Apache flottait dans les airs, si près que Reshmina distinguait le visage du pilote à travers le pare-brise. Une énorme mitrailleuse, plus grande que Reshmina elle-même, dépassait sous l'engin, braquée dans la même direction que le regard du pilote, comme s'ils étaient reliés l'un à l'autre.

L'homme regarda à gauche, à droite, puis en direction de Reshmina, toujours suspendue au bord de la falaise. Son canon était pointé droit sur elle !

BRANDON

AU QUATRE-VINGT-TREIZIÈME ÉTAGE

– Hé, on se connaît ! s'écria le sauveur de Brandon. Tu es le gamin de l'escalator !

C'était l'homme noir chauve et barbu qui avait failli renverser son café sur lui et son père ! Brandon avait l'impression qu'il s'était passé une éternité depuis, mais c'était une heure auparavant, tout au plus.

– Finalement, c'est quand même une mauvaise journée, dit l'homme en aidant Brandon à se relever. Je m'appelle Richard.

– Et moi, Brandon.

Richard l'aida à se relever, puis demanda :

– Qu'est-ce que tu fabriques ici ? Tu aurais pu mourir !

– Je voulais rejoindre mon père, au restaurant du dernier étage. C'est là qu'il travaille.

Il toussa, gêné par la fumée qui les enveloppait. Un T-shirt humide plaqué sur son visage, Richard sortit d'une poche de son pantalon un mouchoir qu'il lui tendit.

– Tiens. J'ai apporté ça au cas où je croiserais quelqu'un, dit-il. Viens, partons d'ici !

Agrippés l'un à l'autre, ils avancèrent dans les couloirs sombres et enfumés du quatre-vingt-neuvième étage. En cet instant, Brandon n'était pas du tout gêné par ce contact avec un inconnu. Au contraire, être aussi proche d'une personne luttant elle aussi pour sa survie le rassurait. Il comprit que c'était ce qu'il ressentait d'habitude avec son père, et il eut l'impression que ce dernier se battait avec lui.

La fumée noire était si épaisse qu'ils ne voyaient pas à deux pas devant eux. Richard continuait de longer le mur à l'aveuglette. *On se croirait dans une station-service*, songea Brandon. Outre l'odeur d'essence qui lui piquait le nez et la gorge, il avait des vertiges. Il pressa sur son visage le mouchoir mouillé que Richard lui avait donné.

Ils arrivèrent devant une porte en acier. Elle était encore dans ses gonds, mais elle ressemblait à une boîte de conserve écrasée. Un panneau indiquait : *Cabinet d'avocats Jun He.*

Richard tenta de pousser le battant. Comme celui-ci ne bougea pas, il frappa.

– Monsieur Chen ! appela-t-il d'une voix que la fumée rendait rauque. Monsieur Chen ! Vous êtes là ?

Richard secoua une dernière fois la poignée, en vain. Par l'entrebâillement, Brandon aperçut un amas de poutres d'acier, de tuiles et de cloisons éventrées.

– Je ne pense pas qu'il soit possible d'escalader tout ça, dit Brandon. Il faut attendre que les pompiers viennent l'aider.

– S'il est toujours vivant… murmura Richard.

Brandon frissonna. Jusqu'à présent, il n'avait vu aucun blessé grave. Il devait y en avoir beaucoup, ainsi que des morts, ça ne faisait aucun doute : juste derrière eux, des couloirs entiers de bureaux avaient disparu. Mais l'idée qu'un cadavre pouvait se dissimuler derrière cette porte, ou être enfoui sous les décombres…

– Cela fait sept ans que je travaille au même étage que lui, expliqua Richard. Chaque matin, quand je le croise, je le salue. Il ne m'a jamais répondu. La seule chose que je sais de lui, c'est qu'il prend son café sans sucre. Maintenant, il est probablement mort. Écrasé par le plafond qui lui est tombé sur la tête.

Brandon fixa la porte pliée, en se demandant quelle impression ça lui ferait si le plafond lui tombait sur la tête. M. Chen avait-il été tué sur le coup ? Ou vivait-il encore, pris au piège et suffoquant à cause de la fumée qui venait d'en haut ?

– Viens, dit Richard. On ne peut rien faire pour lui, et on va mourir si on reste ici.

Ils continuèrent de marcher. Richard passa sans s'arrêter devant l'escalier C, mais Brandon, lui, s'immobilisa.

– Attendez ! cria-t-il. Il faut que je monte ! Je dois aller voir mon père !

– Écoute, petit, je ne crois pas que tu puisses arriver jusqu'au cent septième étage. Quelque chose de grave s'est produit, là-haut. Une bombe ou quelque chose comme ça. Tout le côté est du bâtiment a été arraché, tu as vu ?

– Un avion ! C'est un avion de ligne qui s'est crashé sur la tour, lança Brandon. J'ai entendu quelqu'un le dire !

Richard le regarda d'un air stupéfait.

– Reviens au bureau avec moi, finit-il par articuler. Nous avons appelé le 911, et on nous a conseillé de ne pas bouger jusqu'à l'arrivée des pompiers. Je suis juste sorti pour voir s'il y avait d'autres survivants à l'étage…

– Non ! Il faut que j'aille voir mon père ! protesta Brandon en ouvrant la porte.

La cage d'escalier était encombrée de débris semblables à ceux que Brandon avait dû escalader dans l'escalier A, et le liquide clair qui dévalait les marches ressemblait à une cascade mais, au moins, elle était toujours là. Brandon pensait réussir à se frayer un chemin vers le haut.

– Tu ne pourras pas passer, affirma Richard.

Brandon grimpa quelques marches.

– Je l'ai déjà fait pour monter jusqu'ici ! cria-t-il par-dessus son épaule.

– Attends, attends ! Pas question de te laisser seul. Je viens avec toi ! lança Richard après un instant d'hésitation.

C'était plus facile à deux. Richard prenait un point d'appui et tirait Brandon vers lui, puis Brandon prenait le relais… Tels des alpinistes encordés, ils se frayaient un chemin à travers les décombres. Ils étaient incapables de parler tant la fumée était épaisse et leur effort intense.

Ils passèrent devant la porte du quatre-vingt-dixième étage, puis devant celle du quatre-vingt-onzième. Au quatre-vingt-douzième étage, où ils firent une pause pour reprendre leur souffle, la porte était aussi gondolée. En l'ouvrant, Brandon découvrit une autre montagne de débris. Il faisait si chaud qu'il sentait la sueur lui couler dans les cheveux. Il s'essuya le front du revers de sa manche poussiéreuse.

– Es-tu déjà allé à La Nouvelle-Orléans ? lui demanda Richard.

Brandon fit non de la tête.

Richard s'essuya le cou avec son T-shirt mouillé avant de poursuivre :

– Là-bas, c'est comme ça, en été, dit-il. Mais sans la fumée.

Brandon espérait que la température ne grimperait pas davantage. Tous ses espoirs furent anéantis quand ils arrivèrent au quatre-vingt-treizième étage. Impossible de monter ces escaliers ! Le palier était totalement encombré de morceaux de plaques de plâtre, de métal et de béton, comme s'il y avait eu un glissement de terrain.

Brandon tenta d'ouvrir la porte, en vain : elle était brûlante. À travers les fissures des murs, il vit tourbillonner des flammes orange. La chaleur lui brûlait le visage, et une épaisse fumée noire s'insinuait dans la moindre ouverture. Le quatre-vingt-treizième étage n'était plus qu'une gigantesque fournaise.

Richard toussa à travers son masque de fortune.

– On ne peut pas aller plus haut, petit. Je suis désolé. Il faut redescendre.

– Non ! Mon père est là-haut, et il n'y a qu'un seul chemin pour y arriver !

Brandon se précipita pour escalader les décombres, empoignant des morceaux de Placoplatre et les tordant jusqu'à ce qu'ils se brisent. Mais chaque fois qu'il en dégageait un, d'autres apparaissaient, puis d'autres encore…

Il n'y avait aucun moyen de rejoindre son père à *Windows on the World.*

Brandon sentit un grand vide l'envahir, comme si toute vie s'était soudain retirée de son corps. Il se mit à frapper des pieds et des mains la montagne de débris.

– Non, non, non, non, non !

Derrière lui, Richard l'entoura de ses bras et le serra très fort.

– On ne peut pas monter. Je suis désolé, dit-il. Cet avion a dû frapper l'étage juste au-dessus de celui-ci. Regarde. Tout le plancher a été arraché.

– Il faut que j'y aille ! cria Brandon, en larmes. On forme une équipe, mon père et moi ! Je suis parti sans le prévenir, maintenant il est coincé là-haut et je suis tout seul ici !

– Je suis désolé, répéta Richard. Vraiment. Partons vite d'ici avant d'être asphyxiés par cette fumée.

Richard l'attrapa et, glissant et trébuchant, il le porta jusqu'au quatre-vingt-douzième étage, ne le lâchant qu'une fois sur le palier. Alors, Brandon se laissa glisser au sol puis enfouit la tête dans ses mains.

– Excusez-moi, hoqueta-t-il entre deux sanglots.

Richard essayait de l'aider, et il piquait une crise comme un bébé de deux ans !

Épuisé, Richard se laissa tomber près de Brandon et passa le bras autour de son épaule.

– Ne t'inquiète pas, petit. Je comprends, dit-il. Une quinzaine d'étages nous séparent de ton père. L'avion a dû s'écraser deux étages au-dessus de nous, là où il y avait toute cette fumée. Cela signifie que ton père va bien, comme tous ceux qui se trouvent là-haut, au restaurant.

Peut-être bien, mais ils sont pris au piège, au-dessus d'une fournaise.

– Les pompiers vont venir éteindre le feu, ajouta Richard, puis ils franchiront les obstacles pour aller les sauver. À moins qu'ils les évacuent par le toit, en hélicoptère. Il va s'en sortir, petit.

Brandon l'espérait. Lui et son père avaient besoin l'un de l'autre pour survivre.

Richard se leva et essaya d'ouvrir la porte du quatre-vingt-douzième étage.

– Bloquée ! On ne sait pas s'il y a des survivants là-dedans, et impossible de passer. On va vérifier les autres portes en descendant, pour s'assurer que tout le monde va bien. Puis on retournera à mon bureau et on attendra les pompiers. D'accord ?

Brandon acquiesça de la tête et jeta un dernier regard en haut des escaliers. Le quatre-vingt-treizième étage marquait une frontière que nul ne pouvait franchir, une ligne qui séparait les deux membres de l'équipe Chavez. Désormais, Brandon formait une équipe à lui tout seul.

RESHMINA

KOCHI

Sa main glissant dans celle de Pasoon, Reshmina descendit de quelques centimètres avant que son frère ne la rattrape. L'hélicoptère américain bourdonnait toujours tout près d'eux.

Reshmina savait que si le canonnier actionnait sa mitrailleuse, les balles les transperceraient, elle et son frère. Tout ce à quoi elle tenait, tout ce pour quoi elle avait travaillé et lutté disparaîtrait en un éclair.

– Allez, Reshmina ! cria Pasoon. Grimpe !

Après avoir changé de position, il tira plus fort sur sa main. Avec l'énergie du désespoir, Reshmina réunit ses dernières forces. Enfin elle parvint à poser un pied au bord de la falaise, tandis que Pasoon la hissait jusqu'à lui. Ils s'effondrèrent dans les bras l'un de l'autre, épuisés mais sauvés.

L'hélicoptère n'avait pas bougé.

Reshmina se retourna. Les pales de l'Apache faisaient voler son foulard et découvraient son visage. Elle crut voir le pilote parler dans son micro. Quelqu'un, au loin, décidait-il de son sort, de la même façon qu'un pilote de drone avait condamné sa sœur Hila ? Reshmina chercha le regard du soldat. Serait-ce le dernier qu'elle verrait ?

L'Apache resta un moment encore suspendu en l'air, puis, aussi soudainement qu'il était venu, il s'éloigna, laissant les jumeaux au bord de la falaise.

Reshmina se blottit contre son frère. Elle aurait voulu s'allonger par terre et rester là, mais les Américains et les talibans se battaient encore tout près. Pasoon et elle étaient trop exposés.

Pasoon le savait, lui aussi. Ils s'aidèrent mutuellement à se relever, et Reshmina serra un peu plus fort la main de son frère pour le remercier de lui avoir sauvé la vie. Il répondit par un simple signe de tête, puis tous deux commencèrent à accélérer pour mettre le plus de distance possible entre eux et la zone de combat.

En suivant le sentier qui contournait la montagne, ils tombèrent sur un camp de bûcherons abandonné. Là vivaient jadis les hommes chargés d'abattre les immenses cèdres et pins d'Afghanistan pour les vendre de l'autre côté de la frontière, au Pakistan. Les Américains avaient fermé la plupart de ces camps forestiers, convaincus que l'argent du négoce servait à armer les talibans. Or, cette décision s'était retournée contre eux : une fois au chômage, de nombreux bûcherons avaient troqué leurs tronçonneuses contre des fusils pour rejoindre les insurgés que les Américains essayaient de neutraliser.

Une explosion retentit de l'autre côté de la crête, puis un gros champignon de fumée noire s'éleva en spirale dans le ciel. Reshmina reprit la main de Pasoon et ils plongèrent derrière un tas de bois tandis que les balles ricochaient sur les rondins.

Terrorisée et furieuse à la fois, Reshmina aurait voulu crier. Elle était juste partie à la recherche de son frère, et ne s'attendait pas à se retrouver au milieu d'un champ de bataille ! Pourquoi ne les laissait-on pas tranquilles ?

Elle resta à plat ventre le temps de reprendre son souffle. Quand elle releva la tête, elle tomba nez à nez avec un chameau.

C'était si bête, si surréaliste après ce qu'ils venaient de vivre qu'elle eut envie d'éclater de rire. Pasoon, lui, ne put s'en empêcher, mais quand le chameau lui cracha au visage, il cria en s'essuyant le visage d'un revers de manche :

– Beurk ! C'est dégoûtant !

Reshmina posa une main sur son bras.

– Pasoon ?

Son frère se figea en découvrant comme elle un troupeau de chameaux derrière le tas de bois. Une trentaine d'hommes, de femmes et d'enfants étaient assis en tailleur et les regardaient. Ils paraissaient sales, et leurs haillons avaient la couleur des chameaux. Les hommes portaient une barbe blanche ainsi qu'un pantalon, un turban et une longue tunique, comme le père de Reshmina. La plupart des femmes étaient vêtues comme elle, mais quelques-unes portaient de longues robes à larges manches brodées de fil d'argent et ornées de sequins. Leurs enfants étaient blottis contre elles, les garçons enveloppés dans des couvertures, les filles dans des châles, tous parfaitement immobiles.

Ces gens sont des Kochi, comprit Reshmina tout à coup. Elle les avait déjà vus auparavant, de loin. Les Kochi étaient des nomades qui faisaient la navette entre l'Afghanistan et le Pakistan au fil des saisons, vendant des tapis qu'ils avaient fabriqués et échangeant la viande, le fromage et la laine de leurs chèvres, moutons et chameaux.

– Salut, dit Reshmina.

Les Kochi les fixaient, elle et Pasoon.

Au-dessus d'eux, la bataille faisait rage entre les Américains et les talibans ; les Kochi et leurs animaux, eux, ne bronchaient pas.

– Partons d'ici, chuchota Pasoon.

Il fit mine de se lever, mais Reshmina l'en empêcha.

– Restons cachés tant que les tirs n'ont pas cessé ! dit-elle.

Un par un, les Kochi déroulèrent leurs tapis de prière. Reshmina n'en revenait pas : ils allaient prier ici même, avec un hélicoptère américain qui virevoltait au-dessus de leurs têtes et mitraillait à tout-va !

Reshmina et son frère se sentirent obligés de se joindre à eux. Normalement, ils auraient dû faire leurs *awdus*, les ablutions qui précèdent la prière, mais ils les remplacèrent par des *tayammum*, utilisant la poussière du sol pour se purifier. Dieu, si indulgent et miséricordieux, daignerait sans doute les entendre. « Il vaut mieux prier que ne pas prier », aimait à répéter leur père.

Reshmina attacha son foulard. Elle se leva, s'inclina, se redressa puis s'agenouilla. Dieu connaissait mieux le cœur de Reshmina qu'elle-même, et lorsqu'elle s'assit pour demander pardon, elle pria aussi pour Pasoon. *S'il Te plaît, aide-moi à détourner mon frère de la vengeance. S'il Te plaît, montre-lui un autre chemin.*

Voyant le petit avion dépasser de la poche de Pasoon, elle le prit discrètement et le rangea sous sa tunique pendant qu'il avait les yeux fermés. Elle espérait que Dieu l'exaucerait, même si un plan de secours serait un plus.

Une fois la prière achevée, une vieille femme kochi s'approcha de Reshmina et lui tendit la main.

– Viens…

Reshmina interrogea son frère du regard ; il avait de nouveau l'air contrarié. Elle savait qu'il aurait préféré rejoindre les talibans plutôt que d'attendre avec une poignée de nomades la fin des combats. Mais on entendait encore les fusils crépiter sur la crête, et il était trop tôt pour qu'ils quittent leur cachette.

Reshmina accepta l'invitation de la vieille femme, à qui elle emboîta le pas, imitée par Pasoon. Ils la suivirent jusqu'à une petite couverture où un couple était assis avec ses deux enfants. Reshmina devina que la vieille femme était leur grand-mère. Des poulets gloussaient tranquillement dans un enclos, et un jeune chameau tordit son long cou pour les renifler.

Des bols contenant des naans, du riz, du poulet et des pistaches étaient déjà disposés par terre, sur une couverture, et la vieille femme offrit la nourriture à ses invités. Pasoon commença à manger, si avidement que Reshmina lui donna un coup de coude discret. Ils devaient accepter ce signe d'hospitalité – refuser aurait été une grave offense – sans toutefois en abuser. Les Kochi étaient pauvres, et le riz était une denrée précieuse pour cette tribu sans terre.

Reshmina prit un petit morceau de naan et une poignée de riz, puis hocha la tête en guise de remerciement, bientôt imitée par Pasoon.

Que se passerait-il si la bagarre entre les Américains et les talibans s'étendait au-delà de la crête ? se demanda Reshmina. Que feraient tous ces gens ? Ils n'auraient nulle part où aller, nulle part où se cacher.

Elle semblait être la seule à s'en inquiéter. Les deux petits enfants éclatèrent de rire quand deux jeunes chèvres s'approchèrent de Pasoon pour tenter de lui voler sa nourriture. La grand-mère reprit son ouvrage sur un petit métier à tisser, tandis que le père réparait ce qui ressemblait à une grande sacoche. La mère berçait son bébé, si étroitement emmaillotté qu'il pouvait juste bouger sa bouche et ses yeux – ces derniers commençaient d'ailleurs à se fermer.

Reshmina se demanda ce que ça faisait, de vivre ainsi. De naître en pleine nature, de bouger sans cesse et de dormir autour d'un feu qui crépitait doucement. C'était un mode de vie d'une extrême simplicité. Les Kochi possédaient uniquement ce que leurs chameaux pouvaient porter, et ne faisaient que le strict nécessaire pour assurer leur survie. Les enfants n'avaient pas besoin de marcher trois kilomètres pour aller à l'école, ils n'avaient pas de devoirs à faire à la maison. Reshmina doutait que l'un d'entre eux sache lire, et encore plus qu'ils sachent faire des divisions compliquées. Ils n'avaient sans doute jamais vu d'ordinateur, et s'en moquaient.

Pasoon semblait sous le charme, lui aussi, riant avec les enfants alors qu'un bébé chèvre essayait de grimper sur le dos de leur père. L'espace d'un instant, Reshmina se prit à rêver qu'elle et son frère soient tous deux des Kochi. Ces tribus nomades vivaient dans un monde à part, loin du conflit qui opposait talibans et Américains. Elle se doutait que cela ne pouvait pas être si simple, qu'ils étaient sans doute affectés par cette guerre, comme tout le monde. Mais elle aimait l'idée de grimper sur le dos d'un chameau et de laisser tout cela derrière elle.

Enfin, les explosions s'éloignèrent et, déjà, Pasoon était debout.

– Il faut que j'y aille, dit-il, refermant cette agréable parenthèse.

Reshmina remercia une nouvelle fois leurs hôtes et emboîta le pas à son frère. Près de l'ancien camp de bûcherons, elle l'attrapa par le bras.

– Non, Pasoon ! Ne va pas chez les talibans ! Tu ne peux pas faire ça !

Son frère se libéra d'un geste.

– Ah bon ? lança-t-il simplement, avant de se remettre en marche.

Reshmina était furieuse. Son frère pouvait se montrer tellement stupide, parfois !

– Tu es têtu comme une mule ! lui lança-t-elle, sans le lâcher d'une semelle.

– Et toi, tu es un vrai pot de colle ! rétorqua Pasoon.

– J'espère que les termites te dévoreront ! ajouta Reshmina, qui était capable d'échanger des amabilités avec son frère pendant une journée entière.

– Rentre à la maison, lui dit Pasoon. Tu n'es même pas censée sortir sans chaperon.

Reshmina accéléra et régla son pas sur celui de son frère.

– Eh bien, j'en ai un maintenant.

– Je t'interdis de me suivre, renchérit Pasoon.

– Regarde-moi…

Pasoon s'arrêta et planta ses yeux dans les siens.

– Tu peux dire et faire tout ce que tu veux, rien ne m'empêchera de rejoindre les talibans, déclara-t-il.

– Ah oui ? lança Reshmina en sortant le petit avion de sous sa tunique et en l'agitant hors de sa portée. Si ça ne te dérange pas de partir sans ça…

BRANDON

UNE CASCADE DE FLAMMES

Brandon et Richard s'engagèrent avec prudence dans les couloirs du quatre-vingt-onzième étage. Ils avaient vu des flammes à travers le mur fissuré, juste au-dessus d'eux, mais l'incendie n'avait pas gagné cet étage. Du moins pas encore.

Ils fouillèrent tous les bureaux qu'ils purent atteindre en escaladant les décombres et les débris : une compagnie maritime, deux banques, deux sociétés d'investissement. Tout était désert.

Brandon entrait dans l'un des bureaux quand il vit quelque chose tomber, dehors. *Était-ce… une personne ?* Brandon secoua la tête, sous le choc. Non, ça ne pouvait pas être une personne. Il fallait être complètement fou pour sauter des tours jumelles !

Brandon se souvint du vent qui l'avait presque soulevé, le poussant vers le vide, juste avant que Richard ne le mette en sécurité à l'intérieur du gratte-ciel. Quelqu'un d'autre avait-il été emporté par le vent ? Il frissonnait rien qu'en y pensant.

– Hé, gamin, tu as trouvé quelque chose ?

Richard avait parlé doucement, mais Brandon sursauta. Ils chuchotaient tous les deux, comme s'ils craignaient que le bâtiment s'écroule autour d'eux, tel un château de cartes, s'ils élevaient la voix.

– Non. J'ai juste cru voir… un corps passer devant la fenêtre, souffla Brandon.

Richard ouvrit des yeux horrifiés.

– Mon Dieu ! Non, ce n'est pas possible. Tu as dû rêver. C'est ton imagination qui te joue des tours.

Brandon hocha la tête. Oui, c'était sûrement ça. N'est-ce pas ?

Une énorme fissure courait sur toute la longueur d'un couloir de près de cinquante mètres menant à la partie centrale de l'étage, où se trouvaient les toilettes, les ascenseurs et les escaliers. Comme de la fumée s'échappait de la cage d'ascenseur, Brandon et Richard appliquèrent leur linge humide contre leur nez et leur bouche. Cela allait un peu mieux, mais les yeux de Brandon lui piquaient encore à cause de la fumée, de plus en plus épaisse.

Sur la face nord du bâtiment, le plafond s'était complètement effondré. L'avion avait dû s'écraser de ce côté, au niveau des étages supérieurs.

– Continuons, dit Richard. Tout le monde est sorti d'ici et nous devons faire de même. Vérifions rapidement l'étage suivant, puis retournons au quatre-vingt-neuvième.

Au quatre-vingt-dixième étage, Richard et Brandon eurent la surprise de découvrir deux personnes dans le couloir – un homme en combinaison de peintre et une femme en tailleur. Debout près des ascenseurs, ils semblaient attendre quelqu'un.

– Bonjour ! lança Richard. Est-ce que tout va bien ?

La femme désigna l'ascenseur.

– Nous, ça va, eux moins, dit-elle.

À l'intérieur de la cabine, Brandon distingua trois hommes et deux femmes complètement terrifiés. L'ascenseur était rempli d'une fumée noire tourbillonnante. Soudain, des étincelles jaillirent du plafond et tous se jetèrent au sol en hurlant.

La panique s'empara de Brandon au souvenir de la terrible sensation de vertige qu'il avait ressentie quand lui-même était resté bloqué dans une cabine d'ascenseur.

– Il faut les sortir de là ! s'écria-t-il en se précipitant vers eux.

Mais l'homme qui se tenait dans le couloir le retint.

– Impossible, dit-il. Regarde…

Une étrange brume bleutée ondulait tel un voile devant les portes ouvertes de la cabine, bloquant le passage. Les occupants devaient la franchir pour sortir.

– Qu'est-ce que c'est ? demanda Richard.

– Du feu ! répondit un homme dans l'ascenseur. On dirait… un rideau de flammes bleues.

Stupéfait, Brandon fixait la scène, hypnotisé. Le flot continu de flammes bleues semblait sortir de nulle part. Tout à coup, il s'épaissit, se transformant en une véritable cascade de feu.

– Nous ne voulons pas traverser, gémit une des femmes dans l'ascenseur. Nous allons nous brûler.

Tous les occupants crièrent quand la cabine descendit de quelques centimètres. Brandon frémit d'effroi : de nouveau, il éprouvait cette même sensation de chute…

– Il faut les sortir de là ! s'écria-t-il. J'étais dans un ascenseur quand l'avion a frappé la tour. Nous avons réussi à nous en extraire juste avant que le câble lâche !

Un des hommes laissa échapper un cri, un autre jura.

– Nous avons appelé la sécurité de l'immeuble, expliqua la femme dans le couloir. Ils nous ont donné pour consigne d'attendre les pompiers.

– Il faut bloquer les flammes, dit le peintre. Avec une boîte en carton ou quelque chose comme ça.

– Le carton va prendre feu ! cria un homme, dans l'ascenseur.

Il était clairement à bout de nerfs. Comme les autres. Un homme faisait les cent pas dans la cabine, la chemise trempée de sueur. Une femme pleurait les yeux fermés, l'autre parlait tout bas. Priait-elle ou s'adressait-elle à quelqu'un ?

– Et si on trouvait un extincteur ? demanda Richard.

– Pour éteindre quoi ? rétorqua l'un des hommes. Le feu a pris dans la cage. La source se trouve quelque part aux étages supérieurs !

Le quatre-vingt-treizième étage, songea Brandon. Lui et Richard avaient vu le brasier, qu'aucun extincteur ne pourrait éteindre. Il continuerait de brûler jusqu'à l'intervention des pompiers.

On entendit un craquement sinistre, et la cabine tomba de quelques centimètres supplémentaires. Agrippés à la rampe, les passagers se mirent à hurler. Un homme sanglotait.

Soudain, la femme qui marmonnait se leva et lâcha :

– Je vais sortir d'ici.

Sa voix tremblait et elle avait le regard paniqué.

– Je vais passer à travers ce truc ! Ce n'est que du feu, n'est-ce pas ? On peut passer le doigt dans la flamme d'une bougie sans se brûler, alors… je vais traverser très vite.

Personne ne tenta de la dissuader. Tandis qu'elle s'avançait vers la porte, les autres passagers s'écartèrent, tout comme Richard, Brandon et les deux autres personnes qui se tenaient dans le couloir.

La femme prit une grande inspiration, se couvrit le visage de ses mains et sauta dans les flammes bleues. L'espace d'un instant, il ne se passa rien… puis la femme s'enflamma.

Elle se jeta au sol en empoignant sa chevelure en feu. Brandon n'avait jamais rien vu de tel, sauf dans des films d'horreur, et ses cris déchirants lui soulevèrent le cœur.

Dans l'ascenseur, l'autre femme se mit à hurler et l'un des hommes eut un haut-le-cœur.

– Roulez-vous par terre ! hurla le peintre.

Contre toute attente, la femme eut la force d'obéir. À l'aide de son T-shirt mouillé, Richard frappa sur les flammes et réussit à éteindre le feu, si puissant qu'il avait gagné la moquette.

– Ne sortez pas ! ajouta le peintre. C'est du kérosène !

La femme brûlée rampa jusqu'au mur et s'y appuya, tandis que l'autre courait chercher de l'eau.

– Je crois que je suis un peu brûlée.

Brandon ne voulait pas la regarder, mais il n'arrivait pas à la quitter des yeux. Ses cheveux avaient disparu, et ses mains et ses bras étaient gravement touchés.

– C'est bizarre, je ne sens rien.

La femme revint avec un grand verre d'eau et en versa un peu sur le bras de la brûlée, qui hurla de douleur. Personne ne savait quoi faire.

– Il faut prendre l'escalier et l'emmener à l'hôpital !

L'escalier ? pensa Brandon. Ils étaient au quatre-vingt-dixième étage !

– Pouvez-vous marcher ? demanda l'employée de bureau.

Malgré les cloques qui commençaient à se former sur tout son corps, la malheureuse hocha la tête. Elle cria de douleur quand ils la soulevèrent.

– Nous allons l'aider à descendre. Vous deux, restez ici ! dit le peintre à Brandon et Richard. Essayez d'éteindre cette flamme et de faire sortir les autres…

Tout à coup, il se figea, et Brandon tourna la tête. La cabine d'ascenseur n'était plus là. Non ! Non, ils n'avaient pas pu tomber ! Ils étaient juste là !

Au bord de la nausée, Brandon s'approcha aussi près que possible du rideau de flammes pour regarder en bas. Des câbles brisés pendaient à l'endroit où se trouvait la cabine, et la cage d'ascenseur n'était plus qu'un grand trou noir. Vide.

La cabine d'ascenseur était tombée. Jusqu'au sous-sol ? Quelle que soit la réponse à cette question, une chose était sûre : les quatre personnes qui s'y trouvaient étaient mortes.

RESHMINA

LES CÈDRES D'AFGHANISTAN

– Rends-moi ça tout de suite ! cria Pasoon en s'élançant pour lui arracher son jouet des mains.

Mais Reshmina était trop rapide pour lui. Elle tenait l'avion au-dessus de sa tête et agitait le bras pour empêcher Pasoon de l'attraper.

– Donne-le-moi ! ordonna Pasoon. Tu n'es qu'une fille ! Tu dois faire ce que je te dis !

– Je ne suis pas une fille, je suis ta sœur, répliqua Reshmina avec malice.

De nouveau, Pasoon bondit pour saisir le jouet ; Reshmina s'éloigna en sautillant.

– Tu ne peux pas parler de Taz aux talibans ! Nous lui avons offert l'asile.

– Taz ? répéta Pasoon.

Reshmina rougit.

– C'est son nom. Le soldat américain. Et on ne peut pas lui donner refuge et se venger de lui en même temps.

– C'est ce qu'on va voir ! lança Pasoon. Le *badal* est autant dans le pachtounwali que le *nanawatai*.

Pasoon fit une nouvelle tentative pour s'emparer de l'avion – en vain.

– Les talibans ne respectent pas notre code d'honneur, affirma Reshmina. Ils ont tué autant d'Afghans que d'Américains !

– C'était quand, la dernière fois qu'on a connu la paix ? demanda Pasoon. Quand les talibans ont mis fin à la guerre civile.

– Ils ont aussi tué des familles entières sans raison ! protesta Reshmina avec force. Ils ont fait porter la burqa aux femmes et les ont enfermées dans leurs maisons !

– Ils donnent du travail aux gens, contra Pasoon. C'est Darwesh et Amaan qui me l'ont dit.

– Darwesh et Amaan, Darwesh et Amaan ! répéta Reshmina comme un enfant qui récite une comptine. Si Darwesh et Amaan te disaient de sauter du haut de la montagne, tu le ferais ? As-tu déjà eu une seule idée sans que Darwesh et Amaan te l'aient soufflée ?

Pasoon était furieux.

– Tu veux savoir ce que je pense, Reshmina ? Tu crois vraiment que c'est en élevant des chèvres qui n'ont rien à manger et en cultivant ces terres arides que je vais pouvoir me marier un jour ? Non ! Alors pourquoi je devrais mourir de faim alors que les talibans sont prêts à me payer vingt fois ce que je gagne en travaillant tout seul ?

– Ce sont des assassins, Pasoon. Si tu te joins à eux, tu ne vaudras bientôt pas mieux qu'eux ! déclara Reshmina.

Pasoon désigna l'avion.

– As-tu oublié qui a tué la personne qui m'a donné ce jouet ?

Il avait l'air plus calme, maintenant. Plus déterminé, aussi, comme si cette dispute l'avait convaincu de rejoindre les talibans, au lieu de l'en dissuader.

– La bombe qui a tué notre sœur le jour de son mariage était américaine, reconnut Reshmina.

Elle tenta de chasser ce terrible souvenir, mais il revint la hanter, implacable.

La journée avait commencé comme l'une des plus belles de la vie de Reshmina. Sa sœur aînée âgée de seize ans, Hila, avait été promise en mariage à un garçon d'un village voisin. La tradition voulait que la future mariée soit escortée jusqu'à sa nouvelle maison, où devait avoir lieu la cérémonie. La procession était toujours une fête. Tout le village s'était déplacé pour y assister. Les couples mariés marchaient bras dessus bras dessous. Les jeunes gens chantaient, dansaient et lançaient des pétards. Reshmina et Pasoon avaient neuf ans. Ils jouaient à chat parmi les adultes, riant et criant à pleins poumons. Après avoir enfin attrapé son frère, Reshmina s'était arrêtée pour reprendre son souffle.

C'est alors qu'elle l'avait entendu. Un bourdonnement furieux, comme un essaim de frelons. Pasoon et elle avaient levé les yeux en même temps, cherchant dans le ciel d'où venait ce bruit.

Les images ressugirent dans l'esprit de Reshmina, aussi nettes que ce jour-là. Un drone américain, haut dans le ciel… Il était long et gris, avec de grandes ailes comme celles d'un aigle et une queue de poisson. Les jumeaux l'avaient vu s'approcher de plus en plus d'eux. Soudain, un petit objet noir s'était détaché de l'appareil, filant droit vers le cortège nuptial mené par sa sœur dans sa belle robe de mariée, entourée de tous ses amis. Reshmina se rappelait le chuintement du missile, la traînée de fumée grise qu'il avait laissée derrière lui, et…

Reshmina crut sentir de nouveau la chaleur de l'explosion sur son visage, alors qu'elle se trouvait dans les montagnes, avec Pasoon, deux ans plus tard.

Maintenant qu'elle avait grandi, elle comprenait ce qu'il s'était passé. Les Américains avaient pris les joyeuses pétarades du cortège pour une attaque contre un avion américain qui planait haut dans le ciel. Si haut que ni Hila ni ses amis ne l'avaient vu ni entendu. Cela avait pourtant suffi pour qu'un soldat américain, installé dans une tente à des kilomètres de là, appuie sur un bouton…

Soudain, Pasoon la ramena à l'instant présent.

– Si les Américains ne peuvent pas être ici sans tuer des innocents, ils doivent quitter la vallée, lui dit-il. Sinon, il y aura le jihad !

Reshmina ressentait elle aussi la colère de son frère. Mais la guerre sainte n'était pas la solution.

– Alors tu vas quitter notre famille pour rejoindre les talibans ? demanda Reshmina. Tu vas me laisser tomber ?

Pasoon serra les poings.

– Oui. Et pas parce que Darwesh et Amaan m'ont poussé à le faire, mais parce que je le veux.

Reshmina hocha la tête. Elle savait que ce jour viendrait, même si une partie d'elle avait préféré croire que les choses ne changeraient jamais, qu'elle et Pasoon resteraient jeunes, heureux et insouciants pour toujours. Or, ils grandissaient tous les deux vite. Trop vite.

Un frisson parcourut son corps, aussi glacial que le vent qui transperçait son foulard en hiver.

C'est le moment que Pasoon choisit pour bondir en avant, plaquer Reshmina au sol et tenter de récupérer l'avion. Elle cria en lui lançant des coups de pied, mais si elle était rapide, Pasoon était le plus fort des deux. Elle lâcha le jouet.

Comme Pasoon essayait de l'attraper, Reshmina lui saisit le pied et il tomba à plat ventre dans la boue.

– Ha ! cria-t-elle triomphalement en agitant le jouet en l'air.

Quand Pasoon se releva, Reshmina fut surprise de découvrir des larmes dans ses yeux. Elle avait voulu l'énerver, pas le rendre triste. Elle s'en voulait terriblement, tout à coup.

– Puisque c'est comme ça, tu peux le garder ! lança Pasoon.

Quand elle le vit donner un coup de pied rageur dans un rocher, puis se retourner et s'éloigner, Reshmina sentit son cœur se briser. Comme tous les jumeaux, Pasoon et elle savaient frapper exactement là où ça faisait mal. Mais ils avaient toujours su où se trouvait la limite, et quand ils l'avaient franchie.

Elle s'élança derrière lui.

– Pasoon ! Pasoon, je suis désolée.

Hélas ! Pasoon ne voulait pas l'écouter, et Reshmina le suivit sans ajouter un mot.

Ils traversèrent dans un silence respectueux le cimetière situé sur l'autre versant de la montagne. Des centaines de pierres tombales étaient dressées à flanc de coteau, les plus grandes destinées aux hommes et aux femmes, les plus petites aux enfants et aux bébés. Certaines étaient ornées de couvertures colorées – souvenirs laissés par des proches de personnes récemment enterrées. D'autres étaient entourées de grands poteaux de bois entre lesquels flottaient des drapeaux verts déchirés – c'étaient les sépultures des combattants du jihad, qui avaient lutté contre l'occupation soviétique lorsque les parents de Reshmina étaient encore enfants. À certains endroits, les pierres étaient plus espacées, plus petites, et il était difficile d'imaginer que quelqu'un avait été enterré dessous.

– Tant d'Afghans sont morts, murmura Reshmina. Tu finiras comme tous ces gens si tu rejoins les talibans, Pasoon : sous un tas de pierres…

– Tu préférerais que j'attende d'être tué dans notre village, comme notre sœur ? répliqua Pasoon sans la regarder ni s'arrêter. Comme Barlas ? Comme la vieille Nazanina ? Comme l'oncle Mehtar ? La jambe de Baba a été déchirée par une mine alors qu'il labourait son champ. Si je dois mourir, autant que ce soit au combat !

– Pour la vengeance, dit amèrement Reshmina.

– Pour la liberté ! Le monde entier nous envahit et prétend nous dicter notre façon de vivre. Les Grecs, les Mongols, les Britanniques, les Soviétiques, les Américains…

– Les talibans, ajouta Reshmina.

– Les talibans sont des Afghans.

– Non, rappela Reshmina qui avait appris cela à l'école. À l'origine, ils sont venus d'Arabie saoudite et du Pakistan, soi-disant pour nous éduquer. Et ça continue. Et si nos envahisseurs remportent toujours aussi facilement la victoire, c'est parce que leurs armes sont meilleures que les nôtres : boucliers grecs, arcs mongols, canons britanniques, navires de guerre soviétiques, roquettes talibanes.

– Et drones américains…

De nouveau, Reshmina sentit son cœur se serrer au souvenir de Hila.

– Oui, des drones américains, mais sais-tu pourquoi nous avons toujours un temps de retard ? Parce que, pendant que tout le monde invente et construit des choses, nous faisons la guerre. Nous ne pourrons jamais progresser, Pasoon, parce que nous sommes figés dans le passé.

– Les infidèles et les étrangers peuvent nous conquérir, dit Pasoon, le regard fixé au loin devant lui, mais ils ne pourront jamais nous soumettre. Prendre l'Afghanistan et le garder sont deux choses différentes.

Reshmina protesta, mais Pasoon ne l'écoutait pas.

– Pourquoi quelqu'un voudrait-il diriger l'Afghanistan ? demanda-t-elle, frustrée. Il n'y a plus rien à diriger, ici.

Reshmina ramassa un cône de cèdre séché. Leur père leur avait raconté que, jadis, ces montagnes étaient couvertes de cédraies. Anaa leur avait décrit les rues de Kaboul, la capitale, elles aussi bordées de cèdres. Désormais, ces arbres avaient pratiquement disparu. Chaque occupant en avait abattu plus que le précédent, imité par les Afghans qui les avaient carrément massacrés pour acheter les armes nécessaires à la lutte contre l'occupant. L'Afghanistan n'était plus que terre et rocaille, et les seuls cèdres qu'il restait poussaient dans les montagnes les plus inhospitalières, où même les armées craignaient de s'aventurer.

Y a-t-il encore de la vie dans ce vieux cône de cèdre ? Quelque chose en sommeil à l'intérieur, prêt à germer à condition qu'on lui donne l'espace et les ressources nécessaires pour grandir ?

Reshmina ouvrit le cône. Il contenait encore des graines. Elle en prit une et l'enfonça profondément dans le sol. Cette graine deviendrait un cèdre de cinquante mètres de haut et resterait debout pendant mille ans – à condition qu'on le laisse pousser.

– Pasoon, reprit-elle, tu ne crois pas qu'il y a un autre moyen ? Et si… ?

Quand elle leva les yeux, Pasoon avait disparu.

BRANDON

CICATRICES

Derrière Richard, Brandon descendait l'escalier en pilotage automatique, ses mains et ses pieds bougeant machinalement.

Il ne parvenait pas à chasser de son esprit les images de ce qui venait de se dérouler au quatre-vingt-dixième étage. Les visages de ces personnes coincées dans l'ascenseur… Puis leur… disparition quand il s'était retourné. Et cette pauvre femme, brûlée sur tout le corps ! Brandon se sentait mal. Il s'arrêta et s'assit au milieu des débris, les yeux dans le vague.

– C'est ma faute, gémit Brandon. Cette dame est brûlée à cause de moi.

Richard se retourna. Il avait l'air aussi bouleversé que lui.

– Non, petit, commença-t-il, tu ne peux pas t'en vouloir pour tout ça.

– C'est moi qui leur ai dit qu'il fallait sortir de l'ascenseur ! Cette dame a sauté dans les flammes à cause de moi, répéta Brandon.

– Brandon, si elle était restée dans cet ascenseur, elle serait morte maintenant, souligna Richard. Ton conseil lui a sauvé la vie.

– Sauvé la vie ? Elle gardera des cicatrices à jamais, et tout ça à cause de moi. Je n'ai pas sauvé sa vie, je l'ai détruite !

– Au moins, elle a encore une vie, murmura Richard.

Rester dans l'ascenseur et mourir, ou traverser un mur de kérosène en flammes et être défiguré pour le restant de ses jours…

Qu'aurait-il fait, s'il avait été dans cet ascenseur ? Il l'ignorait. C'était un choix impossible à faire. Malgré lui, Brandon commença à pleurer. Pour la femme brûlée, pour les gens dans l'ascenseur, et pour lui-même.

Richard vint s'asseoir à ses côtés.

– Tout va bien se passer, petit, assura-t-il. Quel âge as-tu ?

Brandon ne voulait pas répondre. Il ne voulait pas parler.

– Douze ans, finit-il par balbutier.

Richard hocha la tête.

– L'âge que j'avais quand mon père est mort au Vietnam. Je n'étais pas là pour voir cette horreur, pas comme toi avec cette dame et ces gens dans l'ascenseur. Cela m'a détruit, pourtant. J'aimerais pouvoir te dire qu'il existe une méthode pour aller mieux, pour ne pas souffrir. Je te mentirais. La seule chose à faire… c'est surmonter cette épreuve. Parce qu'on n'a pas le choix. C'est une cicatrice, une mauvaise coupure. Ça fait encore mal de temps en temps, quand il fait froid et sombre dehors et qu'on est seul avec ses pensées. Mais, la plupart du temps… la plupart du temps, on l'oublie.

Brandon ne voulait pas oublier. Il voulait souffrir pour toujours. Il le devait, pour cette femme brûlée et pour les personnes mortes dans l'ascenseur.

– Viens, dit Richard. Retournons au quatre-vingt-neuvième étage.

Richard travaillait dans une entreprise appelée Cosmos Services. Il frappa à la porte ; une femme les fit entrer. Elle referma rapidement derrière eux et cala une grosse veste roulée au pied de la porte pour bloquer la fumée.

– Je commençais à m'inquiéter ! lança-t-elle à Richard en les guidant dans les couloirs.

D'origine asiatique, ses longs cheveux noirs réunis en queue-de-cheval, elle portait un pantalon gris et un chemisier blanc.

– Un avion s'est écrasé contre la tour, déclara laconiquement Richard.

– Nous avons entendu. J'ai eu mon mari au téléphone. Je n'ai pas réussi à joindre ta femme, mais j'ai laissé un message pour lui dire que tu allais bien. D'où vient ce garçon ? demanda-t-elle avec un signe de tête en direction de Brandon.

– Eh bien… disons qu'il m'est tombé dessus, répondit Richard. Brandon, je te présente mon assistante, Esther.

– Ravie de te rencontrer, lui lança celle-ci, avant de les conduire jusqu'au bureau le plus éloigné de l'entrée, dont la fenêtre donnait sur la tour sud.

L'air était heureusement meilleur ici, et Brandon prit une profonde inspiration en parcourant la pièce du regard.

Des maillots de sport étaient accrochés aux murs dans des cadres en verre, et une photo de Richard avec une jolie femme et deux enfants trônait sur le bureau.

Deux autres personnes partageaient cet espace avec Richard. L'une d'elles était le plus vieil homme que Brandon ait jamais vu de près. Sa peau était d'un brun clair, à peu près comme la sienne, mais ridée comme un pruneau. Vêtu d'un gilet et d'une chemise à carreaux marron, il avait des cheveux poivre et sel et d'épaisses rouflaquettes hirsutes qui dépassaient d'une casquette. Il était assis, parfaitement immobile, devant le bureau de Richard, le dos droit, les mains délicatement posées sur une canne en bois vernis, comme si tout était parfaitement normal.

– Il s'appelle M. Khoury, expliqua Richard. Il est libanais. Je l'ai entendu parler italien, arabe, français et espagnol, mais je ne pense pas que son anglais soit très bon. Il travaille dans la société de transport voisine. Et voici Anson, un représentant en logiciels qui a choisi le mauvais jour pour venir au World Trade Center proposer ses produits.

Brandon se retourna vers Anson. C'était un jeune homme aux cheveux noirs coiffés en arrière. Impeccablement habillé (pantalon gris, chemise blanche et cravate rouge), il se tenait droit comme un i dans un coin de la pièce, les yeux fermés.

Brandon trouva son attitude étrange jusqu'à ce qu'il le voie s'approcher du bureau, avec une longue canne blanche dans une main et, dans l'autre, la laisse d'un labrador. Un chien d'aveugle. Brandon eut de la compassion pour cet homme. Si quelqu'un devait paniquer, en ce moment, c'était bien lui ! Mais il était presque aussi calme que M. Khoury.

Aussitôt, Brandon se sentit plus léger.

– Je peux caresser votre chien ? Il a l'air gentil !

– En principe, on ne doit pas la toucher quand elle travaille, expliqua Anson, mais aujourd'hui on peut faire une exception. Elle s'appelle Daphne.

Brandon s'agenouilla pour câliner le labrador. Il avait toujours voulu en avoir un, malheureusement son père n'était jamais d'accord, car ils étaient trop souvent absents de la maison durant la journée pour s'occuper d'un animal. Brandon savait qu'il avait raison, ce qui ne l'empêchait pas d'en avoir envie quand même.

À la réception, Esther alluma une radio.

– C'est Anson qui a suggéré d'essayer de capter les informations, expliqua-t-elle. Nous avons trouvé cette radio juste avant que tu reviennes.

Esther tomba sur deux animateurs d'une station musicale, qui parlaient et riaient.

« Des dépêches viennent de tomber disant qu'un avion a heurté l'une des tours du World Trade Center ! » annonça l'un.

L'autre animateur éclata de rire.

« Ah oui, je comprends ! Les avions s'écrasent, c'est bien connu. Mais il faut quand même être très mauvais pilote pour foncer dans un gratte-ciel, non ?

– Le type qui était aux commandes devait avoir trop bu ! dit l'autre animateur dans un rire. Hôtesse ! Arrêtez de servir de l'alcool à ce type, il doit piloter l'appareil ! »

– Change de fréquence ! lança Richard, l'air accablé.

Comment les animateurs pouvaient-il plaisanter à propos d'une telle catastrophe ? S'ils avaient vu ce qu'il venait de voir…

« Est-ce qu'on peut mettre une amende à un pilote de ligne pour conduite en état d'ivresse ? reprit la voix dans la radio. Hé, mon pote ! Gare-toi ! Oui, c'est à toi que je parle. Pose cet avion avant que… »

Esther trouva une station d'information où l'on évoquait l'accident ; Brandon écouta avec attention dans l'espoir d'apprendre quelque chose de nouveau.

« Nous ne savons toujours pas comment ce dramatique accident a pu se produire. Les pompiers et la police de New York sont sur les lieux et ne vont pas tarder à faire leur rapport. En attendant, nous avons quelqu'un en ligne qui nous appelle d'un des étages supérieurs de la tour. Monsieur Collins, êtes-vous là ? J'ai cru comprendre que vous étiez bloqué dans des bureaux au cent quatrième étage de la tour nord. Pouvez-vous nous dire ce qu'il se passe ? »

Le cent quatrième étage ! Brandon se redressa aussitôt et échangea avec Richard un regard plein d'espoir. C'était au quatre-vingt-treizième étage que l'incendie était le plus fort. S'il y avait quelqu'un de vivant au cent quatrième, cela signifiait qu'il y avait des survivants au-dessus de la zone d'impact… dont son père !

« Eh bien, il y a beaucoup de fumée, raconta l'homme. Les ascenseurs sont détruits, tous les escaliers bloqués. Nous avons appelé les secours et on nous a demandé de ne pas bouger en attendant qu'on vienne nous chercher. Nous voulions juste faire savoir à nos familles que nous allons bien, et que… »

L'interview continua, mais Brandon n'écoutait plus. Il se leva d'un bond.

– Richard ! Il appelle du cent quatrième étage !

– Je sais. Ça veut dire que ton père va bien.

– Oui, et ça veut dire aussi que les téléphones fonctionnent encore, là-haut !

Brandon se précipita vers le gros appareil noir posé sur le bureau de Richard. Pourquoi n'y avait-il pas pensé plus tôt ? Il allait téléphoner à son père au restaurant !

RESHMINA

ESPÈCE DE BOURRICOT

– Pasoon ? appela Reshmina.

Il y a un instant, Pasoon était là, juste devant elle… Pourquoi, comment avait-il disparu ? Le chemin qu'ils avaient suivi grimpait jusqu'au sommet de la colline. La vue était dégagée jusqu'à la crête suivante, ou jusqu'au ravin en contrebas. Il n'y avait ni rocher ni arbre derrière lequel se cacher.

– Pasoon, espèce de bourricot ! cria Reshmina. Où es-tu passé ?

Elle inspecta les environs : Pasoon s'était volatilisé. Reshmina sentit la panique s'emparer d'elle. Avait-il trouvé les talibans avant qu'elle ait pu le faire changer d'avis ?

Reshmina continua de monter. Si Pasoon avait réussi à grimper jusqu'au sommet pendant qu'elle regardait ailleurs, elle l'apercevrait une fois en haut de la crête. Elle accéléra le pas, puis s'arrêta. Non, Pasoon n'avait pas pu parcourir tout ce chemin en aussi peu de temps. Il ne devait pas être très loin. Mais où ?

Reshmina revint à l'endroit où elle avait planté la graine et tendit l'oreille. Elle fouilla soigneusement les environs, s'attardant sur chaque rocher, chaque buisson, écoutant le moindre bruit porté par le vent : une brindille qui craque, un pas qui trébuche, une pierre qui roule… Rien.

C'est alors qu'elle perçut un petit bruit métallique, à peine plus fort que les battements de son cœur. Elle ne l'aurait pas entendu si elle n'avait pas été aux aguets.

Le son provenait d'un surplomb rocheux qui bordait le chemin. Elle s'en approcha, l'oreille tendue, scrutant les environs. *Il n'y a rien ici !* pensa-t-elle. Elle posa les mains sur la paroi dans l'espoir de découvrir un passage secret que Pasoon aurait franchi. Rien.

Reshmina soupira, les yeux baissés. *Tiens, il y a des empreintes de pas…* Elle s'accroupit, et ce ne fut qu'une fois sa tête tout près du sol qu'elle la vit, creusée dans la roche. *L'entrée d'une grotte…*

Pasoon, ce sale rat ! Les montagnes afghanes étaient pleines de caches comme celle-ci. Certaines n'étaient pas plus grandes que les léopards des neiges qui aimaient y dormir ; d'autres s'enfonçaient dans les montagnes, jadis creusées par les eaux anciennes et utilisées pendant des décennies comme repaires par les combattants du jihad. Pasoon devait connaître l'existence de cette grotte et avait profité d'une minute d'inattention de sa part pour s'y faufiler.

Reshmina se glissa à l'intérieur par une fissure juste assez grande pour laisser passer un adulte. Une fois l'entrée franchie, on pouvait se tenir debout, mais il faisait noir et froid. Elle attendit que ses yeux s'habituent à l'obscurité ; seul un faible rai de lumière provenant de l'entrée permettait de s'orienter. Tout bas, elle appela son frère.

– Pasoon ?

Ce vilain petit crapaud était sûrement ici, quelque part. Peut-être même tout près d'elle… si la grotte ne s'enfonçait pas plus profondément dans la montagne. Pour le découvrir, il fallait continuer.

Reshmina avança à tâtons, et sa cuisse heurta presque aussitôt quelque chose. Le cœur battant, elle se figea. Un grattement sur la paroi, un tintement de verre… Une table ? Elle tendit la main. Oui, c'était bien une table, avec, au milieu, une lanterne ! Elle en reconnut la forme. Et s'il y avait une lanterne, il y avait… Elle tapota le plateau jusqu'à ce qu'elle le trouve : un petit briquet !

Reshmina l'alluma. Elle découvrit une lampe en verre sur la table, comme celle qu'elle avait chez elle, avec de l'huile. Elle approcha son briquet de la mèche, et une faible lueur éclaira la grotte.

Il y avait quelque chose contre la paroi. Reshmina s'approcha… Des armes. La grotte en était remplie ! Des fusils. Des lance-roquettes. Des boîtes de munitions. Des mines terrestres non enterrées. Le bruit métallique que Reshmina avait entendu avant d'entrer devait être celui de Pasoon trébuchant sur une arme, dans le noir.

Elle abaissa la lanterne pour mieux voir. Les armes provenaient de différents pays. Elle reconnut certaines langues et en devina d'autres : anglais, roumain, français, allemand, espagnol, coréen, chinois. Mais pas de pachtou ni d'arabe. L'Afghanistan ne fabriquait pas d'armes, mais en était un grand consommateur. C'étaient les grands pays qui gagnaient de l'argent en vendant des armes aux petits, sans se soucier des morts occasionnées.

Que se passerait-il si les grands pays cessaient d'approvisionner les petits ? Comment l'Afghanistan, le Pakistan, l'Arabie saoudite, l'Iran et les autres se battraient-ils entre eux et contre le reste du monde ? Avec des arcs et des flèches ? Des épées ? Des pierres ? Avec leurs poings ?

Peut-être qu'ils ne se battraient pas du tout, et qu'ils passeraient leur temps à construire des usines, des écoles et des hôpitaux. Mais cela n'arriverait jamais, Reshmina le savait. Elle savait aussi qu'elle avait sous les yeux une cache d'armes appartenant aux talibans – un véritable arsenal !

Soudain, elle sentit une présence dans son dos, et se retourna. Surgi de nulle part, tel un fantôme, Pasoon apparut tout près d'elle. Elle cria quand il se jeta sur elle, et lâcha la lanterne qui se brisa au sol.

L'huile renversée s'enflamma.

– Non ! Les explosifs ! hurla Reshmina.

– Aide-moi à éteindre le feu !

Ensemble, ils frappèrent la terre, Reshmina utilisant son foulard pour étouffer les dernières flammes. Celle-ci n'était pas rassurée pour autant : elle craignait qu'une des armes se déclenche, et il faisait à nouveau nuit noire dans la grotte.

– Partons d'ici ! dit Pasoon.

Il sortit le premier, puis aida Reshmina à se faufiler par l'ouverture. Une fois dehors, elle secoua son frère de toutes ses forces.

– Imbécile ! s'écria-t-elle. À cause de toi, nous aurions pu mourir tous les deux là-dedans !

– C'est toi qui as fait tomber la lanterne !

– À qui la faute ? protesta Reshmina.

Ils tremblaient tellement qu'ils durent s'asseoir.

Quand Reshmina eut repris son souffle, elle se tourna vers son frère.

– Comment connais-tu cet endroit ?

Pasoon regarda au loin.

– C'est Darwesh et Amaan qui me l'ont montré.

Reshmina éclata de rire. Darwesh et Amaan, bien sûr…

Furieux, Pasoon se leva et reprit son chemin.

Une nouvelle fois, Reshmina lui emboîta le pas.

– Pasoon, attends ! Je suis désolée. S'il te plaît, arrête ces bêtises, rentre à la maison. Mor et Baba ont besoin de toi. Et moi aussi.

Mais Pasoon ne voulait plus discuter. Reshmina regarda son jumeau s'éloigner. Pourquoi ne comprenait-il pas qu'il y avait une autre voie ? Un autre avenir ? Pourquoi suivait-il avec tant d'obstination l'exemple de tous les autres garçons qui, avant lui, avaient quitté leur famille pour grossir les rangs des talibans ?

Un peu plus haut, Reshmina aperçut le rocher qu'elle avait découvert avec Pasoon quelques années auparavant. L'endroit où elle avait deviné qu'il se rendrait depuis le début. Le numéro de téléphone y était toujours inscrit.

– Le fusil n'est pas là ! cria-t-elle à Pasoon. Ce n'est pas possible.

Elle se trompait. Après le rocher, ils débouchèrent sur le petit plateau : là, à l'endroit même où Pasoon l'avait laissé, se trouvait le fusil soviétique qu'il avait utilisé pour tirer sur la base de l'armée américaine.

Pasoon le prit et vérifia qu'il était toujours chargé.

– Pasoon, qu'est-ce que tu fais ?

Pasoon arma le fusil et visa le flanc de la montagne.

– J'appelle les talibans, dit-il.

BRANDON

SORTIR

Le cœur battant à tout rompre, Brandon composa de mémoire le numéro du restaurant *Windows on the World*. Occupé. *Non, non, non, non, non ! Pourvu que la ligne ne soit pas coupée !*

Il s'était peut-être trompé. Les doigts tremblants, il raccrocha et recommença. Il voulait juste savoir si son père était vivant. S'il allait bien. La sonnerie retentit. Enfin ! Quelqu'un décrocha. Brandon hurla presque dans le combiné.

– Bonjour, c'est Brandon Chavez ! Est-ce que mon père est là ? Est-ce qu'il va bien ?

Silence. Brandon retint son souffle. Il entendit son interlocuteur crier :

– Leo, ton fils au téléphone !

Brandon attendit pendant ce qui lui parut une éternité. Puis une voix familière résonna dans le combiné.

– Brandon ?

– Papa !

Quel soulagement d'entendre la voix de son père ! De savoir qu'il était encore vivant, après tout ce que Brandon avait traversé aujourd'hui, tout ce qu'il avait vécu. Des larmes roulèrent sur ses joues, et il éclata de rire.

– Oh, Brandon ! Dieu merci, tu vas bien ! répondit son père. Tout à coup, nous avons entendu un grand bruit, puis il y a eu la fumée, et tu avais disparu ! Je ne savais pas si tu étais mort ou vivant !

Brandon sanglotait, maintenant.

– Je suis vraiment désolé, papa. Je voulais descendre au centre commercial pour acheter les gants de Wolverine à Cedric. Je n'aurais jamais dû partir comme ça, sans rien dire ! J'étais dans un ascenseur quand l'avion s'est écrasé contre la tour, et je me suis retrouvé coincé. Quand j'ai réussi à sortir, j'ai voulu monter te retrouver, mais c'était impossible. Il y a un incendie et les escaliers sont bloqués.

– Je suis si heureux de te savoir sain et sauf ! répéta son père. J'ai voulu descendre te chercher, mais je suis resté bloqué au centième étage.

Brandon fronça les sourcils. Le centième étage ? Si Richard et lui n'avaient pas pu franchir le quatre-vingt-treizième et que les gens qui se trouvaient tout en haut étaient restés bloqués au centième étage, cela signifiait que… sept étages entiers avaient été détruits ! Étaient-ils tous en feu, comme le quatre-vingt-treizième ? Comment les pompiers parviendraient-ils à éteindre un tel brasier ?

Soudain, Brandon comprit… et ne put s'empêcher de dire tout haut :

– Mais… alors ça signifie que tous les gens qui sont au-dessus du centième étage sont… piégés !

Le souffle coupé, il ajouta dans un sanglot :

– Et que toi aussi, tu es piégé !

– Ça va, Brandon, nous allons bien, assura son père.

Il avait l'air tellement calme que Brandon fut rassuré. Un peu.

– Nous sommes environ soixante-dix ici, expliqua son père. Il s'est passé quelque chose de grave au cent sixième étage et nous sommes tous ensemble, maintenant. Il y a beaucoup de fumée, mais on va s'en sortir, d'accord ? C'est juste un accident. Ce vieux bâtiment est très costaud, et il résiste à tout, comme nous deux, n'est-ce pas ? Tu vas bien, maintenant, c'est tout ce qui compte, Brandon. *Madre de Dios !* J'ai cru que je n'entendrais plus jamais ta voix !

– Moi aussi, hoqueta Brandon.

Il se sentait tellement inutile ! Il aurait voulu faire quelque chose, mais quoi ?

– Tu veux qu'on appelle les secours ? demanda-t-il en jetant un coup d'œil à Richard.

– C'est déjà fait, répondit son père. Ils nous ont demandé de ne pas bouger en les attendant. À quel étage te trouves-tu ? Est-ce qu'ils sont arrivés ?

– On est au quatre-vingt-neuvième étage. Il y a d'autres personnes ici, mais pas de pompiers. Pas encore.

– Ne t'inquiète pas, Brandon, on va s'en sortir, affirma son père. Tous les deux. Es-tu avec quelqu'un qui peut s'occuper de toi ?

– Oui. Je suis avec un homme qui s'appelle Richard. Il est très gentil…

Brandon se tourna de nouveau vers Richard, qui lui sourit.

– Tu sais, c'est le monsieur qu'on a croisé sur l'escalator, ce matin. Celui qui a failli renverser son café ! Tu te souviens ? Il travaille au quatre-vingt-neuvième étage.

– Très bien. Reste avec lui jusqu'à ce que tu sois en sécurité, d'accord ?

De nouveau, des images du brasier du quatre-vingt-treizième étage surgirent dans l'esprit de Brandon. Les débris. La femme brûlée…

– Et si les pompiers ne peuvent pas arriver à temps ? demanda-t-il.

– Alors nous serons évacués en hélicoptère, par le toit, dit son père.

Oui ! Brandon avait vu l'hélicoptère. Et, bien qu'il n'ait rien pu faire pour lui, il pourrait tenter de se poser sur le toit pour évacuer les personnes bloquées aux étages supérieurs.

– Tout va bien, Brandon, reprit son père. Nous avons connu pire.

Brandon avait du mal à croire que son père puisse rester aussi calme, surtout quand lui-même était au bord de la crise de nerfs. Il avait réussi à mettre ses émotions de côté durant cette épreuve, à aller de l'avant malgré sa terreur, qui aurait dû le paralyser totalement. Mais maintenant qu'il pouvait souffler un peu et parler à son père, toutes ses craintes, ses inquiétudes et sa confusion refaisaient surface. La panique le gagnait.

– Brandon, tu es toujours là ? demanda son père.

– Oui ! Oui, je suis là, papa, désolé…

– Brandon, tout va bien. Tu as toujours ta clé, n'est-ce pas ? Tu peux rentrer à la maison en métro. Tu l'as déjà fait. S'ils évacuent l'immeuble, je veux que tu prennes le métro et que tu m'attendes à la maison. Compris ?

– Je ne peux pas partir sans toi, papa !

Il se détourna pour cacher ses larmes, gêné de se laisser ainsi aller devant Richard.

– Nous formons une équipe, toi et moi. Tu dis toujours que…

Par la fenêtre, Brandon vit quelque chose scintiller dans le bleu du ciel. Un avion… Un énorme avion, qui volait beaucoup trop bas, au-dessus du port. Terrorisé, Brandon se figea. Ce n'était pas normal. Esther, qui l'avait vu aussi, écarquilla les yeux.

L'avion était de plus en plus gros. Il fonçait droit sur eux, sur la tour nord ! Affolé, Brandon fit un pas en arrière, avant de voir l'aile de l'appareil pivoter et disparaître. Puis il y eut un bruit sourd, suivi d'une énorme boule de feu orange vif qui embrasa la tour sud, juste en face…

Tout le monde se jeta au sol et Brandon poussa un hurlement de terreur. La tour nord trembla de nouveau et Richard laissa échapper un juron. Dans le combiné, les gens du restaurant criaient aussi.

– Papa ? Papa ! Est-ce que ça va ?

– Oui, il s'est passé quelque chose à la tour sud, mais on ne sait pas quoi ! Je n'ai rien vu !

– C'était un avion, expliqua Brandon, tremblant de peur.

Il n'arrivait pas à comprendre ce qu'il venait de voir. Les avions ne fonçaient pas sur les immeubles, or il venait d'en voir un s'encastrer dans le World Trade Center.

– Papa, un avion vient de s'écraser contre la tour sud !

Il y eut d'autres cris au téléphone, quand les gens réalisèrent ce qu'il venait de se passer. Richard se leva et porta la main à sa bouche. Il tremblait, lui aussi.

– Mon Dieu…

– Brandon ! Brandon, tu es là ? cria son père.

– Oui, répondit Brandon.

Il avait beau essayer d'assimiler ce qu'il avait vu, son cerveau refusait de lui obéir. Un avion qui se crashait dans le World Trade Center, c'était un terrible accident. Mais deux avions…

De nouveau, la voix de son père résonna à son oreille – il avait perdu son calme.

– Brandon, tu dois sortir du bâtiment tout de suite ! ordonna-t-il, haletant. Le plus vite possible. Tu comprends ? N'attends pas les pompiers. Sors !

Brandon nageait en pleine confusion.

– Quoi ?

C'était complètement fou. Que se passait-il ? *Que se passait-il ?*

– Brandon, écoute-moi. *Tu dois sortir d'ici. Maintenant !*

– Je ne comprends pas, balbutia Brandon, les deux mains crispées sur le combiné. Papa…

– Brandon, raccroche et sors le plus vite possible de cette tour ! répéta son père. Ce n'est pas un accident. C'est une attaque !

RESHMINA

PARTI

Reshmina courut jusqu'au sommet de la colline, où Pasoon avait pris son fusil. Stupéfaite, elle vit que le campement américain sur lequel il avait tiré était désormais abandonné. Les Américains étaient partis vers d'autres bases de l'armée nationale afghane dans la province. Les talibans avaient démoli les toits et griffonné des insultes sur les rochers voisins.

– Tu vois ! dit Reshmina. Tous ces tirs, ces combats, tout ça pour quoi ? Aucun des deux camps n'a gagné ni perdu quoi que ce soit, sauf des vies.

– On a gagné ! protesta Pasoon. Nous avons chassé les occupants.

– Chassé les occupants ? Pour quoi faire ? Il n'y a personne ici ! s'écria Reshmina. Nous sommes au milieu de nulle part ! Il n'y a pas d'eau, pas de nourriture, rien pour nourrir les animaux. Cet endroit n'intéresse personne, ni les Américains, ni les talibans. Ils voulaient se battre et il leur fallait un terrain de jeu !

Reshmina se boucha les oreilles en voyant Pasoon pointer le canon de son fusil sur l'ancien campement et appuyer sur la détente.

– Pasoon, qu'est-ce que… ?

Une nouvelle détonation retentit. Qu'est-ce qu'il faisait ? Il n'y avait personne en bas ! Le vieux fusil soviétique résonna de nouveau dans la vallée.

Soudain, Reshmina comprit. Pasoon avait dit qu'il appellerait les talibans, ce qui était stupide car ils n'avaient pas de téléphone. Mais ils avaient des fusils ! Pasoon leur envoyait un message pour les avertir de sa présence ! Reshmina tenta d'arracher l'arme des mains de son frère.

– Pasoon, arrête ! supplia-t-elle. Tu ne sais pas ce que tu fais !

– Si, répliqua son frère en la repoussant. Je fais ce que toi et Baba auriez dû faire dès le départ : dire aux talibans qu'il y a un soldat américain chez nous !

Pasoon était trop fort pour elle. Il ne lâcherait pas son arme. Reshmina lui fit un croche-pied et ils tombèrent tous deux à terre avec un bruit sourd. L'arme échappa à Pasoon, qui s'engagea dans une lutte désespérée pour la récupérer. Ils ne faisaient pas semblant comme ce matin. Reshmina avait l'impression que sa vie dépendait de l'issue de cette bagarre.

Pasoon parvint à la repousser puis s'éloigna suffisamment d'elle pour se relever. Son fusil pointé vers le sol, les yeux exorbités, il tentait de reprendre son souffle.

À son tour, Reshmina se mit debout.

– Tu es vraiment stupide, Pasoon ! lança-t-elle. On dirait un gamin qui veut jouer dans la cour des grands !

Pasoon la gifla, la main grande ouverte. Le coup fut si soudain, si brutal que Reshmina tomba à quatre pattes. Des cailloux s'enfonçaient dans ses paumes, elle avait un goût de sang dans la bouche et son visage lui brûlait, mais elle ne bougea pas. Ce n'était pas cela qui la faisait pleurer. Non, c'était ce déchaînement de violence, de sauvagerie. Avec son jumeau, ils se bagarraient depuis le berceau et, parfois, ils allaient un peu trop loin. Pasoon ne l'avait jamais frappée. Pas de cette façon. Pas avec une telle hargne. Oui, son frère avait changé.

Reshmina s'essuya les yeux d'un revers de manche, mais resta à quatre pattes.

– Pasoon…

– J'ai beau être ton frère, coupa-t-il, nous sommes toujours en Afghanistan. Je suis un homme, tu es une femme, et tu ne peux pas me parler comme ça !

Reshmina garda les yeux baissés pour dire :

– Pasoon, tu sais ce que les talibans font à ceux qui aident les Américains. Si tu leur apprends que nous avons recueilli un soldat ennemi, ils nous tueront tous quand ils viendront le chercher. Tous ceux que tu aimes mourront. Anaa. Mor. Baba. Marzia et Zahir. Moi…

La voix de Pasoon vacilla lorsqu'il répondit :

– Baba a pris sa décision. C'est lui qui s'est rangé dans le camp des infidèles.

– Ils tueront tout le monde dans le village juste pour l'exemple, Pasoon. Tu les as vus faire. Les talibans nous tuerons tous. Tu nous tueras tous !

Reshmina eut l'impression que Pasoon pleurait, mais elle ne voulait toujours pas lever la tête.

– Tant pis, répondit-il. Quoi qu'il arrive à notre famille, c'est la faute de Baba. Et la tienne !

Pasoon arma son fusil et tira de nouveau – en l'air, cette fois. Reshmina sursauta. Elle ferma les yeux, dans l'attente d'un nouveau tir. Comme rien ne se passait, elle ouvrit enfin les yeux.

Trois combattants talibans s'avançaient à leur rencontre. Reshmina sortit le petit avion de sous sa tunique et le lui tendit.

– Pasoon, j'ai toujours ton jouet.

– Garde-le ! s'écria Pasoon. Les jouets, c'est pour les bébés. Je suis un homme, maintenant.

Reshmina se leva. Rien ni personne n'empêcherait Pasoon de dénoncer Taz aux talibans. Et dès qu'il l'aurait fait, ceux-ci débarqueraient dans leur village pour le tuer. Et ils exécuteraient sa famille pour lui avoir donné refuge.

Il ne lui restait plus qu'à retourner au village pour donner l'alerte. Reshmina dévala le flanc escarpé de la colline, trébuchant sur les cailloux. Comme elle s'arrêtait dans un petit ravin pour reprendre son souffle, elle aperçut les talibans. Ils avaient presque rejoint son frère. Serrant son foulard sur sa tête, elle s'éloigna dans un sanglot. Il n'y avait pas une minute à perdre !

Elle avait mal partout, et sa joue lui brûlait encore à l'endroit où Pasoon l'avait giflée. Mais c'était la perte de son frère jumeau qui la faisait le plus souffrir. Depuis toujours, ils étaient comme les deux doigts de la main, et voilà que tout ce qu'ils avaient connu et partagé venait de disparaître pour toujours. Elle jeta un dernier regard par-dessus son épaule : Pasoon parlait avec animation avec les talibans, le bras pointé vers leur village. Reshmina pressa le pas.

BRANDON

LE *SKY LOBBY*

Brandon n'arrivait toujours pas à y croire, et pourtant il l'avait vu : un avion avait foncé sur la tour sud. Un second avion. Il avait basculé au dernier moment pour frapper à pleine puissance. Ce n'était pas un accident. C'était délibéré.

« C'est une attaque », avait dit son père. Mais de qui ? Et pourquoi ?

Brandon était tellement bouleversé qu'il faillit trébucher en suivant Richard et ses collègues dans les escaliers. Ils descendaient côte à côte : devant, Esther tenait M. Khoury par le bras, suivie d'Anson, qui se tenait à la rampe, et de son chien ; derrière eux, Brandon et Richard fermaient la marche. Brandon aurait voulu courir pour sortir de la tour nord aussi vite que possible, mais Anson et M. Khoury ne pouvaient pas avancer plus vite.

– Au moins, les escaliers sont en meilleur état que la dernière fois, remarqua Esther. Après l'attentat à la bombe.

Brandon leva la tête pour demander :

– Quelle bombe ?

– Des terroristes ont fait exploser une bombe dans le parking souterrain, expliqua Richard. En 1993.

Le père de Brandon travaillait déjà à *Windows on the World*, à l'époque. Brandon ne risquait pas de s'en souvenir : il avait quatre ans.

– Il y a eu des blessés ?

– Quelques personnes sont mortes, et un millier ont été blessées, répondit Richard. C'était terrible.

Ça peut difficilement être pire qu'aujourd'hui, pensa Brandon.

– Ce jour-là, il nous a fallu trois heures pour descendre, reprit Esther. L'explosion avait provoqué une coupure de courant dans tout le bâtiment, et les escaliers étaient plongés dans le noir. On se serait cru dans une grotte. C'était le chaos total. Toute la fumée provoquée par l'explosion montait dans les étages, on ne pouvait plus respirer. Aujourd'hui, au moins, il y a de la peinture fluorescente sur les murs, mais les escaliers sont toujours aussi étroits.

– Pourquoi les terroristes avaient-ils attaqué le World Trade Center ? voulut savoir Brandon. Et aujourd'hui, c'est aussi une attaque terroriste ?

– Je ne sais pas, petit, dit Richard. C'est possible. Je ne vois pas d'autre explication. Ceux qui ont posé cette bombe en 1993 ont déclaré qu'ils avaient décidé de nous attaquer parce que nous étions intervenus au Moyen-Orient, d'où ils voulaient nous chasser.

– Mais pourquoi viser le World Trade Center ? demanda Brandon.

– C'est une cible assez facile, répondit Esther. Et très visible. Ces deux gratte-ciel dominent tous les bâtiments du quartier.

Brandon ne comprenait toujours pas. Pourquoi attaquer les tours jumelles ? Blesser tous ces innocents ?

Il leva les yeux vers les néons cassés qui pendaient du plafond. Et ils avaient toujours les pieds dans l'eau – même si le niveau avait baissé. Dix étages au-dessous du point d'impact de l'avion, les murs présentaient de nombreuses fissures, à travers lesquelles on apercevait des flammes. Pourquoi certains étages étaient-ils en feu, et d'autres non ? Ils ne s'attardèrent pas pour le découvrir.

– Vous allez bien, Anson ? demanda Richard.

– Ça va, répondit celui-ci d'une voix un peu tendue.

– Et vous, monsieur Khoury ?

– Pareil, répondit le vieux monsieur avec un accent très prononcé.

– Vous avez l'air très calme, monsieur Khoury, fit remarquer Esther.

C'est ce que Brandon pensait, lui aussi. Comment le vieil homme pouvait-il être aussi calme avec tout ce qu'il se passait ?

M. Khoury haussa les épaules.

– En 1978, je suis arrivé aux États-Unis pour fuir la guerre au Liban, dit-il en désignant le désastre environnant. J'étais un réfugié et, aujourd'hui, ça recommence.

Brandon était perplexe. Les États-Unis n'étaient en guerre avec personne, n'est-ce pas ? Ou alors, il l'ignorait. Et si cela venait brusquement de changer ?

Brandon avait cru qu'il serait facile de descendre les escaliers. C'était plus facile que de les monter, en tout cas. Il avait les jambes en feu et les pieds douloureux. Tout ce qu'il voulait, c'était s'asseoir et se reposer, mais il savait qu'il ne pouvait pas s'arrêter. Pas pour longtemps. De plus, si M. Khoury marchait, alors lui aussi pouvait le faire ! Malgré son âge, le vieil homme avançait à un rythme lent mais régulier, sans jamais se plaindre.

Au soixante-dix-huitième étage se trouvait le premier – et le plus haut – des deux *sky lobbies*, des étages intermédiaires où se croisaient les ascenseurs express et ceux qui desservaient les autres étages.

Quand j'ai quitté le restaurant, mon ascenseur s'est arrêté ici, se rappela Brandon. Combien de temps lui avait-il fallu pour descendre trente étages ?

– Sortons ici et voyons si nous pouvons trouver un responsable, suggéra Richard.

Tous acquiescèrent, et le groupe quitta la cage d'escalier.

La dernière fois que Brandon était passé par ici, quelques heures plus tôt, en accompagnant son père au travail, le *sky lobby* était calme et presque vide. Maintenant, il était plongé dans le noir, envahi par la fumée et par une foule très dense. Les gens criaient des numéros : « Quatre-vingt-six ! Quatre-vingt-quatre ! Soixante-dix-neuf ! Quatre-vingt-un ! » Brandon comprit qu'il s'agissait de leurs numéros d'étages, et qu'ils tentaient de communiquer avec leurs amis et collègues pour essayer de savoir qui avait survécu.

Il n'entendit pas de numéro supérieur à quatre-vingt-neuf.

– On dirait une maison de fous, observa Richard.

Les réfugiés du quatre-vingt-neuvième étage restèrent ensemble, main dans la main.

– On continue à descendre ? demanda Esther.

Si Richard avait espéré trouver une personne susceptible de les aider, Brandon n'en vit aucune. Il n'y avait ni pompiers, ni policiers, ni même un agent de sécurité.

Une faible lumière bleutée apparut soudain au-dessus des têtes. Un homme utilisait un téléphone portable pour guider un groupe de personnes jusqu'à une cage d'escalier.

– Ce type a l'air de savoir ce qu'il fait, reprit Esther. Peut-être qu'on devrait le suivre ?

Comment peut-on savoir ce qu'on fait, dans ce chaos ? se demanda Brandon.

– Je reste avec Esther, décida Anson.

Parfaitement immobile, il tenait d'une main le harnais de son chien, de l'autre sa canne blanche. Tout autour de lui, c'était la bousculade et la panique mais, comme M. Khoury, il gardait son calme.

– Prenons l'escalier B, proposa Richard. Je ne vois pas pourquoi il faudrait changer de côté.

– Je reste avec Richard, dit Brandon.

Il l'avait promis à son père et, en plus, il aimait bien Richard.

– Allons-y, alors, décréta M. Khoury avec assurance.

Lui, Esther et Anson s'avancèrent vers la cage d'escalier qu'avait empruntée l'homme au téléphone portable, laissant Richard et Brandon indécis.

Avant qu'ils aient pu trancher, quelqu'un cria :

– Laissez passer !

Stupéfait, Brandon vit deux hommes fendre la foule en poussant devant eux une personne en fauteuil roulant. Il savait qu'Anson aurait beaucoup de mal à quitter la tour, mais il n'osait pas imaginer le stress que devait subir cet homme, qui ne pouvait ni emprunter les ascenseurs, ni descendre par ses propres moyens. Il frémit rien qu'à l'idée de se retrouver piégé de la sorte.

Les deux hommes soulevèrent le fauteuil roulant puis s'engagèrent dans la cage d'escalier. Une grande file s'était créée derrière eux. Dans la confusion générale, Richard et Brandon se séparèrent rapidement d'Esther, Anson et M. Khoury.

– Où sont-ils ? Vous les voyez ? demanda Brandon à Richard.

La foule formait comme un mur infranchissable devant lui, qui lui bloquait la vue.

– Je ne sais pas, dit Richard. Je les ai perdus. Je crois qu'ils sont passés devant l'homme en fauteuil roulant.

Richard prit Brandon par le bras pour le forcer à faire demi-tour.

– Qu'est-ce que vous faites ? Et les autres ? demanda Brandon.

– Même en allant plus vite que M. Khoury, nous ne les rattraperons jamais, répondit Richard. On ne pourra pas dépasser les gens avec le fauteuil roulant. Esther est toujours avec eux. Ils iront bien tant qu'ils continueront à avancer. Mais nous devons sortir d'ici aussi, et cette file est trop longue. Je pense qu'il vaut mieux reprendre l'escalier B. Tu es d'accord ?

– OK, acquiesça Brandon.

Il n'avait pas envie de laisser les autres, mais c'était vraiment la meilleure chose à faire.

– Nous ne sommes plus que tous les deux, maintenant, petit, dit Richard.

Brandon hocha la tête dans l'obscurité.

Dans la cage d'escalier B, les gens descendaient à un rythme régulier, deux par deux, étage après étage. Certaines des portes accédant aux étages étaient verrouillées, et Brandon espérait que les personnes bloquées avaient trouvé une autre sortie. Parfois, Richard et lui traversaient un long couloir pour tenter de trouver un escalier plus rapide, et Brandon décrochait des téléphones sur des bureaux dans l'espoir d'obtenir une tonalité. Hélas ! la plupart étaient hors-service. Les rares appareils qui fonctionnaient encore sonnaient occupés lorsqu'ils essayaient d'appeler chez Richard ou à *Windows on the World. Les huit millions d'habitants de la ville doivent tous essayer de téléphoner en même temps*, pensa Brandon.

Sa panique grandissait à chaque pas. Son père allait-il bien ? Les pompiers le trouveraient-ils à temps ? Il y avait presque une heure que le premier avion avait frappé la tour nord, et il n'avait pas encore vu un seul pompier. Et maintenant, les secours devaient en plus s'occuper de la tour sud !

Brandon avait mal aux jambes quand ils atteignirent le *sky lobby* du quarante-quatrième étage. Ils quittèrent la cage d'escalier pour tenter de retrouver Esther et les autres.

Un chaos total régnait au quarante-quatrième étage, qui s'était transformé en hôpital de fortune. Des ambulanciers et des secouristes soignaient – enfin ! – des dizaines de personnes ayant des membres cassés, des coupures, des bleus et des brûlures. Brandon se demanda si la pauvre femme brûlée du quatre-vingt-dixième étage s'était arrêtée ici, ou si on l'avait déjà évacuée.

Les gens couraient dans tous les sens. Certains cherchaient un médecin, d'autres une issue de secours. Au poste de sécurité, il y avait la queue pour appeler, et les rares personnes possédant des téléphones portables les prêtaient à d'autres pour qu'ils essayent de joindre leurs familles. Là aussi, les gens criaient des numéros d'étages et des noms. Brandon chercha Esther, Anson et M. Khoury. En vain.

Soudain, un grand fracas retentit à l'autre extrémité du hall. La foule se mit à crier. Des débris jaillirent. Les gens tentaient de s'enfuir, mais il n'y avait pas d'issue.

Brandon s'accroupit, les yeux fermés, se préparant à être aspergé de carburant et à brûler vif. Il était terrorisé. *Pas encore un avion !*

RESHMINA

CHAMP DE PAVOTS

Reshmina s'accroupit. Devant elle, nichée entre deux parois abruptes, s'étalait une mer de pavots. Les fleurs d'un rose très vif se balançaient doucement dans la brise… Et elles lui barraient le chemin.

Reshmina descendit prudemment la pente, puis s'arrêta près du champ. Comme c'était étrange de voir de telles couleurs ici, parmi les bruns et les ocres des montagnes ! Les fleurs fines et délicates ondulaient tels des danseurs de tango…

Reshmina aurait aimé s'asseoir pour les admirer. Elle était au bord de l'épuisement. Elle courait depuis qu'elle avait laissé son frère derrière elle, coupant à travers les collines arides et désolées. Elle devait se dépêcher de regagner son village ! Si son père n'était pas encore revenu de la base de l'armée nationale afghane, elle devrait cacher Taz pour que les talibans ne le retrouvent pas. Si Baba était de retour et si le soldat n'était plus là, elle alerterait les villageois.

Quoi qu'il arrive, les talibans n'apprécieraient pas que les villageois aient donné refuge à Taz. À cause de Reshmina, comme l'avait dit Pasoon.

Elle traversa le champ de pavots. Les fleurs étaient presque aussi hautes qu'elle. Se fondre parmi elles était magique ; elle aurait voulu que son pays en soit entièrement recouvert.

Mais Reshmina savait que ce n'était pas possible. Les gens ne faisaient pas pousser des pavots pour leur jolie couleur. Leurs graines contenaient une substance gélatineuse permettant de fabriquer de l'héroïne, un puissant antidouleur. Pour beaucoup d'Afghans blessés par des décennies de guerre, c'était la seule substance capable d'effacer leurs souffrances et leurs horribles souvenirs. Les parents en donnaient depuis longtemps à leurs bébés pour soulager leurs otites ou apaiser leur faim quand la nourriture venait à manquer.

Reshmina savait que l'héroïne était aussi une drogue qui faisait des ravages, finissant par tuer tous ceux qui en devenaient dépendants. Les drogués étaient prêts à tout pour avoir une dose : mentir, voler, voire vendre leurs propres enfants.

Les pavots appréciaient le sol rocailleux des montagnes afghanes qui regorgeaient de petites parcelles cachées comme celle-ci. La culture du pavot servait à financer les armes des talibans. S'il était possible de s'enrichir en faisant pousser ces fleurs, on risquait également de sérieux ennuis, car les Américains détruisaient les champs et arrêtaient les paysans qui les cultivaient.

Reshmina écarta les mains pour caresser les tiges en marchant, comme s'il ne s'agissait que de jolies fleurs et non de la source de tant de malheurs.

Bien que la famille de Reshmina fût très pauvre, son père refusait de cultiver du pavot. Le climat afghan étant de plus en plus chaud et sec, Baba avait du mal à faire pousser de vraies plantes nourricières, comme le blé ou le melon. Pasoon s'était bien sûr disputé avec Baba à ce sujet, faisant valoir qu'il leur suffirait de cultiver du pavot pendant une ou deux saisons pour gagner plus d'argent qu'en une vie entière de maraîchage. Ce serait aussi plus facile – chaque année, l'eau et les terres cultivables se faisaient plus rares, les récoltes vivrières plus maigres. Reshmina savait que Pasoon avait raison sur ce point, mais Baba n'avait pas cédé : cultiver l'héroïne était un délit, et c'était contraire à l'islam.

Reshmina posa la main sur sa joue, là où son frère l'avait frappée. De nouveau, les larmes lui montèrent aux yeux, son cœur se serra au souvenir de sa trahison. Hélas ! Il était trop tard, maintenant. Pasoon avait fait son choix, et elle aussi.

Avec la tribu kochi, elle avait prié pour que Dieu montre à Pasoon un chemin différent. Dans l'islam, on appelait cela un *douâa*, une invocation. Un appel à Dieu dans un moment de besoin. Selon leur imam, qui dirigeait la prière dans leur mosquée, Dieu pouvait exaucer de trois façons différentes les invocations des croyants : la première, et la meilleure, consistait à leur accorder ce qu'ils avaient demandé, au moment où ils le voulaient et comme ils le voulaient ; la deuxième, à leur épargner un mal équivalent qui leur était destiné ; la troisième, à réserver l'exaucement pour la vie après la mort.

Dieu n'avait pas répondu à la supplique de Reshmina en aidant Pasoon à trouver une autre voie. Cela signifiait-il qu'à un moment donné, Dieu pardonnerait à son frère et le remettrait sur le droit chemin ? Reshmina l'espérait, bien qu'elle ne fût pas sûre de pouvoir pardonner à Pasoon un jour.

Soudain, elle se figea en apercevant une touche plus vive dans tout ce rose. Un homme vêtu d'une tunique verte, d'un turban blanc et d'une écharpe rouge patrouillait au bord du champ de pavots. Sur son épaule, il portait un vieux fusil AK-47 de l'époque soviétique.

Reshmina s'accroupit en retenant son souffle. Le soldat l'avait-il vue ? Elle attendit pendant de longues secondes. Des minutes. Personne ne vint. Comment s'enfuir d'ici ? Autour d'elle, les champs de pavots s'étendaient à perte de vue. Faire demi-tour prendrait trop de temps. Mais si ce soldat tombait sur elle, nul ne savait ce qu'il ferait d'elle…

La sueur lui coulait dans le dos, et son cœur battait très fort dans sa poitrine. Pas question de se faire attraper – surtout après avoir découvert ces cultures illégales ! Lentement, prudemment, aussi discrètement que possible, elle jeta un nouveau coup d'œil par-dessus les fleurs.

Le soldat lui tournait le dos. Il fumait une cigarette, appuyé contre un rocher. Il ne surveillait pas vraiment le champ de pavots, ni les environs, d'ailleurs. C'est pourquoi il n'avait pas vu Reshmina approcher. Rester assis toute la journée au bord d'un champ de pavots, en pleine montagne, sans personne à qui parler, devait être terriblement ennuyeux. Si elle attendait assez longtemps, il s'endormirait sans doute. Mais Reshmina ne pouvait pas attendre. Il fallait qu'elle continue… Elle s'accroupit et commença à avancer, en prenant garde de ne pas faire bouger les tiges. Que ferait-elle une fois au bout du champ ? Lancer une pierre afin de distraire le garde ? Ou espérer qu'il s'éloignerait le temps de se soulager, et en profiter pour filer ? Chaque minute passée ici était une minute perdue dans la course contre la montre qu'elle disputait avec les talibans. Il fallait faire vite !

– Il y a quelqu'un ?

Reshmina se figea. Elle venait de marcher sur une tige de pavot séchée. Les yeux fermés, elle se maudit en silence. Quelle idiote !

Elle rouvrit les yeux. Le garde venait d'armer son fusil. Il était prêt à tirer.

– Je vous ai vue ! s'écria le garde. Sortez ! Les mains en l'air !

BRANDON

DERNIER APPEL

Le souffle brûlant auquel Brandon s'était préparé ne vint pas. Levant les yeux, il vit Richard accroupi à côté de lui. Lui aussi s'attendait à une nouvelle onde de choc.

Si ce n'était pas un autre avion, alors qu'est-ce que c'était ? Que s'est-il passé ?

Richard se leva pour regarder, et écarta Brandon alors que des cris d'horreur s'élevaient dans le hall.

– Ce n'était pas un avion, mais un ascenseur, expliqua-t-il. Il s'est décroché, et…

Il n'arriva pas à finir sa phrase. C'était inutile. Brandon devinait sans peine ce qu'il s'était passé.

C'est un réflexe, maintenant. Quand j'entends un grand bruit, ma première crainte est qu'un avion ait percuté la tour !

Il n'aurait jamais pensé ainsi la veille, ni même une heure auparavant, mais les choses avaient changé. Il était passé d'un monde où les avions ne fonçaient pas sur les gratte-ciel à un monde où ce genre de chose se produisait bel et bien. Maintenant, il s'y attendait.

Brandon et Richard se hâtèrent en direction de l'escalier et continuèrent à descendre. Tout le monde semblait avoir compris qu'il fallait sortir aussi vite que possible du bâtiment. Les cages d'escalier étaient un goulot d'étranglement où se pressait une foule affolée. Pourtant les gens avançaient si lentement qu'ils restaient parfois une minute entière perchés sur une marche avant de pouvoir poser le pied sur la suivante. Tout autour d'eux, ceux qui avaient des téléphones portables essayaient d'appeler. Mais personne n'avait de signal.

– Hé, parle-moi un peu de toi, dit Richard à Brandon. Qu'est-ce que tu aimes, comme sport ?

Brandon haussa les épaules.

– Je ne sais pas trop. Le skateboard.

– Il y a un skate park près de chez moi, dans le Queens, renchérit Richard. Je passe parfois devant en voiture, et je vois des jeunes faire des figures dingues avec leurs planches.

Brandon savait que Richard essayait de le distraire, mais il n'arrivait pas à penser au skateboard pour l'instant. Il ne pouvait penser qu'à une chose, sortir d'ici.

Quinze minutes plus tard, Brandon et Richard n'étaient plus qu'au trente-sixième étage. Sentant grandir son impatience, Brandon échangea un regard désemparé avec Richard. Toutefois ils ne prononcèrent pas un mot, comme leurs compagnons d'infortune. Personne ne criait, personne ne s'énervait ni ne forçait les autres à se dépêcher. Pour des

New-Yorkais qui klaxonnaient dès qu'un piéton mettait une seconde de trop pour traverser la rue, tous étaient étonnamment calmes. Brandon ne comprenait pas comment ils faisaient, car il avait constamment l'impression qu'il allait éclater en sanglots.

Quand ils atteignirent le palier du vingt-neuvième étage, Brandon laissa échapper un soupir de soulagement. Ils approchaient du but ! Un homme en uniforme de livreur se tenait dans l'encadrement de la porte, distribuant des bouteilles d'eau aux gens qui passaient. Brandon en but une d'un trait, la gorge en feu. Un autre homme tenait un récipient en verre plein de serviettes humides.

– Si vous en avez besoin pour respirer, servez-vous ! criait-il.

Ils continuèrent leur descente. Brandon avait de plus en plus mal aux jambes et ne rêvait que d'une chose, s'asseoir.

Il aperçut un homme assis, juste là, dans l'escalier. La cinquantaine, il était obèse et avait dû partir d'assez haut dans les étages. Sa chemise était couverte de sueur, son visage très pâle et sa respiration laborieuse. Debout devant lui, une femme l'éventait avec un journal.

– Lionel, tu peux marcher ? lui demanda-t-elle. Il faut continuer à avancer.

Lionel ne bougea pas.

Les fumées semblaient plus nocives ici qu'en haut, même si elles étaient plus éloignées du brasier. Brandon avait la tête lourde et voyait flou. En passant la langue sur son palais, il sentit un goût de kérosène.

Au vingtième étage, Richard le prit par le bras.

– Viens, murmura-t-il, essayons de trouver un escalier plus rapide.

Le vingtième étage était vide, mais les écrans des ordinateurs étaient toujours allumés. Sur l'un d'eux, un curseur clignotait au milieu d'une phrase inachevée. Dans le bureau, un téléphone sonna ; personne n'était là pour répondre. Cela signifiait que les lignes fonctionnaient toujours ! Brandon sentit un faible espoir renaître en lui. Il aurait tout donné pour parler de nouveau à son père, mais il avait déjà été déçu tant de fois qu'il n'osait pas trop y croire. Il se précipita vers un appareil posé près d'une fenêtre et composa le numéro de *Windows on the world*.

Richard, lui, s'assit à un autre bureau pour essayer de joindre sa famille.

Brandon retint son souffle… Enfin, il entendit la sonnerie ! Il avait réussi ! Les doigts serrés sur le combiné, il attendait qu'on décroche quand il vit quelque chose tomber, par la fenêtre. Ou plutôt… quelqu'un. Richard bondit de sa chaise.

– Mon Dieu…

Il l'avait vu, lui aussi. Brandon n'avait pas rêvé. Un homme venait de passer devant leur fenêtre située au vingtième étage.

– Allô ? Brandon ? C'est toi ? demanda son père, qui avait enfin décroché.

– Papa ! Oh, mon Dieu, papa, je viens de voir un homme passer devant la fenêtre !

– Brandon, je ne peux pas parler longtemps, dit lentement son père.

Sa voix était calme, mais faible.

– Ici, au cent sixième étage, tout le monde est allongé au sol. Nous avons cassé une fenêtre pour pouvoir respirer. La fumée est de plus en plus épaisse. J'attendais que…

– Papa, monte sur le toit ! Il y a des hélicoptères ! dit Brandon.

– Impossible. Trop de fumée, répondit son père d'un ton grave. Les hélicoptères ne peuvent pas atterrir.

Quoi ? Comment était-ce possible ? Les pilotes devaient trouver un moyen d'atterrir sur le toit ! Sinon, comment évacuer tous ces gens pris au piège ?

– Le sol craque de partout. Le feu monte à travers les planchers, poursuivit le père de Brandon. Nous n'avons pas d'arroseurs automatiques et nous avons déjà lancé l'extincteur sur la fenêtre pour laisser entrer de l'air. Hélas ! ça n'a servi à rien…

Brandon se rendit compte qu'il pleurait. Il percevait la tension dans la voix de son père, dans chacun de ses mots, comprenant ce qu'il tentait de lui confier – même s'il ne voulait pas le verbaliser, et que lui ne voulait pas l'entendre.

– Papa, supplia Brandon. Papa, tu dois sortir de là !

Il se sentait tellement impuissant ! Il savait qu'il ne pouvait rien faire, et son père non plus. Mais il cherchait quand même une solution.

– Brandon, je veux que tu fasses quelque chose de ta vie, d'accord ? reprit son père d'une voix tremblante. Je veux que tu sortes de ce bâtiment, que tu survives et que tu trouves une raison de continuer. Est-ce que tu comprends ?

Brandon sanglotait, maintenant.

– Arrête ! Arrête de parler comme ça, papa !

– Brandon…

– Non ! Non, nous formons une équipe, toi et moi. J'ai besoin de toi.

– Non, tu n'as pas besoin de moi, affirma son père. Tu es fort, Brandon. Tu prendras les bonnes décisions.

– C'est pas vrai ! Je fais toujours des erreurs. J'ai été puni, au collège. Et ce matin, je suis parti sans te prévenir.

– Heureusement que tu as fait ça, Brandon. Si tu n'étais pas parti tout seul, tu serais coincé ici avec moi, en ce moment.

– J'aurais préféré ça !

– Non, Brandon.

Pourtant, c'était vrai. Il aurait voulu être avec son père, même si le plancher se déformait, que le feu se propageait autour de lui et qu'il ne pouvait pas respirer. Même s'il allait mourir. Il préférait mourir avec lui que de vivre seul.

– Nous survivons *ensemble*. C'est ce que tu dis toujours, insista Brandon, les yeux noyés de larmes. Je n'y arriverai pas tout seul.

– Si, Brandon, tu en es capable. Tu es presque un homme, déjà. Tu peux te débrouiller sans moi.

Les coudes sur le bureau, Brandon s'affaissa. Il ne voulait pas être un homme, ni prendre ses propres décisions, ni survivre tout seul. Il voulait son père.

– Les pompiers vont venir te sauver, papa, parvint-il à articuler. Ils vont monter au quatre-vingt-treizième étage, éteindre le feu puis venir te chercher.

Mais Brandon savait bien que ce n'était pas vrai. Ils le savaient tous les deux. Il n'avait pas encore vu un seul pompier.

– Brandon, cet homme est-il toujours avec toi ? Celui avec qui tu étais, tout à l'heure ?

– Richard ? Oui.

– Dis-lui que je veux lui parler.

Brandon ne voulait pas laisser son père partir, mais il pleurait tellement qu'il était incapable de prononcer un mot de plus. Il tendit le combiné à Richard.

Celui-ci comprit et raccrocha le téléphone avec lequel il tentait de joindre sa propre famille.

– Bonjour, ici Richard…

Brandon n'entendait pas les paroles de son père, mais il vit Richard hocher la tête.

– Je m'assurerai qu'il est en sécurité, promit-il.

Brandon réprima un sanglot. Tout cela était tellement incroyable ! Son père n'allait pas mourir. Il ne pouvait pas mourir. Les gens ne mouraient pas comme ça, par un beau matin ensoleillé de septembre, en allant travailler un jour comme les autres. Les gens mouraient quand ils étaient vieux, dans un lit d'hôpital ou une maison de retraite.

Son père continuait de parler, et Richard d'acquiescer, les yeux fermés.

– D'accord, conclut Richard. Je le ferai. Je vous le promets.

Richard tendit le téléphone à Brandon.

– Il voudrait te dire encore un mot…

Brandon saisit l'appareil à deux mains comme si c'était la chose la plus précieuse au monde.

– Brandon, articula son père d'une voix blanche, je veux que tu me promettes de rester avec Richard. Au moins pour quelques jours, jusqu'à ce qu'il puisse trouver une solution.

– Non ! Je veux rester avec toi !

– Fais ce que je te demande, Brandon. Promets-le-moi.

Incapable de répondre, Brandon sanglotait de plus belle.

– Brandon, je t'aime, reprit son père. Et je suis fier de toi. Je l'ai toujours été. Je veux que tu le saches. Je sais que ça n'a pas toujours été facile depuis la mort de maman…

– Je sais, hoqueta Brandon. Je suis désolé, papa. Tu as été génial. Excuse-moi de t'avoir compliqué la vie.

Son père ne répondit pas.

– Papa ?

À l'autre bout du fil, la voix s'était tue.

Brandon raccrocha et composa une nouvelle fois le numéro, en vain. La ligne était coupée.

RESHMINA

CONTINUER

– Ha, ha ! s'écria le garde en s'élançant dans le champ de pavots.

Les mains en l'air, Reshmina avança, mais rien ne se produisit. Le garde était là, à quelques mètres d'elle, pourtant il ne regardait pas du tout dans sa direction. Cette vipère avait menti pour la faire sortir de sa cachette !

Aux aguets, Reshmina l'observa. C'était un adolescent maigre et dégingandé à peine plus âgé qu'elle, avec un brin de barbe au menton. Un homme-garçon, comme les soldats de l'armée nationale afghane qu'elle avait vus dans le village. Ce champ ne lui appartenait pas. Il le gardait pour quelqu'un d'autre. Pour les talibans ? Possible. C'était le genre de travail qu'ils proposeraient bientôt à Pasoon.

– Il y a quelqu'un ? répéta le garçon.

Cette fois, Reshmina perçut la peur dans sa voix. Il était aussi effrayé qu'elle. Elle eut presque pitié de lui. Ce n'était pas un méchant, juste un jeune qui avait besoin de travailler.

Mais il avait une arme, et il s'en servirait s'il l'attrapait. Il était payé pour ça.

Si seulement je pouvais remonter le temps ! pensa Reshmina. *Revenir dix minutes en arrière. Prendre une décision différente qui effacerait ce moment.* Dix minutes suffiraient-elles ? Jusqu'où devait-elle remonter pour éviter de se retrouver dans cette situation ? Jusqu'au moment où elle s'était battue avec son frère pour lui prendre le fusil ? Jusqu'à celui où elle avait décidé de le suivre, ou de laisser entrer le soldat américain chez eux ? Et si elle s'était trompée à chaque fois ?

Le garde approchait. Bonne ou mauvaise, il fallait prendre une décision au plus vite ! Elle se baissa pour ramasser une pierre puis attendit que le garçon tourne la tête pour la lancer contre la paroi rocheuse, de l'autre côté du ravin. Alerté, le garçon se retourna et tira.

L'écho était assourdissant. Les mains sur les oreilles, Reshmina, toujours à demi accroupie, se mit à courir dans la direction opposée, écartant les pavots sur son passage. Le garde allait-il lui tirer dessus ?

Soudain, elle se retrouva au bord de la falaise, sur un bandeau de terre nue. Elle se jeta à terre puis se roula en boule. Elle tendit l'oreille, mais son cœur battait à cent à l'heure et le coup de feu résonnait encore dans sa tête.

Elle ne pouvait pas attendre et risquer que le garçon la trouve. En scrutant les environs, elle aperçut un étroit sentier en pente qui longeait le champ de pavots. Dans quel sens devait-elle le prendre ?

Reshmina s'accroupit de nouveau pour se diriger vers le rocher où le garçon montait la garde, plus tôt. Il n'était pas revenu à son poste. En jetant un coup d'œil par-dessus les pavots, elle le vit, près du ravin où elle avait jeté la pierre. Ses poings étaient serrés sur le fusil, la sueur perlait à son front et il jetait des regards nerveux dans toutes les directions. Soudain, il se mit à scruter le champ ; il avait dû voir les traces qu'elle avait laissées en passant à travers les fleurs, car il commença à courir.

Sans demander son reste, Reshmina contourna le rocher pour s'engager sur le sentier qui sortait du ravin. Lorsqu'elle fut enfin hors de vue, elle courut comme jamais. Elle trébuchait sur des cailloux, se griffait dans les broussailles, mais l'important était de distancer le garçon armé.

Enfin, Reshmina s'arrêta, à bout de souffle, tremblant comme une feuille. Elle éclata en sanglots, adossée à un rocher. C'étaient des larmes de pitié, de peur et d'épuisement. Elle pleura pour sa famille qui n'avait aucune idée de l'horreur qui l'attendait. Elle pleura pour Pasoon, qu'elle avait perdu à jamais. Par sa faute à elle, ce qui était pire que tout. Si elle n'avait pas offert l'hospitalité à un homme qui lui avait demandé de l'aide, rien de tout cela ne serait arrivé !

Reshmina s'essuya les yeux avec son foulard puis admira la vue. Au nord et à l'est, au-delà des montagnes enneigées, se trouvait le Pakistan. À l'ouest, la vallée familière où se situaient sa maison et les autres habitations du village, posées sur la montagne telles les marches d'un escalier géant. Reshmina se laissa glisser au sol. Elle n'était pas allée très loin, pourtant elle avait parcouru tant de chemin en une journée qu'elle n'était pas sûre de pouvoir continuer.

De *devoir* continuer. À quoi bon s'obstiner alors qu'elle prenait toujours la mauvaise décision ?

Un petit caillou dévala une pente escarpée, à quelques mètres de là. Reshmina scruta la montagne, mais ne décela pas le moindre mouvement. Puis, soudain, elle le vit. Un léopard des neiges était caché entre les rochers ! Et il la regardait droit dans les yeux.

C'était un gros chat au pelage gris et brun tacheté de noir. Reshmina ne l'aurait jamais vu si des cailloux n'avaient pas glissé sous ses pattes. Il ne lui ferait pas de mal, elle en était sûre. Les léopards des neiges attrapaient de temps en temps le mouton ou la chèvre d'un villageois, mais ils ne s'attaquaient pas aux gens.

Son cœur battait tout de même la chamade. Si apercevoir un léopard des neiges était rarissime, se retrouver face à un tel animal dans cet endroit reculé tenait de la magie…

La queue en l'air, le félin la fixait de ses yeux d'or brillant dans la pénombre. Reshmina frémit. Elle avait l'impression de ressentir dans son propre corps la force et l'énergie de cet animal qui, comme elle, vivait en marge de la société, hors de portée du reste du monde. Elle se mit à respirer lentement, à l'unisson avec le léopard dont les flancs bougeaient à chaque souffle.

Le faible écho d'une explosion lointaine les fit tressaillir tous les deux. Reshmina regarda instinctivement par-dessus son épaule. Lorsqu'elle se retourna, le léopard des neiges avait déjà filé vers l'autre versant de la montagne.

– Bon voyage, murmura Reshmina. La paix soit avec toi !

Le félin avait disparu, mais sa force brute était toujours là. Les longs cheveux noirs de Reshmina, libérés de son foulard, volaient autour de son visage. Pour la première fois, elle se sentait pleine d'un élan, d'une volonté qu'elle n'avait jamais éprouvés auparavant…

Ce matin-là – avant les Américains, avant la bagarre, avant Taz, avant tout –, Reshmina et Pasoon avaient ri et joué comme lorsqu'ils étaient enfants. Reshmina aurait voulu emprisonner ces instants dans l'ambre, les préserver comme des fossiles. Elle aurait voulu que plus rien ne change, dans sa vie. Mais les insectes piégés dans l'ambre et les fossiles étaient morts et à jamais figés dans le passé.

Comme les Kochi. Reshmina avait rêvé de leur vie de nomades. Ils gravissaient les cols à dos de chameau pour aller troquer de la nourriture et se contaient des histoires autour d'un feu de camp. Pourtant, aussi idyllique que cela puisse paraître, Reshmina n'aurait pas non plus voulu être une Kochi. Ils vivaient la même vie depuis des milliers d'années. Chaque génération ressemblait à la précédente et elle n'avait aucun moyen de s'élever, d'échapper à sa condition.

Aller de l'avant faisait peur. Parfois, on commettait des erreurs, on se trompait de chemin. Et même si l'on prenait le bon chemin, les choses pouvaient mal tourner. Mais Reshmina se rendit compte qu'elle avait besoin de continuer à avancer, coûte que coûte.

C'était sa faute si sa famille était en danger. Sa faute si Pasoon avait choisi de rejoindre les talibans. Si elle avait voulu se venger de Taz plutôt que de lui offrir l'hospitalité, elle et Pasoon seraient encore chez eux, à mener une vie normale.

Parfois, justice et simplicité étaient deux choses bien différentes. Rasséréné, Reshmina noua son foulard et entama la descente vers son village.

BRANDON

DES BRAVES PARMI LES BRAVES

Brandon faillit trébucher sur un escarpin. Les escaliers du World Trade Center étaient jonchés de chaussures inconfortables, de radios portatives qui ne captaient plus rien, d'ordinateurs portables trop lourds, de vestes – de tout ce que les gens, épuisés, avaient abandonné au bout d'une heure de descente. Enjamber tous ces objets ralentissait leur progression.

La foule s'était de nouveau immobilisée pendant d'interminables minutes entre les dix-septième et seizième étages. Devant Brandon et Richard, une femme se mit à sangloter en silence, tandis qu'une autre lui prenait la main pour la consoler.

Brandon sentit les larmes lui monter aux yeux. Comment était-il possible qu'il ne revoie jamais son père après tout ça alors que, ce matin-là, ils avaient petit-déjeuné et s'étaient brossé les dents ensemble avant d'aller à la gare ? Richard posa une main sur son épaule.

– Hé, petit, murmura-t-il. Tu vas t'en sortir.

Brandon secoua vigoureusement la tête. Comment allait-il s'en sortir ? Comment les choses pourraient-elles s'arranger ?

– Je ne lui ai pas dit que je l'aimais, gémit Brandon en se tournant vers le mur pour cacher ses larmes qui redoublaient. Il me l'a dit, lui, et je ne lui ai jamais répondu. Maintenant il…

Brandon ne voulait pas finir. Il ne voulait pas le dire à haute voix.

Maintenant, il va mourir.

Richard le serra dans ses bras.

– Il le sait, petit. Fais-moi confiance. Il le sait. Et ton père a beau t'aimer très fort, il est heureux de te savoir ici plutôt que là-haut avec lui.

Brandon mouilla la chemise de Richard jusqu'à ce que la foule recommence à bouger, devant eux.

– Qu'est-ce que je vais faire, maintenant ? Où vais-je vivre ? demanda-t-il en s'essuyant les yeux.

– Ton père m'a expliqué tout à l'heure que ses parents vivaient au Honduras.

– Au Honduras ? répéta Brandon. Mais je ne peux pas partir dans un autre pays ! Je suis né ici !

– Et les parents de ta mère ? demanda Richard.

– Ils sont très vieux, et ils vivent dans l'Idaho, expliqua Brandon. Je ne les vois jamais. Je les connais à peine. Je ne veux pas aller vivre ailleurs chez des gens que je ne connais pas. C'est ici que j'habite, que je vais à l'école. Je suis chez moi, à New York.

Ils avancèrent d'un pas, puis furent de nouveau bloqués.

– Si ma mère et mon père sont tous les deux partis, reprit Brandon en avalant un sanglot, alors je suis orphelin, n'est-ce pas ? Est-ce que je vais aller dans un foyer d'accueil ?

– Il est trop tôt pour penser à tout ça, dit Richard. Notre priorité est de sortir d'ici, d'accord ? Et peut-être que ton père s'en sortira, après tout.

Brandon hocha la tête. Il savait que ça n'arriverait pas. Ils le savaient tous les deux.

Soudain, Brandon perçut de l'agitation, plus bas dans l'escalier. Quelqu'un cria :

– Laissez passer les pompiers !

Les pompiers ? Enfin ! Brandon eut un regain d'espoir, et ils s'écartèrent pour les laisser passer.

Le premier pompier apparut, tout essoufflé. C'était un homme blanc aux cheveux bruns et aux yeux bleus vêtu d'une grande et épaisse veste noire avec des bandes fluorescentes, un pantalon assorti et de lourdes bottes. Un grand casque noir sur la tête, il avait une hache dans une main et une pelle dans l'autre. Sur son dos se trouvait un réservoir d'oxygène géant. Derrière lui, son collègue, un grand noir barbu aux larges épaules, tenait une pioche et un long tuyau de toile blanche.

Brandon n'arrivait pas à croire qu'ils soient aussi chargés. Tout ça devait peser au moins vingt kilos ! Rien que d'avoir descendu soixante-quinze étages, il était épuisé ! Ces hommes, eux, allaient monter en transportant tout ce matériel.

Des applaudissements éclatèrent au passage des sauveteurs, qui marquèrent une pause pour saluer et reprendre leur souffle. Les gens leur tapaient sur les épaules en les remerciant.

– Dieu vous bénisse ! lança une femme en serrant dans ses bras le pompier qui passait près d'elle.

Les gens leur tendirent les bouteilles d'eau distribuées plus haut, que les pompiers burent avec gratitude.

– Ne vous inquiétez pas, le feu est bien plus haut, dit le pompier en chef à Brandon en passant. Continuez. Vous serez en sécurité en bas.

– Nous avons vu des flammes partout au quatre-vingt-treizième étage, rétorqua Brandon. Vous devez monter jusqu'en haut ! Mon père est coincé au cent sixième étage, et il y a vraiment beaucoup de fumée.

Le pompier acquiesça de la tête. Lui et son partenaire avaient des mines sinistres, tout comme leurs collègues derrière eux, sans doute à la perspective de la longue et épuisante montée qui les attendait. Et ils n'étaient encore qu'au seizième étage.

Brandon, Richard et tous ceux qui descendaient ne marchaient que d'un côté de l'escalier. Ils croisaient de plus en plus de pompiers. Même si cela le ralentissait, Brandon était heureux de les voir affluer. Ils montaient à l'assaut de la catastrophe, tandis que tous les autres la fuyaient.

Juste après le palier du douzième étage, une voix résonna dans la cage d'escalier. Un homme criait dans un porte-voix :

– Gardez votre calme et continuez à descendre en rangs !

Quand il entonna l'hymne américain, Richard et Brandon se regardèrent.

– J'ai toujours préféré *This Land is your Land*, dit Richard. C'est un peu moins… pompeux.

Mais Brandon se fichait de cette chanson. Tout ce qu'il voulait, c'était quitter cette cage d'escalier.

Lorsqu'ils atteignirent le onzième étage, ils virent enfin l'homme qui leur avait donné la sérénade. C'était un agent de sécurité vêtu d'un pantalon kaki et d'une veste bleue à l'effigie du World Trade Center.

– C'est un jour que vous n'oublierez jamais ! tonna-t-il. Un jour qui entrera dans l'histoire !

– Pourquoi ? demanda Brandon. Qu'est-ce qu'il se passe ?

– Ils ont aussi lancé un avion sur le Pentagone !

Dans les escaliers, les gens marquèrent une pause, stupéfaits.

– Qui a fait ça ? demanda Richard.

– On l'ignore encore. Ce qui est sûr, c'est qu'il y aura de graves représailles !

Brandon fronça les sourcils. L'homme ignorait comme tout le monde qui était l'auteur de ces attaques. On savait juste que des avions avaient été détournés et s'étaient écrasés sur des gratte-ciel, et que, pour une raison obscure, ceux qui avaient fait ça avaient choisi l'immeuble où travaillait son père. L'immeuble où Brandon se trouvait ce jour-là parce qu'il avait été puni et exclu du collège. Si seulement il avait pu remonter le temps et ne pas frapper Stuart Pendleton ! Mais il l'avait fait. Il ne lui restait plus qu'à passer à autre chose, maintenant.

Bon sang ! Pourquoi avancer si lentement ? Ils descendaient, pas à pas, à une lenteur exaspérante. Ils franchirent le dixième étage. Puis le neuvième. De plus en plus de gens se pressaient dans les escaliers. Il ne pouvait pas s'agir des employés qui travaillaient à ces étages. Ceux-là devaient avoir quitté le bâtiment depuis longtemps. C'étaient plutôt des gens qui changeaient d'escalier dans l'espoir de descendre plus vite, comme Richard et lui. Mais ce n'était plus possible…

Les nouveaux arrivants se glissèrent dans la file déjà compacte, qui avança d'un coup. La femme qui suivait Brandon fut pressée contre lui, et lui-même bouscula l'homme qui le précédait.

– Hé ! Arrêtez de pousser !

– Je ne l'ai pas fait exprès !

La foule continua d'avancer. Brandon, coincé, commençait à paniquer – il ne voyait plus rien, ne pouvait plus bouger ni respirer –, quand il fut soulevé du sol.

– Richard ! Au secours ! cria Brandon.

– Attention au gamin ! hurla Richard, quelques mètres derrière lui.

Brandon tenta d'attraper la main qu'il lui tendait, mais ils étaient trop éloignés l'un de l'autre. L'instant d'après, Richard avait disparu. Brandon se retrouva seul, charrié par un flot de corps agglutinés.

SOUS LA BURQA

Reshmina courut jusqu'à son village. Elle ne vit ni soldats américains, ni talibans. Arrivait-elle à temps ?

Elle ouvrit à la volée la porte de sa maison en s'écriant :

– Mor ! Baba !

Reshmina eut un mouvement de recul en apercevant deux Afghans armés postés juste derrière la porte. Qui étaient-ils et que faisaient-ils ici ?

Marzia et Mor apparurent sur le seuil du salon.

– Reshmina, tout va bien ! annonça Marzia. Les villageois ont envoyé ces deux hommes pour veiller sur nous et sur l'Américain.

Si Taz était encore là, cela signifiait que Baba n'était pas encore revenu de la base de l'armée nationale afghane.

– Où étais-tu passée, Reshmina ? demanda Mor. Où t'es-tu fait ces griffures ? Et ces bleus ? Tu es toute sale !

– Les talibans arrivent ! s'écria Reshmina. Ils savent que l'Américain est ici ! Pasoon leur a dit !

Aussitôt, les gardes se levèrent, en alerte.

Anaa entra, tenant le petit Zahir dans ses bras. Elle avait tout entendu.

– Il faut prévenir les gens du village, lança-t-elle aux gardes. Pour qu'ils se mettent à l'abri.

– Où voulez-vous qu'ils aillent ? demanda l'un des hommes. Ils doivent trouver un endroit sûr.

Reshmina attrapa le bras de sa mère.

– Mor, prenons tout ce que nous pouvons emporter et quittons le village. Allons à Kaboul !

– À Kaboul, à pied ? répliqua Mor. C'est à trois cents kilomètres d'ici. Il nous faudrait des jours entiers pour y arriver, et autant pour revenir !

– Allons-y et ne revenons jamais, alors ! rétorqua Reshmina.

Elle était lasse de subir sans rien faire. Se rendre à la capitale n'était peut-être pas une bonne idée, mais c'était forcément mieux que de rester dans leur village.

– Allons vivre à Kaboul pour toujours ! proposa-t-elle.

Mor la regarda comme si elle avait perdu l'esprit.

– Sans terre à cultiver ? Sans endroit pour vivre ? Ma pauvre fille !

Reshmina se tourna vers sa grand-mère.

– Tu as encore de la famille là-bas, n'est-ce pas, Anaa ? Il doit bien y avoir quelqu'un qui peut nous héberger. Un neveu ? Un cousin éloigné ?

– Mon enfant… lâcha Anaa sur ce ton exaspérant qu'employaient les adultes quand ils rejetaient ses idées d'un revers de la main.

Reshmina sentit la colère monter. Sa mère disait souvent non, mais voici qu'Anaa s'y mettait, elle aussi ! Pourquoi ne pas quitter ce village et les talibans pour ne jamais revenir ? Aller de l'avant, même si c'était difficile ?

– Ce n'est pas le moment, Mina-jan, poursuivit Anaa. Il faut trouver une solution d'urgence. Beaucoup de gens sont en danger.

Reshmina laissa échapper un soupir de frustration. Elle savait que sa grand-mère avait raison. Fuir ne sauverait pas le reste du village. Mais où cacher un village entier ?

Tout à coup, Reshmina se rappela ses jeux d'enfant, avec Pasoon. Elle avait trouvé !

– Les grottes sous le village ! dit-elle. On peut s'y cacher facilement !

– Reste ici et surveille l'Américain, dit l'un des gardes à l'autre. Je vais aller prévenir tout le monde.

Le garde partit en courant, tandis que Mor et Marzia commençaient à rassembler l'essentiel. Reshmina suivit Anaa et Zahir dans le salon.

Toujours allongé sur le tapis, Taz dormait, et Reshmina fut soulagée de voir qu'il était encore vivant. Il ne le resterait pas longtemps s'ils ne faisaient rien. S'ils ne se mettaient pas à l'abri, ils mourraient tous.

Elle s'agenouilla près de lui. Anaa avait pansé ses blessures avec des linges humides, mais du sang frais imprégnait déjà les bandages. Elle avait également effacé les marques noires que l'explosion avait laissées sur son visage ;

autour de ses yeux, la peau était encore très rouge et rugueuse.

– Taz, dit-elle, réveillez-vous ! Il faut partir. Les talibans arrivent.

Taz se réveilla aussitôt.

– Quoi ? Où ça ? Ils sont là ? s'écria-t-il, alarmé.

– Non, pas encore. Mais ils ne vont pas tarder à entrer dans le village. Nous ne pouvons pas rester ici, désolée.

Le soldat cligna des yeux, paniqué.

– Reshmina, je ne vois toujours rien !

Reshmina tenta de le rassurer.

– Je vais vous aider, promit-elle. Suivez ma voix, comme quand je vous ai guidé jusqu'ici.

Des coups de feu retentirent au loin. Reshmina savait ce que ça signifiait. Les talibans étaient à deux pas du village…

Le garde entra en trombe dans la pièce.

– Il faut y aller ! s'écria-t-il en s'approchant de Taz pour l'aider à se mettre debout.

Comment faire sortir discrètement Taz de la maison et le cacher jusqu'à ce qu'ils soient à l'abri dans les grottes ?

Anaa avait une longueur d'avance sur Reshmina. Elle lui montra une vieille burqa bleue, le vêtement que les femmes étaient obligées de porter pour sortir sous le régime des talibans. Certaines la portaient encore par choix, mais pas la mère ni la grand-mère de Reshmina.

– Vite, aidez-le à enfiler ça ! improvisa Anaa.

Le garde obéit. La burqa cachait la tête de Taz, mais pas ses chevilles. Restait à espérer que les talibans ne remarqueraient pas que la « femme » cachée sous cette burqa portait des bottes de l'armée américaine…

– Dépêchons-nous ! dit Reshmina.

Le garde saisit le coude de Taz et le guida jusqu'à la porte d'entrée. Marzia et Anaa lui emboîtèrent le pas, suivies de Mor, qui portait Zahir dans ses bras.

Les marches du village étaient déjà encombrées de gens avertis par l'autre garde. Ils portaient des enfants, des poulets, des baluchons pleins de vêtements… Tout ce qui avait une quelconque valeur et qu'ils pouvaient prendre avec eux.

Reshmina et sa famille commencèrent à descendre, en veillant à ne pas s'éloigner de Taz et du garde, bientôt rejoints par un flot de plus en plus important de villageois pressés d'aller se mettre à l'abri.

Quand une explosion retentit dans les collines, Reshmina se figea, terrorisée. Une flamme orangée s'éleva à l'horizon et, de nouveau, on entendit des cris, des tirs de plus en plus proches. Les talibans étaient là.

Au-dessus d'eux, un hélicoptère Apache se mit à gronder, et Reshmina s'accroupit instinctivement.

– Ce sont mes camarades ! s'écria Taz, qui avait reconnu le grondement de l'appareil.

Le cœur de Reshmina s'emballa. Les Américains étaient là, eux aussi ! En un sens, c'était une bonne chose : ils allaient distraire les talibans. Mais c'était également très, très mauvais signe : le village était désormais devenu une zone de guerre.

Taz s'arrêta soudain au milieu des escaliers.

– Peut-être qu'on peut essayer de leur faire savoir où je suis !

Une mitrailleuse lâcha une salve, puis une nouvelle explosion retentit dans le village.

– Pas maintenant ! répondit Reshmina. Il faut nous mettre à l'abri !

Taz ne protesta pas quand elle accéléra le pas.

En entendant le sifflement familier d'un missile, Reshmina se tourna vers la vallée. Autour d'elle, tout le monde s'était baissé, et elle vit clairement le projectile s'écraser sur un bâtiment qui vola en éclats.

– Non ! cria Reshmina.

– Reshmina, qu'est-ce qu'il y a ? Qu'est-ce qu'il s'est passé ? demanda Taz.

Reshmina ne répondit pas, incapable de prononcer un seul mot. La fusée venait de détruire sa maison.

BRANDON

DÉFENSE DE REGARDER

Brandon se débattit pour tenter d'échapper à la foule qui le pressait de toutes parts.

– Au secours ! cria-t-il. Je ne peux pas respirer !

D'autres cris retentirent. Plus bas, quelqu'un lança :

– Reculez ! Reculez !

Heureusement, la cohue cessa d'un coup, ce qui suffit à donner un peu d'espace à Brandon. Les pieds de nouveau posés sur l'escalier, il s'accrocha à la rampe en s'efforçant de reprendre son souffle.

– Laissez-moi passer ! criait Richard, un peu plus haut dans l'escalier. Je veux retrouver mon gamin ! S'il vous plaît !

Les gens s'écartèrent ; enfin, Richard apparut près de lui et le serra dans ses bras. Tous deux pleurèrent de soulagement.

– J'ai failli te perdre, murmura Richard. J'ai promis à ton père que je m'occuperais de toi.

Brandon hocha la tête, le visage toujours enfoui dans le cou de Richard. Il ne mentait pas quand il avait dit à son père qu'il ne pouvait pas s'en sortir tout seul. Il ne pouvait pas non plus survivre sans Richard.

– Comment avez-vous fait pour descendre jusqu'ici ?

– Quand le type avec le porte-voix a vu ce qu'il se passait, il a bloqué les gens dans l'escalier pour que nous puissions de nouveau bouger.

Brandon remercia en silence l'homme au porte-voix.

– Je suis désolée de t'avoir écrasé, s'excusa la femme derrière Brandon. Je ne l'ai pas fait exprès.

Brandon comprenait, tout comme l'homme devant lui quand il s'excusa de lui avoir donné des coups de pied :

– Ce n'est pas grave. J'ai eu peur, moi aussi, tu sais.

Il n'y avait pas de portes pour accéder aux étages huit, sept et six, ce qui rendit Brandon encore plus claustrophobe. Et si les gens recommençaient à se bousculer ? Même en le voulant, impossible, hélas, de quitter cette cage d'escalier. Heureusement, ils approchaient du but ! Plus que six étages !

Enfin, ils atteignirent le premier étage. L'excitation de la foule devint palpable quand elle s'engouffra dans un couloir étroit, créant un nouveau goulot d'étranglement.

– Hé, attention au petit ! lança Richard, sa main serrant fermement l'épaule de Brandon.

La foule, compacte, avançait cependant sans bousculade. Tout à coup, Brandon sentit de l'eau sous ses pieds. Puis il se mit à tousser, car l'air était si saturé de poussière et de fumée qu'on aurait pu croire qu'ils approchaient du brasier au lieu de s'en éloigner.

Enfin, plus d'une heure après l'impact sur la tour nord, Richard et Brandon débouchèrent sur la grande mezzanine surplombant le hall d'entrée. C'était là que Brandon avait fait faire son passe pour pouvoir emprunter l'ascenseur, ce matin-là. Il cligna des yeux, ébloui par la lumière vive du soleil qui entrait à flots par les immenses baies vitrées.

– Continuez d'avancer ! ordonna un policier de la Port Authority, l'autorité portuaire gérant toutes les lignes de métro, les tunnels, les ponts et les ports maritimes de New York et du New Jersey, ainsi que la sécurité du World Trade Center.

Un groupe d'officiers de la Port Authority se tenait sur la mezzanine, tournant le dos aux baies vitrées. Ils les renvoyèrent vers une volée de marches, un peu plus loin, alors que des escalators menaient directement dans le hall d'entrée. *Pourquoi ne pas simplement les emprunter ?* se demanda Brandon. C'était le moyen le plus rapide de sortir du bâtiment. Même s'ils ne fonctionnaient pas, ils pouvaient servir d'escaliers. Pourquoi détourner le flot ? Pourtant, il obéit sans poser de questions, et Richard suivit le mouvement.

Alors qu'ils avançaient à pas de fourmi, Brandon comprit pourquoi des agents de l'autorité portuaire s'étaient alignés devant les baies vitrées : ils voulaient masquer ce qu'il se passait dehors. Comme ils étaient trop peu nombreux pour bloquer complètement la vue, Brandon jeta un coup d'œil à la dérobée.

Ce qu'il vit lui coupa le souffle. Des corps… des morceaux de corps. Des membres brisés, sanglants, atroces, jonchaient la place entre la tour nord et la tour sud. Brandon ne voulait pas regarder, mais c'était plus fort que lui : il n'arrivait pas à détourner les yeux. C'était comme un film d'horreur. Cela n'était pas… ne *pouvait pas* être réel…

Des milliers de feuilles de papier tourbillonnaient comme des flocons de neige autour des corps ; il y avait du verre brisé et du métal tordu partout. Brandon sursauta quand une poutre métallique s'écrasa à terre – immédiatement suivie par une silhouette blanche qui heurta le sol avec un bruit sourd. Brandon porta la main à sa bouche.

– Continuez d'avancer en regardant droit devant vous ! ordonna une policière.

Brandon tourna la tête en direction du hall d'entrée.

C'était encore pire que dehors. Le grand et somptueux hall où Brandon était entré ce matin-là avait été transformé en hôpital de fortune. Des dizaines, des centaines de corps étaient alignés sur le sol. Certains d'entre eux étaient démembrés. D'autres avaient des blessures ouvertes. Les ambulanciers circulaient parmi les brûlés, les blessés et les mourants, traitant les urgences. Il y avait de la poussière et des gravats partout. Au centre du hall, les cages d'ascenseur étaient tordues et déformées par la chute des cabines, et une odeur d'ammoniac flottait dans l'air, comme dans un hôpital.

– Ne regardez pas ! Continuez d'avancer ! répéta un policier.

Brandon obtempéra, sans toutefois parvenir à s'empêcher de tourner la tête. Il aurait dû vomir. Hurler. Tout cela était tellement inconcevable qu'il avait l'impression d'être un personnage de film, de vivre un cauchemar.

Ce voyage en enfer se termina à l'autre extrémité du vaste hall, où une policière les dirigea vers un autre escalier.

– Cet escalier va jusqu'au sous-sol, non ? demanda Richard. Pourquoi ne pas nous faire simplement sortir ici, au rez-de-chaussée ?

– On ne peut pas vous évacuer par ici, il y a trop de blessés, répondit la policière. Et les abords de la tour sont dangereux.

Brandon comprenait pourquoi. Dehors, par la fenêtre, une pluie de béton s'abattait sur l'asphalte. Il savait qu'il n'y avait pas que des débris, de l'acier et du verre. Il y avait aussi des gens.

– Continuez, répéta la policière, vous remonterez ensuite pour ressortir à l'autre bout de la place, loin de tout ça.

– Et si le bâtiment s'écroule sur nous ? demanda un homme, pris de panique.

La policière secoua la tête.

– C'est une structure en acier… Elle ne s'écroulera pas. Faites-moi confiance, vous serez plus en sécurité en bas.

Brandon n'avait pas envie de prendre un nouvel escalier. Il faillit faire demi-tour, mais il savait qu'on ne le laisserait pas sortir sur la place. Pas avec tous ces trucs qui pleuvaient d'en haut. Un morceau de métal risquait de leur tomber sur la tête et de les tuer. Ou même… il ne voulait pas y penser.

Brandon prit une grande inspiration, puis suivit Richard et les autres. L'escalier étant moins étroit que le précédent, chacun progressait désormais à son propre rythme. Brandon soupira de soulagement. Enfin, il avait l'impression de respirer !

Ils descendirent deux volées de marches jusqu'à une rangée de portes tournantes ouvertes en grand, débouchant dans un vaste espace que Brandon reconnut aussitôt : le centre commercial souterrain du World Trade Center.

RESHMINA

APPELS DE MORT

Reshmina se figea, les yeux rivés sur le panache de fumée noire et grise qui s'élevait dans les airs, en haut du village. Tout autour d'elle, le flot des villageois continuait de couler, comme l'eau autour des rochers dans la rivière.

Sa maison, où elle se trouvait encore quelques instants auparavant avec sa famille, avait disparu. Détruite. Pulvérisée en mille morceaux. La maison où elle était née, où elle avait passé tous les jours et toutes les nuits de sa vie. Ce n'était pas seulement sa maison. C'était son foyer. Son point d'ancrage. Tout cela n'existait plus.

– Reshmina ! cria sa mère, avance ! Il faut aller dans les grottes !

– Notre maison, Mor ! commença Reshmina, sous le choc. Notre maison ! Ils l'ont fait sauter !

– Ils vont nous faire sauter aussi si on ne se dépêche pas ! répliqua sa mère. Nous trouverons un nouvel endroit pour vivre, Reshmina. Mais viens !

Un fusil d'assaut pétarada, un autre riposta. Les villageois crièrent. Les talibans et les Américains se battaient désormais dans le village. Personne n'était à l'abri.

Qu'est-ce que j'ai fait ? pensa Reshmina.

Sa mère avait raison. Elle leur avait apporté la mort à tous. Toujours abasourdie, elle rattrapa Taz et le garde.

– Est-ce que tout va bien ? demanda Taz sous la burqa. Où est Reshmina ?

– Je suis là, répondit-elle. Ils ont fait exploser ma maison avec une fusée.

– Qui a fait exploser ta maison ? Pas les Américains, objecta-t-il, sur la défensive. Pas si ton père les a prévenus que j'étais chez vous. Ils ne tireraient jamais un missile sur le village en sachant que je suis ici.

C'étaient les talibans, alors. En visant les Américains, c'était sa maison qu'ils avaient touchée. *Les Américains, ou plutôt* un *Américain*, comprit Reshmina. Les talibans avaient délibérément tiré sur sa maison parce que Pasoon leur avait dit que Taz s'y était réfugié.

Reshmina avait l'impression de sombrer, comme si son corps était encore en train de descendre les marches, tandis que son esprit l'abandonnait, la laissant vide et creuse à l'intérieur. Que son frère soit finalement parti rejoindre les talibans n'aurait pas dû la surprendre. Tous les garçons finissaient par le faire, et Pasoon s'était engagé sur cette voie depuis longtemps.

Mais comment avait-il pu désigner aux talibans sa propre maison, où vivaient son père, sa mère, sa grand-mère, son frère et sa sœur, en sachant pertinemment qu'ils allaient la détruire ? Comment le frère qu'elle aimait avait-il pu se montrer aussi cruel ? Aussi méchant ?

Des balles frappèrent le mur à côté d'eux, faisant jaillir des éclats de béton et de pierre. Tout le monde se baissa pour esquiver, et Reshmina chercha du regard le tireur. Là, sur le toit ! Un combattant taliban les tenait dans le viseur de son AK-47 !

Le garde chargé de guider Taz arma le fusil qu'il portait à l'épaule pour riposter, quand… il s'effondra au sol, mort. Les mains sur la tête, Reshmina hurla, s'attendant à être abattue à son tour, quand un soldat américain posté sur un toit voisin neutralisa le taliban.

Reshmina s'apprêtait à crier que Taz était avec eux quand une nouvelle rafale d'AK-47 se fit entendre, de l'autre côté de l'escalier. Le soldat américain posté sur le toit se mit aussitôt à l'abri et échangea une salve de tirs avec son assaillant invisible, au-dessus de la tête des villageois effrayés.

– Venez ! Suivez-moi ! Vite ! souffla Reshmina à Taz.

Leur seul espoir était de se réfugier dans les grottes souterraines pour attendre la fin du combat.

D'énormes explosions retentirent dans le village au-dessus d'eux, et trois autres maisons volèrent en éclats. Reshmina ignorait si c'étaient les lance-roquettes des talibans ou l'hélicoptère américain qui avait tiré. Ou les deux.

– Ne regardez pas ! Avancez ! Avancez ! cria un vieil homme derrière eux.

Un goulot d'étranglement s'était formé au bas des marches, et bientôt les survivants s'engagèrent sur le sentier qui longeait la rivière. Pour s'éloigner le plus vite possible du village, certains prirent la direction d'Asadabad, d'autres suivirent Reshmina et sa famille jusqu'aux grottes. L'entrée était étroite et embroussaillée, mais tous réussirent à s'y faufiler. Même Taz. Enfin, ils se retrouvèrent en sécurité.

BRANDON

BUGS BUNNY ET JEANS DE CRÉATEURS

Des arroseurs fixés au plafond s'étaient déclenchés, inondant le centre commercial. En quelques secondes, Brandon fut trempé jusqu'aux os.

Il plissa les yeux pour s'habituer à la pluie et à l'obscurité. Près des escaliers, il y avait des traces d'incendie autour des portes d'ascenseur déchiquetées. On aurait dit que des boules de feu géantes avaient été jetées des étages supérieurs. Brandon ne voyait pas de flammes, mais les gicleurs fonctionnaient toujours, et il avait de l'eau jusqu'aux chevilles.

On les guida vers la sortie sur Church Street, située à l'autre extrémité du centre commercial. Brandon n'avait pas besoin d'indications. Il connaissait cet endroit comme sa poche. À sa gauche se trouvait le petit stand de café, et la boutique de souvenirs juste devant, sur la droite. Ensuite venaient une enseigne de prêt-à-porter et une autre spécialisée dans l'équipement pour la natation – où Brandon aimait se moquer des mannequins masculins en maillot de bain. Plus loin encore, le drugstore où lui et son père achetaient des sirops contre la toux et des en-cas, et puis une sandwicherie où lui et son père prenaient parfois une tranche de pizza avec un soda avant de rentrer chez eux.

– Continuez d'avancer ! lança un policier dans son mégaphone.

Le centre commercial avait beaucoup changé en quelques heures. L'allée centrale ressemblait à un aqueduc lors d'un orage ; pourtant, dans les magasins, l'électricité fonctionnait toujours. Les téléviseurs et les néons étaient allumés, et on entendait de la musique. Mais il n'y avait personne ; ni vendeurs, ni cuisiniers, ni clients…

Pour la première fois, Brandon trouva ce centre commercial extrêmement vulgaire. Les lumières étaient trop vives, la musique trop joyeuse. Quant aux objets à vendre – jeans de créateurs, jeux Lego, dinosaures en plastique, lunettes de soleil, colliers, cartes de vœux, voitures télécommandées, etc. –, comment s'y intéresser, maintenant ? Comment tout cela pouvait-il avoir une quelconque importance alors que des gens envoyaient des avions s'écraser dans des gratte-ciel ? Et que d'autres étaient piégés, blessés… condamnés à sauter dans le vide pour ne pas brûler vifs ? Cela pourrait-il un jour retrouver une quelconque importance après ce que Brandon avait vu ?

Près d'eux, une femme s'arrêta et éclata en sanglots. Richard passa un bras autour de son épaule pour la consoler :

– Allez. Il faut avancer, lui dit-il. Ça va aller.

Ils arrivèrent à un croisement. À droite, d'autres magasins. À gauche, une librairie, puis des escaliers qui descendaient vers le métro et un escalator qui montait à Church Street. Droit devant eux se trouvait le magasin Warner Bros dont les statues de Bugs Bunny et de Daffy Duck ornaient l'entrée.

Combien d'après-midi Brandon et son père avaient-ils passés à regarder les dessins animés de Batman, de Superman et des Looney Tunes ? Ils étaient tous deux de grands fans et adoraient aller dans ce magasin pour voir tous les T-shirts de super-héros, les peluches et les affiches de films.

Tout ça était gorgé d'eau, désormais. Alors que les arroseurs du plafond l'aspergeaient sans relâche, Brandon imagina son père prisonnier tout en haut de la tour, noyé dans la fumée et sans eau pour éteindre le brasier qui montait des étages inférieurs.

– Brandon, avance, l'encouragea Richard. Nous sommes presque sortis.

– Il y a des téléphones dans le magasin, dit Brandon en essuyant ses larmes. On pourrait essayer de rappeler mon père.

– Ce n'est pas vraiment le meilleur endroit pour s'arrêter, fit valoir Richard. Viens. On trouvera une cabine téléphonique dans la rue.

Soudain, Brandon sentit le sol vibrer, comme quand le métro passait, et dut étendre les bras pour garder son équilibre.

Ce n'était pas un wagon de métro. Le grondement s'amplifia ; Brandon et Richard eurent juste le temps d'échanger un regard horrifié avant l'explosion, qui souleva Brandon puis le projeta dans l'obscurité.

RESHMINA

VIEUX PNEUS ET LANCE-ROQUETTES

Il faisait frais, humide et sombre à l'intérieur de la grotte où régnait un silence de mort. Le bruit des tirs leur parvenait encore, mais il était très assourdi, étouffé par les mètres de roche qui, Reshmina l'espérait, les protégeraient jusqu'à la fin de la bataille.

Soudain, son tibia heurta un objet métallique et elle laissa échapper un cri de douleur.

– Qu'est-ce qu'il se passe ? demanda Taz.

Reshmina avait oublié qu'il n'avait toujours pas retrouvé la vue.

– Nous sommes en sécurité dans une grotte, expliqua-t-elle, mais il fait noir et j'ai heurté quelque chose.

– Prends ma lampe de poche.

Elle perçut un bruit de Velcro. Taz avait des difficultés à se débarrasser de sa burqa.

– Je pense que nous pouvons le libérer, maintenant, dit Anaa avant d'aider Taz à la retirer.

Reshmina alluma la lampe de poche. La grotte était plus petite que dans son souvenir. La dernière fois qu'elle était venue ici, c'était pour jouer à cache-cache avec Pasoon et quelques gamins du quartier. Depuis, elle avait grandi, et à présent elle se retrouvait bloquée ici avec une douzaine de villageois et leurs familles…

– J'aimerais tant que ton *baba* soit là ! dit sa mère, Zahir calé sur sa hanche et Marzia serrée contre elle. J'espère qu'il est en sécurité.

Reshmina l'espérait aussi. Il était arrivé sans encombre jusqu'à la base militaire de l'armée nationale afghane pour informer les Américains de la présence de Taz au village. Les soldats qui se battaient au-dessus d'eux le prouvaient.

Reshmina guida sa famille et Taz jusqu'au fond de la grotte, le plus loin possible de l'entrée. L'endroit était jonché de vieux débris rouillés de l'époque soviétique : hélices, pièces de moteurs, pneus de rechange, vieux circuits électroniques, grosses pièces de camions. Il y avait aussi des armes désassemblées – pièces de fusils, lance-roquettes sans fusées, mines terrestres démantelées.

Un ancien du village les mit en garde.

– Faites attention ! Certaines de ces armes risquent d'exploser si vous les heurtez au mauvais endroit !

Baba et Mor nous disaient la même chose quand nous étions petits. Ils nous interdisaient de jouer dans les grottes parce que c'était trop dangereux, se rappela Reshmina. Et, bien sûr, Pasoon, elle-même et les autres n'avaient qu'une envie : descendre explorer les lieux. Il ne pouvait pas être plus dangereux de jouer sous la terre qu'en surface, où Américains et talibans échangeaient des tirs incessants.

Reshmina se souvenait d'avoir erré, stupéfaite, au milieu de toutes les vieilles machines datant de la période soviétique. À l'époque, elles lui paraissaient étranges et mystérieuses ; désormais, elle les trouvait juste tristes.

Taz avançait à tâtons dans la grotte pour se familiariser avec ce qui l'entourait.

– C'est affreux de ne rien voir, gémit-il.

– Nous sommes tous dans le noir, le consola Reshmina en éteignant la lampe de poche pour ménager la pile.

– Quand j'étais petit, je me suis perdu dans le noir. Je n'y voyais plus rien. J'en garde un horrible souvenir ! Depuis, j'ai peur du noir, avoua Taz.

Reshmina n'avait pas peur du noir. L'huile coûtant cher, chez elle, on n'utilisait la lanterne qu'en cas de nécessité. Levée tous les jours à l'aube, Reshmina se couchait après le soleil. L'obscurité faisait partie de son univers, qu'elle l'aime ou qu'elle la craigne. Elle ignorait ce qui était arrivé à Taz dans son enfance, mais elle remarqua que la panique le faisait transpirer.

De la terre et des cailloux tombèrent du plafond tandis que des bruits d'explosions retentissaient à proximité.

– Lance-grenades M320, dit Taz.

– Comment le savez-vous ? demanda Reshmina.

– Le son. La sensation. Je suis ici depuis longtemps.

– Combien de temps ?

– Dix ans, par intermittence.

– Dix ans, et vous ne parlez pas le pachtou ? s'étonna Reshmina.

Taz ne répondit pas tout de suite. Était-il honteux ? Reshmina l'aurait été, à sa place. Après tout, elle apprenait bien l'anglais.

– Je parle le mandarin, dit Taz.

– Vous parlez chinois ? interrogea Reshmina, incrédule.

– *Shì de*, articula Taz. Dans les forces spéciales, on doit connaître une seconde langue, alors j'ai appris le mandarin.

– C'est vrai qu'il y a beaucoup de gens qui parlent chinois en Afghanistan, ironisa Reshmina.

– On devait croire qu'il y aurait une vie après l'Afghanistan, répliqua Taz.

À la façon dont Taz prononça ces mots, Reshmina eut l'impression qu'il n'y croyait plus.

Quand le sol et les murs se mirent à trembler, Reshmina sentit tout son corps trembler aussi. Un hélicoptère passait par là.

– Apache, murmura-t-elle.

– Sikorsky HH-60 Pave Hawk, rectifia Taz. Black Hawk modifié. Les Apache font plutôt *pppppppp*, expliqua-t-il en pinçant les lèvres, alors que les 60 font *ch-ch-ch-ch-ch-ch*. C'est pour moi qu'ils sont là. Ce sont des hélicoptères de recherche et de sauvetage.

Tout cela arrive à cause de Taz, songea Reshmina. *Parce que je l'ai ramené dans ma maison… qui n'est plus là.*

Une grosse explosion se produisit juste au-dessus de la grotte, provoquant une puissante secousse. Une femme se mit à crier lorsqu'un morceau de mur tomba sur les débris empilés au sol.

Reshmina regarda Taz. Il était sur ses gardes.

L'explosion suivante, plus forte et plus proche encore, les projeta au sol. Les yeux écarquillés, Reshmina posa ses paumes contre la terre, comme pour lui intimer l'ordre de cesser de trembler. Cela n'eut aucun effet. Elle se dit que venir se réfugier dans ces grottes était une très, très mauvaise idée. Et si cet endroit devenait leur tombeau ?

Au fond de la cavité, tout le monde cria quand un morceau de plafond tomba sur un vieil homme. Autour de lui, les gens tentèrent de le dégager.

Taz se releva lentement. La terreur se lisait sur son visage.

– Qu'est-ce que c'est ? lui demanda Reshmina, toujours au sol.

– Je ne sais pas. C'est difficile à dire, d'ici. Mais pour nous secouer comme ça… on dirait des Reaper. Avec des bombes à guidage laser !

À peine avait-il prononcé ces mots qu'une nouvelle explosion fit s'effondrer le plafond de la grotte.

BRANDON

AVEUGLE

Brandon cligna des yeux, mais ne vit rien. Il était allongé dans dix centimètres d'eau, bras et jambes écartés, recouvert de débris de métal et de bois. L'obscurité l'engloutit, comme l'eau qui s'infiltre par la bouche lorsqu'on est immergé et qu'on retient sa respiration trop longtemps. Il avait l'impression que l'air qui l'entourait était solide, palpable. Il n'arrivait pas à respirer, n'entendait rien. Quand il essaya de bouger ses bras, ils demeurèrent immobiles. Ses jambes étaient comme des poids morts attachés à ses hanches.

Pris de panique, il chercha de l'air. Sa bouche et son nez étaient pleins d'une épaisse poussière ; il toussa et cracha pour s'en débarrasser. Peu à peu, une vague sensation revint dans ses membres. Mais il n'y voyait toujours rien. La panique s'empara de lui. *Je suis aveugle. Je suis aveugle et je suis perdu, je suis seul et je ne peux plus respirer. Je ne sortirai jamais d'ici.*

– Richard ? appela-t-il. Richard ? Vous êtes là ?

Comme personne ne répondait, Brandon se mit à pleurer. Il était seul !

– Richard ! répéta-t-il.

Pas de réponse. Richard avait disparu.

Brandon se roula en boule puis laissa libre cours à son désespoir. Le monde avait explosé, maintenant il était totalement, complètement seul. Dans sa vie, il avait toujours eu un parent présent pour lui. D'abord sa mère, qui l'avait aimé et choyé quand il était petit. Il se souvenait de son rire, de son visage – ses cheveux blonds, sa peau claire et ses yeux bleus – surtout grâce aux photos, car ses propres souvenirs s'étaient effacés. Mais elle était toujours là – une grande silhouette chaleureuse qui lui faisait des câlins et lui chantait des berceuses.

À la mort de sa mère, Brandon avait cru qu'il ne pourrait pas continuer sans elle. Il avait cessé de parler, de se soucier des autres. Chaque nuit, il s'endormait en pleurant.

C'était son père qui l'avait ramené à la vie. Son père, qui avait sûrement perdu le sommeil, lui aussi, et qui, au lieu de tout abandonner après avoir perdu sa femme, avait tenu bon pour son fils. Son père, qui lui lisait des bandes dessinées et l'emmenait au skate park tous les week-ends. Ils formaient une équipe, tous les deux. Plus maintenant.

Brandon n'y arriverait pas tout seul. C'était impossible. Il aurait mieux valu qu'il ne s'enfuie pas, qu'il reste bloqué dans le restaurant avec son père et meure asphyxié par la fumée. Il avait besoin de son père pour prendre des décisions, pour le guider lorsqu'il était en danger. Sans son père à ses côtés, autant mourir.

Contre toute attente, ses larmes finirent par sécher. Les arroseurs cessèrent de l'asperger, le bourdonnement dans ses oreilles s'estompa, et Brandon était toujours là. Il n'était pas mort. S'il était endolori, sa tête, son visage, ses bras, son corps, ses jambes et ses pieds, tout était intact, en bon état de marche. Il avait sans doute des petites coupures et des bleus partout, mais il était vivant, en un seul morceau. Il ne pouvait pas rester allongé dans le noir pour toujours !

Que lui avait dit son père ? « Tu es fort, Brandon. Tu peux survivre sans moi. » Brandon était fort. Il avait survécu, tout seul. Il n'en avait pas envie, mais il continuerait. Il n'avait plus le choix, maintenant.

Quand il posa une main par terre pour se relever, un éclat de verre lui entailla la paume. Il retira sa main dans une grimace de douleur, en appuyant sur la coupure pour enrayer le saignement. Les magasins qui l'entouraient avaient sans doute été détruits par l'explosion ; il devait y avoir du verre brisé et des débris partout. Brandon était perdu dans les décombres d'un immense centre commercial plongé dans l'obscurité. Mais qu'est-ce qui avait provoqué cette explosion ? Un autre avion s'était-il écrasé au-dessus d'eux ? Qui avait fait cela ? Et pourquoi ? Pourquoi blesser et tuer tous ces gens ?

– Richard ?

Il entendit quelqu'un gémir.

Richard ! Il est vivant !

Malgré sa coupure qui lui faisait mal, il fallait qu'il se lève. En tâtonnant dans l'obscurité, il dénicha une chemise provenant sans doute d'un des magasins détruits. Il s'en servit pour bander sa main blessée. Il ne voyait pas la coupure, mais il sentait qu'elle était profonde.

– Richard, j'arrive ! cria-t-il.

Richard gémit de nouveau, et Brandon commença à avancer à tâtons, en prenant garde de ne pas se blesser. Quand ses doigts rencontrèrent un objet en plastique, il en explora les contours et en reconnut tout de suite la forme. C'était le gant de Wolverine qu'il avait voulu aller acheter, ce matin-là ! Brandon cligna des yeux dans l'obscurité. C'était si étrange de tenir enfin cet objet dans ses mains ! *C'est grâce à lui que je suis là au lieu d'être avec mon père, en ce moment. Grâce à lui que je suis en vie.* C'était vraiment un hasard. Un hasard idiot. Cet objet insignifiant en apparence avait joué un rôle crucial.

Richard gémit de nouveau, et Brandon lâcha le gant pour se concentrer sur sa recherche. Inexplicablement, il avait survécu, et Richard aussi. Or celui-ci avait besoin de son aide.

Encore tremblant, Brandon tendit de nouveau les mains devant lui pour avancer parmi les décombres, s'attendant à chaque instant à rencontrer un obstacle.

– Richard, parlez-moi pour que je puisse vous trouver !

– Par ici, fit un homme avec un fort accent indien.

Le cœur de Brandon manqua un battement. Ce n'était pas Richard !

– Aidez-moi. S'il vous plaît…

– Continuez de parler, répéta Brandon.

– Je suis là. Je suis vivant, hoqueta l'homme. J'ai peur. Je ne sais pas ce qu'il se passe. Le monde est devenu fou.

Brandon trouva l'homme, et ils se serrèrent les mains comme un père et un fils qui se verraient après des années d'absence.

– Oh, mon Dieu, j'ai cru que j'étais mort ! dit l'homme. Je m'appelle Pratik.

– Moi, c'est Brandon.

– Je ne vois rien, poursuivit l'homme.

– Moi non plus…

– Donc ça signifie que je ne suis pas aveugle ? reprit Pratik. Si tu ne vois rien non plus, c'est qu'il fait trop noir.

Brandon était soulagé, lui aussi. *Je ne suis pas aveugle*, pensa-t-il. *Pas pour toujours.* Une panne d'électricité avait plongé ce centre commercial dépourvu de fenêtres dans une obscurité totale.

– Que s'est-il passé ? demanda Pratik.

– Je ne sais pas… Peut-être un autre avion. Êtes-vous blessé ? Pouvez-vous vous lever ?

– Je pense que mon bras est cassé, mais je peux me tenir debout.

Soudain, une voix de femme se fit entendre.

– À l'aide !

Puis une autre personne se mit à gémir. Ils étaient des dizaines avec eux, dans le centre commercial, à avoir suivi les instructions des policiers pour rejoindre la sortie de Church Street. Certains d'entre eux étaient peut-être morts dans l'explosion, mais il devait y avoir d'autres survivants comme Pratik et lui.

Ils trouvèrent la femme – Gayle. Elle réussit à se lever et, en file indienne, tous trois se frayèrent un chemin dans l'obscurité à la recherche de blessés. *Pourvu que Richard soit là !* pria Brandon en silence.

Ils arrivèrent à la hauteur de quelqu'un d'autre. Gayle se pencha vers le corps, puis se redressa en lâchant à la hâte :

– Continuons...

Et si c'était Richard ?

– Pourquoi ? Qu'est-ce qu'il y a ? demanda Brandon.

– Je ne suis... pas sûre qu'il soit encore en vie, expliqua simplement Gayle.

Un cliquetis se fit entendre, tout proche, et Pratik se retourna.

– Non, attendez... dit Brandon en se penchant vers le blessé. Je veux savoir si c'est Richard.

– Ne touche pas son ventre, avertit Gayle.

Les mains de Brandon trouvèrent les épaules de l'homme, puis ses bretelles. Richard portait des bretelles ! Non, non !

Brandon pleura de soulagement lorsqu'il toucha le visage de l'homme : il avait la peau lisse et était rasé de frais. Cela ne pouvait pas être Richard, car Richard portait la barbe ! Aussitôt, Brandon se sentit coupable. Cet homme était mourant – peut-être même déjà mort – et lui se réjouissait...

– Je suis désolé, chuchota Brandon à l'oreille de l'homme.

Brandon se leva et, avec Pratik et Gayle, tendit de nouveau l'oreille.

– Si vous êtes blessé et que vous entendez ma voix, faites le plus de bruit possible afin qu'on vous localise ! s'écria Pratik.

Personne ne répondit.

– Je crois qu'il vaudrait mieux se dépêcher, dit Gayle. On manque d'air ici, et nous ne savons même pas par où sortir.

– Encore un instant, s'il vous plaît, supplia Brandon. Mon ami est toujours ici, quelque part.

– Désolé, mon garçon, commença Pratik. Si on ne l'a pas entendu, c'est peut-être que…

– Laissez-moi juste chercher un peu mieux, insista Brandon.

Il ne pouvait pas laisser Richard derrière lui. Pas après tout ce qu'ils avaient vécu ensemble.

– Richard ? appela-t-il. Richard !

De longs moments passèrent, et Brandon sentit les deux autres survivants s'agiter. Ils voulaient partir d'ici. Lui aussi.

Brandon continua d'avancer, refusant d'abandonner.

– Richard !

Soudain, Brandon crut entendre quelque chose… un chant ? Ses oreilles bourdonnaient encore. Peut-être qu'elles lui jouaient des tours. Non, les autres s'arrêtèrent aussi, aux aguets.

– Richard ? appela Brandon.

Pas de réponse.

– Je crois que ça vient de là-bas, dit Gayle.

Un léger murmure – presque un soupir – se fit entendre.

This land is your land, this land is my land, from California to the New York island.

Brandon retint son souffle. C'était Richard !

RESHMINA

MOMARDENE AFGHANE

Reshmina se réveilla au son d'une chanson.

Nous sommes le peuple afghan,

Les Afghans des montagnes…

Il faisait noir et Reshmina n'y voyait rien, mais elle aurait reconnu la voix de sa grand-mère entre mille. Anaa chantait *Momardene afghane*, l'une de ses chansons favorites.

Ses oreilles bourdonnaient, elle avait de la poussière dans la bouche et la gorge. Elle trouva sa grand-mère allongée à terre, à demi recouverte par la portière d'un vieux camion soviétique.

– J'ai pensé que si je continuais à chanter, quelqu'un finirait par me venir en aide, dit sa grand-mère.

Reshmina souleva la portière.

– Tu vas bien, Anaa ?

– J'ai sans doute un ou deux os cassés, souffla-t-elle. Laisse-moi, Mina-jan.

Reshmina sentit son cœur se serrer. Sa grand-mère, têtue comme une mule, refusait toujours de se faire soigner. Elle se vantait de ne jamais avoir été malade de sa vie. Mais Reshmina savait qu'en vérité, elle ne voulait pas déranger les gens. Même si elle avait perdu une jambe, elle n'en aurait rien dit.

Reshmina palpa le corps de sa grand-mère pour s'assurer qu'elle n'était pas blessée.

– Arrête, protesta Anaa.

Elle entendit un gémissement, puis des pleurs – Zahir ! Son petit frère était vivant !

– Chut. Anaa, continue de chanter.

– Mor !

Reshmina aurait voulu rejoindre aussi sa mère, mais où était-elle ?

Comme Anaa entonnait de nouveau *Momardene afghane*, Reshmina entendit des pas approcher. Sa mère et Zahir émergèrent en premier, suivis de Marzia. Reshmina les serrait dans ses bras quand d'autres rescapés arrivèrent : un couple de voisins et une jeune fille qui habitait un peu plus haut dans le village. Et Taz.

Ils étaient tous trop choqués pour parler. Une fois la chanson terminée, un silence de mort se fit dans la grotte. Lourd, oppressant. Ils ne sentaient même plus les vibrations, au-dessus de leurs têtes.

Taz rompit le silence.

– Tout le monde va bien ? demanda-t-il. Que se passe-t-il ? Je n'y vois toujours rien.

– Je ne sais pas, dit Reshmina. Nous sommes plongés dans le noir, nous aussi. Attendez ! La lampe !

Dieu merci, elle l'avait glissée dans sa poche avant l'explosion ! Quand elle voulut la prendre, une douleur aiguë lui traversa la main, lui arrachant un cri.

– Qu'y a-t-il, Mina-jan ? demanda Mor en pachtou, tandis que Taz posait la même question en anglais.

Reshmina prit la lampe dans son autre main et appuya sur le bouton. Tous clignèrent des yeux, éblouis – même Taz.

– Hé ! J'ai vu quelque chose ! Une petite lumière ! J'ai l'impression que ma vue revient.

Reshmina dirigea le faisceau vers sa main. Sa paume était profondément entaillée.

– J'ai une vilaine coupure, expliqua-t-elle à sa mère, avant de traduire à l'intention de Taz.

La mère de Reshmina commença à déchirer sa tunique pour faire un bandage. Taz l'arrêta d'un geste.

– Attendez ! J'ai du sparadrap cicatrisant.

Reshmina ne connaissait pas ce mot ; il devait s'agir de pansements qu'il gardait dans ses poches. Il lui expliqua comment l'utiliser, et elle l'appliqua en gémissant de douleur.

– Désolé, lui dit-il. Ce pansement est efficace, mais si la blessure est profonde, tu auras peut-être une marque. Regarde, moi aussi j'en ai une.

Il tendit sa main, barrée d'une longue et vilaine cicatrice.

– Il arrive qu'elle me fasse mal, quand il fait froid et pluvieux, expliqua-t-il, mais la plupart du temps…

Taz marqua une pause, comme s'il était tout à coup assailli par de douloureux souvenirs.

– La plupart du temps, on l'oublie, acheva-t-il.

D'autres villageois étaient blessés, eux aussi, et Reshmina les aida de son mieux.

– Où sont tous les autres ? demanda Mor. Nous étions plus nombreux, avant l'explosion.

Reshmina dirigea la lampe vers l'entrée de la grotte. À la place de la grande salle remplie de vieux matériel soviétique, il n'y avait désormais plus qu'un tas de pierres.

Toute la partie avant de la grotte s'était effondrée, condamnant l'entrée. Reshmina examina l'éboulement pour tenter de trouver une sortie, et se figea en voyant des jambes dépasser d'un gros rocher… Les jambes d'une des nombreuses victimes ensevelies là…

C'est ma faute. J'ai tué tous ceux que j'aimais. Mor avait raison : en recueillant Taz, j'ai amené la mort dans tout le village !

Reshmina se mit à pleurer en silence. Elle avait choisi la justice au lieu de la facilité. Elle avait osé se comporter différemment, tenté de faire le bien et de tracer sa propre voie, et voilà où cela l'avait menée : six pieds sous terre, avec toute sa famille, dans une tombe qu'elle avait elle-même creusée !

Elle se hâta d'éteindre la lampe pour que personne ne voie le corps.

– Alors ? Il y a des dégâts ? demanda Taz.

Reshmina laissa exploser l'immense colère qui couvait en elle.

– Des dégâts ? répéta-t-elle. C'est peu dire ! Il n'y avait qu'une entrée dans cette grotte, et elle s'est refermée sur nous ! Nous sommes prisonniers d'un tas de pierres, et tous les autres gens qui nous ont suivis jusqu'ici sont morts !

Elle se baissa pour ramasser une pierre qu'elle lança en direction de Taz. Ne voyant pas encore très bien, il sursauta quand le projectile heurta la paroi, derrière lui.

Reshmina lança une autre pierre et, cette fois, le toucha au bras.

– Qu'est-ce que… ?

– C'est votre faute si nos voisins sont morts et que nous sommes enterrés vivants ! cria Reshmina.

– Mais…

– Votre faute, et celle de tous les autres Américains ! ajouta Reshmina en lançant une nouvelle pierre qui atterrit sur une roue de camion. Pourquoi ne quittez-vous pas l'Afghanistan ? Tout ce que vous faites, c'est toujours plus de morts !

– Nous essayons de régler les problèmes ! protesta Taz.

– Des problèmes que vous avez vous-mêmes créés !

– Nous construisons des puits. Des routes. Des écoles. Peut-être même celle que tu fréquentes.

– Vous avez tué ma sœur ! Vous, les Américains ! lança Reshmina, avant d'éclater en sanglots.

C'était trop. Toutes les horreurs qu'elle avait vécues ces dernières années remontaient à la surface.

– C'est vous qui avez lancé ce missile, et maintenant ma sœur est morte, comme beaucoup de nos amis après elle !

– J'en suis désolé, répondit Taz. Sincèrement. Notre combat contre les talibans fait parfois des victimes innocentes, alors que nous essayons de vous aider.

Reshmina bouillait intérieurement. Était-ce cela, le feu qui ravageait son frère ? Cette rage qui l'avait poussé à rejoindre les talibans ?

– Si vous voulez vraiment nous aider, allez-vous-en ! répliqua-t-elle. Avant l'arrivée des Américains, mon village n'avait jamais été bombardé !

– Nous devons rester ici, expliqua Taz. Sais-tu ce qu'il se passera si les États-Unis quittent l'Afghanistan ? La guerre civile éclatera de nouveau, et les talibans reviendront au pouvoir. Tu es trop jeune pour t'en souvenir, Reshmina, mais ils ont commis des crimes atroces.

– Je sais tout sur les talibans ! rétorqua Reshmina. Je sais le mal qu'ils nous ont fait.

– Eh bien, si nous partons, vous reviendrez au même point qu'avant notre arrivée.

– Avec vos drones, vous avez tué autant de talibans que de civils innocents, contra Reshmina.

Puis, levant sa main blessée, elle poursuivit :

– Vous soignez nos blessures et vous voudriez qu'on vous remercie, mais c'est vous qui en êtes la cause !

Taz garda le silence un moment, puis il reprit la parole.

– Si nous arrivons à battre les talibans, à remettre ce pays sur pied, à l'aider à prendre son essor…

Reshmina songea soudain au cône de cèdre qu'elle avait ramassé dans le cimetière où étaient enterrés les morts des guerres précédentes. Tous les occupants qui avaient cru triompher grâce à leurs armes sophistiquées avaient fini par être battus par les combattants afghans.

– Vous dites que vous êtes là depuis dix ans, mais cela fait au moins le double que les vôtres occupent notre pays, et ils n'ont toujours pas gagné. Ils ne gagneront jamais. Personne ne peut diriger l'Afghanistan, pas même les Afghans. Alors, que faites-vous encore ici ?

Taz détourna la tête sans répondre.

– Zahir ! Recule ! cria la mère de Reshmina.

En braquant le faisceau de sa lampe sur son petit frère, Reshmina ne vit d'abord que deux jambes dépasser d'un tas de pierres. L'espace d'un horrible instant, elle crut que Zahir avait été enseveli, comme la dame à l'entrée de la grotte. Mais il avait juste glissé la tête dans un trou – une fissure provoquée par les éboulements. Marzia et sa mère tirèrent aussitôt le petit garçon par les chevilles pour le libérer.

Reshmina examina la fissure, puis laissa échapper un cri.

– Qu'est-ce qu'il y a ? demanda une femme.

Une faible lueur d'espoir envahit Reshmina, qui se tourna vers sa famille.

– Il y a peut-être un moyen de sortir d'ici !

BRANDON

BANANES ET PAMPLEMOUSSES ROSES

Dans l'obscurité, Brandon suivit la voix qui fredonnait *This Land is your Land* et trouva Richard piégé sous un pan de mur.

– Vite ! Aidez-moi à le dégager ! cria Brandon.

Ensemble, Brandon et Gayle réussirent à soulever suffisamment la lourde cloison pour que Richard puisse sortir en rampant. Quand ce dernier fut libéré, Brandon s'agenouilla et jeta ses bras autour de son cou.

– Brandon ! gémit Richard, les larmes aux yeux, en le serrant contre lui. Je pensais que l'explosion m'avait rendu aveugle et sourd, alors je me suis mis à chanter. Je ne te voyais plus, mais j'espérais que tu m'entendrais. Et c'est ce qu'il s'est passé… Tu m'as sauvé la vie, petit !

– Maintenant, on est quittes, répondit Brandon.

Il n'était pas sûr que Richard l'ait bien entendu ; qu'importe, il le lui répéterait plus tard.

– Il faut trouver une des sorties vers la rue, dit Pratik.

Brandon ne voulait pas bouger, ni lâcher Richard, pourtant il savait qu'ils devaient sortir d'ici. Et il avait fait attendre les autres assez longtemps.

Richard boitait et il dut s'appuyer sur Brandon pour se lever, mais il pouvait marcher.

– Par où allons-nous passer ? Je n'y vois toujours rien, dit Gayle.

– Et si on tombait dans un trou et qu'on atterrissait dans un tunnel de métro ? demanda Pratik.

Un craquement se fit entendre, tout près d'eux, comme un éboulis, et le plafond se mit à grincer.

– Je ne pense pas que nous ayons vraiment le choix, murmura Brandon.

– Il faut essayer, insista Gayle en lui tendant la main. Mettons-nous en file indienne !

Brandon passa devant et Pratik soutenait Richard.

Le garçon se déplaçait à pas de fourmi dans l'obscurité totale. Ses baskets étaient gorgées d'eau. Pratik avait raison : l'explosion avait dû pulvériser le sol. S'il trébuchait et tombait dans un trou ? S'il passait au travers d'une fenêtre brisée et se coupait gravement ? Brandon lutta contre la panique qui menaçait de le submerger. La seule façon de sortir d'ici était de garder son sang-froid.

Le sol était jonché de verre brisé, de gravats, de vêtements mouillés, de gobelets, de chaussures, de boîtes contenant des objets inconnus. Quand il le pouvait, il prévenait les autres des obstacles qui se dressaient sur leur chemin.

Privé de la vue, Brandon était forcé de se concentrer sur ses autres sens. Il tâtonnait, et guettait des indices dans le bruit de l'eau sous ses pieds et les grincements du bâtiment. Il utilisait aussi son odorat. Comme il percevait une odeur de banane et de pamplemousse rose, il fronça les sourcils et tenta de se remémorer la disposition des magasins. Y avait-il un stand de smoothies par ici ? Non. Il y avait bien un glacier et une échoppe où l'on vendait du yaourt, mais…

Il s'arrêta brusquement. Il avait compris.

– Nous allons dans la mauvaise direction ! dit-il aux autres.

– Comment le sais-tu ? demanda Pratik.

– Vous sentez cette odeur de banane et de pamplemousse ? Nous sommes près du magasin de cosmétiques ! C'est l'odeur des masques pour les cheveux et des crèmes pour les mains !

– Il a raison ! approuva Gayle. Je reconnais l'odeur du shampoing au gingembre !

Pendant qu'ils faisaient demi-tour, Brandon fit défiler le plan des lieux dans sa tête. Il se déplaçait avec plus d'assurance maintenant et, dans sa hâte, il trébucha sur un objet qui lui arrivait aux genoux. Quand Gayle essaya de le rattraper, il bascula la tête la première.

– Aïe ! gémit-il.

Ses tibias lui faisaient mal, et la coupure de sa main droite s'était rouverte.

– Brandon ! Tu vas bien ? cria Richard.

– Oui, gémit Brandon.

En sentant quelque chose de duveteux et de chaud glisser sur son bras, Brandon frissonna de dégoût. Un rat ! La ville de New York grouillait de rats et ils devaient être nombreux ici, en ce moment même, à essayer de survivre – comme Brandon et les autres. Horrifié, il se releva pour partir au plus vite, quand il tomba sur un objet mou et doux. Il crut identifier des bras et des jambes, deux petites billes de plastique et… deux grandes oreilles ! Brandon se détendit, soulagé. Il aurait éclaté de rire s'il n'avait pas eu aussi peur. Il avait été effrayé par un animal en peluche inoffensif !

Quand Gayle l'aida à se relever, Brandon tâta le gros objet qui l'avait fait trébucher : tout en courbes et en creux, il était lisse et frais… Qu'est-ce que cela pouvait bien être ? Soudain, un souvenir très récent lui revint, et il s'écria en se tournant vers les autres :

– C'est la statue de Bugs Bunny ! Nous sommes au magasin Warner Bros ! Nous allons dans la bonne direction !

Ils n'avaient qu'à longer le magasin d'articles de sport et filer tout droit vers la sortie de Vesey Street, à côté de la grande librairie. Ils y étaient presque !

Ils reprirent leur chemin en file indienne. Brandon avançait très doucement, car il n'avait pas envie de se cogner de nouveau, dans une rampe d'escalier roulant, par exemple – ce qui serait plus dangereux que la statue de Bugs Bunny.

La sonnerie d'un téléphone portable dans l'obscurité les fit tous sursauter, puis s'arrêter net.

– C'est un Nokia, dit Pratik. Ma femme a le même. Mais elle n'est pas là, Dieu merci !

– Qu'est-ce qu'on fait ? demanda Brandon.

– Essaye de le trouver, suggéra Richard.

Brandon tourna légèrement sur la gauche. Il se rapprocha, de plus en plus près, puis la sonnerie cessa. Immobile, il tendit l'oreille.

La sonnerie recommença. Suivi de ses compagnons d'infortune, Brandon progressa centimètre par centimètre, jusqu'à ce que son pied heurte un gros objet. Il tendit les mains et tâta le sol, bientôt imité par Gayle et les autres.

Le téléphone était enfoui sous un tas de décombres, tout comme son propriétaire.

– Il y a un gros morceau de plafond que je ne peux pas soulever, gémit Pratik.

– Je ne vois même pas ce qu'il faut soulever, dit Richard.

– Il faut laisser faire les secouristes… quand ils arriveront, ajouta Gayle.

S'ils arrivent un jour ! songea Brandon. Comme le silence s'éternisait, il comprit que ses compagnons pensaient la même chose que lui.

Ils se remirent en file indienne et Brandon continua d'avancer, poursuivi par la sonnerie qui insistait, encore et encore… Quelque part, loin des tours, quelqu'un tentait désespérément de joindre une personne qui ne décrocherait jamais.

Quelques minutes plus tard, Brandon arriva devant ce qu'il pensait être le magasin de sport. Lorsqu'il s'engagea dans l'allée suivante, il vit un petit feu brûler dans l'un des restaurants. La sandwicherie ! Ils étaient sur le bon chemin !

– On y est presque ! lança-t-il.

Ils se rapprochèrent. Le feu n'était pas important, mais c'était un phare dans la nuit. *Probablement un feu de cuisine*, songea Brandon, comme celui qu'il avait vu ce matin-là, au restaurant *Windows on the World.* La dernière fois qu'il avait vu son père. Très vite, il chassa cette image de son esprit pour se concentrer sur la sortie et mettre ses amis en sécurité.

Un tas de débris bloquait l'accès à Vesey Street, mais le feu dégageait assez de lumière pour leur permettre de se frayer un chemin à travers les décombres. Lorsqu'ils eurent franchi cet obstacle, ils aperçurent la lumière du jour, en haut de l'escalator.

– On a réussi ! s'écria Pratik.

À la fois épuisé et infiniment soulagé, Brandon aurait voulu tomber à genoux, pourtant ils ne pouvaient pas s'arrêter maintenant. Pas encore…

Sans se lâcher la main, ils se précipitèrent dans l'escalier et débouchèrent dans Vesey Street, juste en face du bureau de poste, riant, pleurant et s'étreignant les uns les autres. Ils étaient sortis indemnes du centre commercial, des tours jumelles. Ils avaient survécu !

Mais quelque chose n'allait pas – pas du tout, même. Très vite, leurs cris de joie moururent sur leurs lèvres. Un épais nuage de fumée planait au-dessus de Lower Manhattan. Sous terre, ils avaient eu l'impression qu'il faisait grand jour au-dehors ; or, maintenant qu'ils étaient dans la rue, le ciel était si sombre qu'on se serait cru au crépuscule.

La ville ressemblait à un champ de bataille. Les poubelles et les voitures étaient écrasées, les lampadaires pliés, les abris de bus cassés et les arbres arrachés. Une fine poussière grise recouvrait tout, y compris un camion de pompiers et une ambulance garés au milieu de la rue, leurs feux rouges clignotant toujours. *On dirait qu'il a neigé*, songea Brandon. Tout était calme, et les bruits de la ville leur parvenaient étouffés, comme dans un rêve. Manhattan n'était jamais calme, même la nuit. En cet instant, les rues étaient aussi silencieuses que le centre commercial souterrain après l'explosion. Et puis, il y avait autre chose de très inquiétant…

– Où sont tous les gens ? murmura Gayle.

On distinguait des traces de pas dans la poussière, mais les rues étaient désertes. Or Manhattan n'était jamais désert. Des millions de personnes s'y croisaient chaque jour. Où étaient-elles toutes passées ?

Pratik se retourna et fit un pas en arrière.

– Oh, mon Dieu !

Brandon leva les yeux. Son cerveau mit un long moment à assimiler ce qu'il voyait – ou, plutôt, ce qu'il ne voyait pas. L'un des deux plus gros buildings de Manhattan, qui dépassait tous les autres sur la célèbre skyline, n'était plus là.

La tour sud du World Trade Center n'existait plus. Le gratte-ciel de cent sept étages s'était effondré.

RESHMINA

NOUS SOMMES LÀ PARCE QUE NOUS SOMMES LÀ

Après s'être faufilée à travers l'ouverture de la paroi, Reshmina atterrit lourdement dans une autre salle. Elle demeura immobile un long moment, n'osant pas bouger. Elle n'avait aucune idée de ce qui se trouvait dans cette grotte secrète, mais il fallait qu'elle sache si elle possédait une sortie.

Sa mère lui tendit la lampe de poche.

– Fais attention, Mina-jan !

– Nous allons élargir le trou de ce côté, juste au cas où, lui dit Taz.

Reshmina l'entendit déplacer des pierres. Elle alluma la lampe de poche… qu'elle lâcha dans un cri. Elle venait d'apercevoir un fantôme.

– Mina-jan ? appela sa mère. Mina-jan, tu vas bien ?

– Reshmina ? lança Taz.

Les mains croisées sur la poitrine, Reshmina attendit que les battements de son cœur ralentissent. Le faisceau de la lampe était toujours braqué sur l'apparition.

– Reshmina ? répéta sa mère.

Reshmina ramassa la lampe d'une main tremblante, la pointa vers le fantôme… puis soupira de soulagement. Ce n'était qu'une statue de marbre blanc, aux yeux vides et sans expression.

Reshmina rassura sa mère.

– Je vais bien. J'ai juste… vu quelque chose qui m'a fait peur. Je vais bien, répéta-t-elle en anglais pour Taz.

La statue représentait le buste d'un homme en toge. Il avait un visage jeune, un long nez droit, des cheveux de pierre bouclés.

Reshmina n'avait jamais rien vu de tel. Les représentations humaines étaient très rares dans l'art islamique, et cette statue devait être très ancienne. Datait-elle de l'époque où les Grecs avaient envahi et gouverné l'Afghanistan ? C'était il y avait des milliers d'années. Cette statue croupissait-elle vraiment dans cette grotte depuis tout ce temps ?

– Qu'est-ce qu'il y a, là-dedans ? demanda Taz.

– Une statue, et plein d'objets anciens, répondit Reshmina.

En inspectant la grotte, Reshmina découvrit des reliques d'époques lointaines qu'elle ne connaissait que par ses leçons d'histoire : un bouclier rond en laiton orné d'un cheval ailé noir, qui devait remonter à la Grèce antique, voisinait avec un casque blanc pareil à ceux que portaient les soldats britanniques ayant envahi l'Afghanistan, deux siècles auparavant. De vieux fusils anglais Enfield étaient appuyés contre la paroi, près de quelques arcs recourbés pareils à ceux que les Mongols avaient jadis utilisés pour conquérir son pays. Il y avait aussi des armes soviétiques, de vieilles mines terrestres rouillées, des fusils automatiques et des ceintures à munitions. Comme la statue, tout était recouvert d'une fine poussière grise.

Personne n'était entré dans cette pièce depuis une éternité. De l'autre côté du mur, Taz chantonnait.

We're here because we're here because we're here because we're here. We're here because we're here because we're here because we're here[4].

– Comment s'appelle cette chanson ? demanda Reshmina tout bas.

Sans savoir pourquoi, elle n'osait pas parler tout haut, dans cette grotte.

– C'est un peu n'importe quoi, expliqua Taz. Mon sergent la chantait tout le temps, il y a des années, quand je suis revenu pour ma troisième mission. C'est un chant qui date de la Première Guerre mondiale. Les soldats le chantaient dans les tranchées, juste avant de sortir à l'assaut des lignes ennemies. Il s'appelle *Le Chant des adieux*, et nous le chantons au Nouvel An. Tu le connais ?

– Non, répondit Reshmina alors que Taz recommençait à chanter.

Faut-il oublier les amis,
Ne pas s'en souvenir ?

4. « Nous sommes ici parce que nous sommes ici », *etc.* *(N.D.T.)*

Faut-il oublier les amis,
Les jours du temps passé ?

Reshmina ne comprenait pas les paroles, mais elle ne posa pas de questions, trop occupée à chercher un moyen de sortir de la grotte.

– Les soldats de la Première Guerre mondiale ont changé les paroles du *Chant des adieux* parce qu'ils ne savaient pas pourquoi ils se battaient, expliqua-t-il. Tu m'as demandé pourquoi les États-Unis étaient encore là, en Afghanistan. Je pense que c'est tout simplement parce que nous ne savons pas comment quitter ce pays. Rester est une mauvaise idée, partir aussi. Il n'y a pas de bonne réponse. Comme ces soldats de la Première Guerre mondiale, nous sommes ici parce que nous sommes ici, et nous n'avons pas d'autre solution.

Taz garda le silence un moment. Reshmina découvrit de vieilles médailles militaires, des drapeaux et des fanions. De petites statues de Bouddha. Un buste de Lénine, le leader de la révolution russe. Des pièces de monnaie grecques, perses et anglaises. Des fragments de poterie peinte, une montre de poche britannique et une toque russe en fourrure avec une étoile rouge…

– J'ai connu à Bagram un soldat débutant nommé Garcia, reprit Taz, qui est né après l'invasion de l'Afghanistan. Il a marché sur une bombe au bord de la route, qui n'était pas là la veille, et a succombé à ses blessures. Il est mort en menant une guerre qui avait commencé avant sa naissance. Il faut avoir dix-huit ans pour s'engager dans l'armée. Dix-huit ans ! Nous sommes en guerre depuis près de vingt ans, et tout ça pour quoi ? Nous ne ferons jamais changer les choses, ici.

Tout en méditant les paroles de Taz, Reshmina comprit où elle se trouvait. Cette grotte n'était pas un arsenal, comme la cachette des talibans qu'elle avait découverte avec Pasoon. C'était une sorte de sanctuaire, un mémorial de toutes les armées qui avaient envahi et conquis l'Afghanistan et qui, à l'instar de Taz et des Américains, avaient fini par comprendre qu'ils ne le dirigeraient jamais.

Comme le faisceau de sa lampe captait des mots pachtous peints sur le mur, Reshmina recula d'un pas. La peinture était très ancienne et le dialecte un peu étrange, mais elle déchiffra le message :

– Nous acceptons le conflit. Nous acceptons la peur. Nous acceptons le sang. Mais nous n'accepterons jamais de nous soumettre.

– Reshmina, vois-tu une issue ? demanda sa mère.

Il n'y avait pas d'autre entrée dans cette petite salle, cependant Reshmina venait d'apercevoir une fissure dans le mur du fond. Elle éteignit sa lampe de poche. Oui ! Un petit rai de lumière filtrait à travers la crevasse.

– Il y a une paroi qui donne sur l'extérieur ! s'exclama-t-elle. Si on arrive à la casser…

– Je vais y arriver, affirma Taz. Je vais démolir ce mur comme j'ai démoli celui-ci.

De nouveau, les coups de feu provenant du dehors secouèrent la grotte. Apparemment, les combats n'étaient pas terminés. Il se mit à pleuvoir de la terre et des cailloux tout autour de la petite ouverture qui séparait les deux salles. Le buste grec s'effondra avec un bruit sec, suivi du bouclier, qui tomba avec fracas.

– Je ne pense pas que nous ayons le temps ! cria Reshmina.

En voyant une vieille mine soviétique prise dans le faisceau de sa lampe, elle eut une idée.

– Ne bougez pas ! dit-elle à Taz.

Reshmina posa la lampe de poche sur la tête de la statue grecque, traîna avec précaution la mine jusqu'au mur et la glissa dans la fissure. Puis elle ramassa le bouclier. À l'intérieur, les lanières de cuir avaient depuis longtemps cassé, mais des poignées métalliques permettaient de le tenir solidement.

Soudain, de nouvelles explosions retentirent au-dessus d'eux.

– Reshmina, qu'est-ce que tu fabriques ? s'écria sa mère dans l'autre salle. Le plafond s'effondre, ici !

– Je vais essayer de faire un trou dans l'autre mur ! répondit Reshmina.

– Quoi ? cria Mor.

En se blottissant contre la paroi de la cavité et en gardant son bouclier levé, Reshmina espérait être suffisamment protégée. Il ne lui restait plus qu'à trouver comment faire exploser la mine. Il n'y avait pas de grosses pierres alentour, mais le buste de Lénine ferait l'affaire. Tout en faisant une prière muette, elle s'en empara. Sa main entaillée lui faisant encore mal, elle ravala sa douleur, lança la tête de Lénine en direction de la mine et se recroquevilla contre le mur, à l'abri derrière le bouclier.

Reshmina ferma les yeux, le cœur battant. Elle attendit une explosion, mais rien ne se produisit ! Sans lâcher le bouclier, elle se leva, alla ramasser Lénine et réessaya.

De nouvelles explosions firent trembler la grotte ; cette fois un morceau de plafond se brisa, juste au-dessus de la fissure. La pierre tomba sur la mine, qui explosa. Et Reshmina fut jetée en arrière.

BRANDON

LA TOUR EFFONDRÉE

Debout dans la rue, Brandon regardait autour de lui. La tour sud n'était plus là. Comme par un affreux tour de magie, elle avait tout simplement disparu, remplacée par une montagne de béton et de métal tordu enveloppée d'un nuage de poussière et de fumée.

C'est à cause de ça qu'on est tous tombés, au rez-de-chaussée, comprit soudain Brandon. C'était ça qui avait détruit le centre commercial souterrain. La tornade qui les avait frappés n'était autre que le souffle provoqué par l'effondrement de la tour sud, quelques dizaines de mètres plus loin.

Gayle retint un sanglot.

– Quand je pense à tous ces gens…

Le soulagement que Brandon avait éprouvé en se retrouvant à l'air libre fit soudain place à un frisson glacial.

– Peut-être qu'ils ont eu le temps de sortir, dit Richard.

Brandon consulta sa montre. Le cadran était fissuré, mais l'affichage numérique fonctionnait toujours. Il était dix heures vingt-cinq. Cela faisait un peu plus d'une heure et demie que le premier avion s'était écrasé. Combien de temps après le second avion avait-il frappé ? Il essaya de se souvenir. Quinze, vingt minutes ? Les gens de la tour sud avaient eu moins d'une heure pour s'échapper avant que tout le bâtiment ne s'écroule.

Il leva les yeux. Dans le ciel, de la fumée s'échappait encore de la tour nord. Son père était toujours tout là-haut, au restaurant *Windows on the World*, et encore en vie. Oui, sûrement ! Difficile de croire que la tour nord était toujours debout alors que la tour sud était tombée. Brandon avait croisé les pompiers dans les escaliers. Ils s'approchaient du brasier et atteindraient bientôt l'étage où se trouvait son père. Par contre, si la tour sud était tombée…

– Oh, mon Dieu ! s'écria Pratik. Regardez !

Pratik désigna la tour nord. On distinguait des formes, mêlées aux débris de métal et de verre. *Des gens*, comprit Brandon. Des gens se jetaient dans le vide depuis le quatre-vingt-dixième étage – le saut de la mort… Ils surgissaient de l'épaisse fumée noire qui engloutissait le sommet du bâtiment, agitant les bras et les jambes. Brandon vit un homme qui cherchait à se raccrocher à quelque chose en tombant, sa cravate toute droite dans l'air, au-dessus de sa tête.

Brandon cligna des yeux pour chasser ces images de cauchemar.

– Il faut que je trouve une cabine téléphonique pour appeler mon père ! dit-il en se tournant vers Richard.

– D'abord, éloignons-nous d'ici, proposa Richard. Viens chez moi. On appellera ton père là-bas. Ma femme et mes enfants seront là. Tu dormiras à la maison et… nous aurons des choses à régler, mais tu pourras habiter chez nous aussi longtemps que tu le voudras.

Brandon ne put retenir ses larmes. Parce que Richard était très gentil avec lui et qu'il ne voulait pas penser à ce qui arriverait si son père mourait vraiment dans la tour nord.

Une ambulancière portant un masque chirurgical se précipita vers Gayle pour la faire asseoir sur le trottoir tandis que son collègue se dirigeait vers Brandon, Richard et Pratik et leur tendait de petits masques blancs identiques au sien. Fins et fragiles, ils s'enroulaient autour des oreilles avec un élastique qui grattait, mais ils filtraient l'air saturé de poussière.

– Ne respirez pas la poussière, elle est toxique ! lança l'ambulancière.

Elle aperçut la chemise ensanglantée qui bandait la main de Brandon. Comme un zombie, celui-ci le laissa la retirer et soigner sa blessure. Son regard tomba sur un objet cylindrique, au beau milieu de la rue. Aussi haut que lui, il ressemblait à une canette de soda géante froissée. S'agissait-il du moteur d'un des avions qui avaient percuté les tours jumelles ? Était-ce possible qu'il ait atterri ici ?

Brandon gémit de douleur quand l'ambulancier appliqua un désinfectant sur sa plaie. Il lui fit un pansement en un rien de temps, puis l'examina rapidement à la recherche d'autres blessures.

Il lui demanda :

– Tu veux bien lâcher ça pour que je puisse regarder ton autre main ?

En baissant les yeux, Brandon se rendit compte qu'il serrait dans sa main le petit animal en peluche ramassé dans les ruines du magasin de jouets. C'était Taz, un personnage de la Warner Bros. Brandon fixa le regard idiot du diable de Tasmanie avec l'impression qu'il venait d'une autre planète, une planète où les avions ne s'écrasaient pas sur les bâtiments et où les gratte-ciel ne s'effondraient pas. Pourquoi ne l'avait-il pas lâché ? Il était tellement concentré sur sa survie qu'il ne s'était même pas rendu compte qu'il l'avait emporté.

Richard posa une main sur l'épaule de Brandon.

– Tu devrais le garder, lui dit-il, parce qu'il nous a porté chance.

Porté chance ? répéta mentalement Brandon. Comment penser qu'il avait eu de la chance ?

Soudain, un grand *crac* retentit au-dessus de leurs têtes, suivi d'un cri. Brandon leva de nouveau les yeux. La grande antenne rouge et blanche au sommet de la tour nord dépassait à peine du nuage de fumée grise et noire qui montait des étages supérieurs. Il la vit trembler, s'incliner, puis disparaître.

Brandon sentit son cœur sombrer en même temps que les étages supérieurs de la tour nord qui s'effondrèrent, l'un après l'autre, comme des dominos. Pareille à une fleur géante qui éclot en accéléré, la tour éclata en une gigantesque avalanche de béton et d'acier. La tour nord s'écroulait.

Non, non, non, non… C'est tout ce que Brandon pouvait dire ou penser. Puis le bruit des étages qui cédaient les uns après les autres se fit grondement, roulement, rugissement, et le cœur de Brandon s'arrêta de battre tandis qu'il regardait sombrer cent dix étages, cinq cent mille tonnes de béton, d'acier, de moquette moisie, d'ordinateurs et d'êtres humains. Autour de lui, les voitures garées dans la rue tremblaient, soulevées du sol par le souffle. Le nuage gris grossit, s'étendit, puis un vent de poussière, de pierre et de verre traversa la place pour s'engouffrer dans les rues étroites qui séparaient les gratte-ciel encore debout de Manhattan, géant affamé menaçant de tout avaler sur son passage, comme il avait avalé son père.

– Cours, Brandon ! hurla Richard. Cours !

Brandon courut. Il n'avait jamais eu aussi peur de toute sa vie. Ni quand il avait été coincé dans l'ascenseur, ni quand il avait failli tomber du bord du quatre-vingt-neuvième étage, ni même quand il avait été jeté à terre dans le centre commercial plongé dans l'obscurité totale. Le monstre qui avait tué son père le poursuivait dans les rues de Manhattan, et il courut de toutes ses forces dans Vesey Street pour tenter d'échapper à son emprise. Autour de lui, les alarmes des voitures se déclenchaient dans un concert de klaxons et de clignotants lui criant de courir plus vite encore. *COURS. COURS. COURS.* Puis le soleil disparut et le noir l'engloutit. Dans sa bouche, l'air s'était transformé en cendre malgré son masque.

Je vais mourir…

Il se trouvait devant la petite église de Saint Paul, à mi-chemin entre le World Trade Center et Broadway, quand la vague le rattrapa, le souleva et le jeta à terre comme s'il ne pesait pas plus lourd qu'une plume. Brandon bascula, dérapa, rebondit, roula. Tout n'était qu'asphalte, cendre et douleur. Puis il heurta une voiture qui klaxonnait et s'arrêta au beau milieu de la rue.

Les bras enroulés autour de son corps, Brandon baissa la tête alors que le monstre le dépassait dans un tourbillon de papier et de cendre. Soudain, il se retrouva seul dans la rue, étendu sur l'asphalte et entièrement couvert de poussière blanche.

Tremblant de tous ses membres, il se mit à quatre pattes et regarda autour de lui. Une silhouette gisait dans la rue, quelques mètres plus loin, sous une fine couche de poussière.

– Richard ? appela Brandon.

Brandon tituba jusqu'à la silhouette immobile, ses pieds laissant des empreintes dans la suie et la cendre. De nouveau, un silence de mort régnait sur Manhattan, tombeau géant pour ces milliers de gens qui n'avaient pas pu s'échapper avant la chute des tours.

Brandon pria fort pour que Richard ne soit pas l'un d'entre eux.

Il s'agenouilla près de son ami, étendu face contre terre, immobile. Brandon posa la main sur son dos puis le secoua doucement.

– Richard ? Richard, s'il vous plaît, répondez-moi !

Brandon ne supporterait pas que Richard meure lui aussi.

Richard bougea les doigts, et son bras tâta l'asphalte à la recherche de quelque chose. Brandon ignorait ce qu'il cherchait, mais il était vivant. Richard était vivant !

Brandon glissa sa main dans la sienne, et Richard la serra. Il se détendit soudain, puis, la main de Richard serrée contre son cœur, il laissa couler ses larmes qui creusaient de minuscules sillons sur son visage couvert de poussière blanche.

Il venait de comprendre ce que Richard cherchait quand il avait tendu le bras : tout comme lui, il voulait juste s'assurer que son ami allait bien et qu'ils étaient toujours ensemble.

RESHMINA

11 SEPTEMBRE

Reshmina se réveilla sous un soleil radieux, allongée au bord de la rivière, près des champs de maïs, d'orge et de riz qui seraient bientôt moissonnés. Ses oreilles bourdonnaient et elle avait mal partout, mais elle était vivante. Tout comme sa mère, assise à ses côtés.

Mor la serra si fort contre elle qu'elle lui fit mal.

– C'était très courageux et très bête, ce que tu viens de faire, dit Mor.

Derrière elles, Taz souriait.

– Qu'est-ce qu'il s'est passé ? lui demanda Reshmina.

– Il y a eu une grosse explosion, répondit Taz. La paroi contre laquelle tu étais appuyée t'a protégée. La mine a fait un trou dans le mur extérieur, juste assez grand pour que nous puissions nous y faufiler, mais trop petit pour que je passe avec ma ceinture de combat.

Sa ceinture pleine de poches avait disparu, et il glissa ses pouces dans les passants de son pantalon.

– J'ai dû l'abandonner…

Une pièce à ajouter à la collection des conquérants malheureux, pensa Reshmina.

Elle se leva soudainement.

– Et les autres ? Zahir, Marzia, Anaa…

– Ils vont bien, coupa sa mère.

C'est alors que Reshmina s'aperçut que des soldats américains et afghans les avaient rejoints. Ils étaient en train de soigner les coupures et les blessures des survivants. Taz était bandé, lui aussi. Reshmina porta la main à son crâne douloureux. Combien de temps avait-elle perdu connaissance ?

Elle se tourna vers Taz.

– Vos yeux…

Il la regardait bien en face et, pour la première fois, elle découvrit ses yeux d'un bleu vif.

– Oh, oui, dit-il avec un sourire. Je commence à voir la lumière.

Anaa, Marzia et Zahir la rejoignirent, lui prirent les mains, l'embrassèrent.

– Baba ! s'écria Zahir, faisant signe à quelqu'un derrière Reshmina.

Le cœur battant, elle se retourna. Son père, ainsi que d'autres hommes du village, s'avançait vers eux. Baba était vivant ! Marzia et Zahir coururent l'embrasser et, lorsque Reshmina put se relever, elle les suivit avec sa mère.

Elle se jeta dans les bras de son père.

– Baba ! J'étais si inquiète pour toi !

– Et moi pour toi, Mina-jan. Je ne savais pas où tu étais quand nous avons entendu l'explosion. Où est Pasoon ?

Reshmina se sentit blêmir. Son frère se trouvait-il aux côtés des talibans pendant la fusillade ? Son corps sans vie gisait-il quelque part dans les collines, criblé de balles américaines ?

– Pasoon a rejoint les talibans, annonça-t-elle à son père.

Baba s'affaissa sur sa béquille, avant de souffler :

– C'est ce que je craignais.

– J'ai essayé de l'arrêter, Baba. Je l'ai suivi en espérant le dissuader, mais…

Tandis qu'elle essuyait ses larmes, Baba posa une main sur sa tête.

– Je sais, Mina-jan. Je sais.

– Je voulais bien faire, je n'ai réussi qu'à condamner tout le monde à mort, regretta Reshmina. Tous les villageois sont morts à cause de moi !

– Non, non, Mina-jan, protesta Baba. Viens voir.

Il la prit par la main et la guida jusqu'au virage, où des dizaines de villageois étaient sortis par l'entrée principale de la grotte. L'effondrement n'avait fait que séparer Reshmina et ses compagnons du reste des villageois – et non pas tuer tout le monde !

– Quelques-uns sont morts, oui, confia Baba. À Dieu nous appartenons, et à Dieu nous retournons. Mais beaucoup d'autres ont survécu, grâce à toi.

Reshmina enfouit son visage dans la tunique de son père pour cacher son émotion.

– Nous sommes en sécurité maintenant, reprit Baba. Les Américains sont en train de débarrasser le village des derniers talibans.

Reshmina se retourna. Taz, qui se tenait à l'écart, fut bientôt rejoint par trois autres soldats américains. L'un d'entre eux, Carter, jouait avec le petit animal en peluche de Taz. Reshmina vit le mot « infidèle » tatoué sur un de ses bras musclés. Les moudjahidin appelaient ainsi toute personne qui ne respectait pas les règles de l'islam.

Carter secoua la tête.

– Quel massacre, n'est-ce pas, Taz ?

– Oui, répondit Taz. Qui plus est, un jour comme aujourd'hui…

– Oh, s'écria Carter, c'est vrai. Bon sang !

Reshmina se souvint que Taz avait dit la même chose quand elle l'avait ramené chez elle.

– Comment ça ? demanda-t-elle. C'est un jour spécial, aujourd'hui ?

– Aujourd'hui, nous sommes le 11 septembre, déclara-t-il en haussant les épaules.

– Taz, je ne comprends pas…

– Aujourd'hui, c'est l'anniversaire de l'attaque du World Trade Center. Le 11 septembre 2001.

Reshmina secoua la tête.

– Je ne sais pas de quoi vous parlez.

Taz la dévisagea, stupéfait.

– Vraiment ? Les tours jumelles ? Les avions ?

Reshmina ne comprenait toujours pas.

Taz fronça les sourcils, puis échangea un regard incrédule avec Carter.

– Comment est-ce possible de ne pas connaître cette date ? demanda Carter, presque furieux.

– Le 11 septembre 2001, c'est… la raison de ma présence ici, expliqua Taz à Reshmina. C'est la raison pour laquelle nous sommes tous ici.

Il sortit deux morceaux de papier d'une des nombreuses poches de son treillis. L'un était une page de magazine où l'on voyait une photo de deux gratte-ciel gris, près de deux fois plus hauts que les bâtiments qui les entouraient et d'où s'échappait une épaisse fumée noire.

Le ciel était sans nuage et d'un bleu vif et pur, comme ce jour-là.

Taz montra la photo à Reshmina et comprit à sa réaction qu'elle voyait ces buildings pour la première fois.

– C'est une enfant, avança Carter en se tournant vers Taz. Elle n'a pas encore appris ça à l'école…

Mais quand Taz montra le cliché à Mor et Baba, il comprit qu'eux non plus n'avaient jamais entendu parler du 11 septembre 2001. Pas plus qu'Anaa ou le couple de personnes âgées qui s'était réfugié avec elle dans la grotte. Baba appela les autres villageois ; aucun d'entre eux ne savait ce qu'était le 11 septembre 2001, ni pourquoi cet événement avait suscité une telle colère chez les Américains.

Reshmina nota sur le visage de Taz la même expression de violence que sur celui de Pasoon.

– C'est le World Trade Center, à New York, expliqua Taz. Des terroristes ont détourné quatre avions, dont deux se sont écrasés sur les tours jumelles, un sur chaque bâtiment. Trois mille personnes sont mortes dans cet attentat, dont mon père.

– Votre père ? répéta Reshmina.

Taz lui montra une autre photo qu'il portait sur lui, celle d'un homme et d'un garçon bien habillés. Un père et son fils. Le père avait la poitrine large, la peau brune et un beau sourire, comme Taz. Le petit garçon avait les pommettes hautes, les cheveux bruns et les yeux bleus. Comme Taz.

– J'y étais, ce jour-là, dit Taz. Dans la tour nord. Je m'en suis sorti, mais pas mon père.

Carter regarda Taz avec admiration, tandis que ce dernier effleurait du doigt l'homme de la photo.

– C'est lui, mon père : Leo Chavez. Il travaillait dans un restaurant, tout en haut de la tour nord.

– Chavez ? répéta Reshmina. Mais… vous vous appelez Lowery, non ?

Taz hocha la tête.

– C'est mon deuxième nom. Je l'ai pris en l'honneur de l'homme qui m'a aidé à sortir des tours, et qui m'a adopté un an plus tard. Richard Lowery. Je m'appelle Brandon Lowery, maintenant.

– Mais nous, on l'appelle juste « Taz », renchérit Carter.

Reshmina regarda une nouvelle fois les photos. Si quelqu'un avait fait cela à son village, à son *baba*, elle ressentirait la même colère, la même tristesse. Elle commenta les photos en pachtou à sa famille et aux autres villageois, qui hochèrent la tête avec compassion.

– Ils sont venus ici pour se venger, déclara Anaa. Pour accomplir le *badal*.

Reshmina soupira. Les Américains n'appliquaient pas le *pachtounwali*, pourtant ils connaissaient et pratiquaient eux aussi la vengeance. Et qui pourrait leur en vouloir ?

– Ce sont les Afghans qui ont fait ça ? demanda Reshmina d'un air triste. Les talibans ?

Mal à l'aise, Taz se mit à faire les cent pas devant la grotte.

– Non, finit-il par admettre. Ce n'étaient pas les talibans. Les hommes qui ont jeté les avions sur les bâtiments étaient pour la plupart originaires d'Arabie saoudite et membres d'un groupe terroriste appelé al-Qaida. Les talibans détestent l'Amérique et l'Occident autant qu'al-Qaida. Ils ont laissé ces terroristes établir leur quartier général ici. C'est ici même, en Afghanistan, que le chef d'al-Qaida, Oussama Ben Laden, a planifié les attaques du 11 septembre 2001.

Taz jeta un coup d'œil autour de lui, avant d'ajouter :

– Comme les talibans refusaient de nous livrer Ben Laden, nous avons envahi leur pays.

La colère submergea Reshmina.

– Attendez, s'emporta Reshmina… Oussama Ben Laden et al-Qaida ont détruit ces deux bâtiments et tué trois mille personnes ? OK, c'est terrible, *impardonnable*. La malédiction de Dieu, de tous ses anges et de tout le peuple sur eux, fit-elle en crachant par terre. Mais combien de nos bâtiments avez-vous détruits en représailles ? Combien d'Afghans avez-vous tués ?

Taz était calme. À côté d'elle, la famille de Reshmina observait la scène avec inquiétude. Même s'ils ne comprenaient pas les paroles échangées, ils percevaient la rage qui animait chacun des interlocuteurs.

– Vous l'avez dit vous-même, poursuivit Reshmina : ce ne sont pas les Afghans qui ont mené cette attaque. Vous cherchez à vous venger des mauvaises personnes ! Avez-vous trouvé et tué cet homme, Oussama Ben Laden ?

– Oui, répondit doucement Taz.

– Quand ?

– Il y a presque dix ans. Au Pakistan.

– *Alors qu'est-ce que vous faites ici ?* demanda une nouvelle fois Reshmina.

Carter intervint.

– Hé, si tu n'es pas avec nous, tu es contre nous ! déclara-t-il.

Comme Taz détournait le regard, Reshmina se tut. Taz était-il d'accord avec son ami ? Ou sa réponse était-elle toujours : « Nous sommes là parce que nous sommes là » ? Cela ne tenait pas devant tous ces morts, dans les deux camps. Devant la mort de sa sœur Hila…

– Si les États-Unis font à mon pays ce qu'Oussama Ben Laden et son al-Qaida ont fait au vôtre, insista Reshmina, cela signifie-t-il que l'Afghanistan doit se venger à son tour et envahir l'Amérique en guise de représailles ?

Carter éclata de rire.

– Quoi ? Mais non !

– Bien sûr que non, reprit amèrement Reshmina. Parce que les règles sont différentes pour les États-Unis. Vous établissez vos propres règles.

– Évidemment ! confirma Carter.

Reshmina chercha le regard de Taz, en vain car celui-ci baissa les yeux. Ce n'était pas juste, il le savait.

Dans le gilet pare-balles de Carter, le talkie-walkie se mit à crépiter.

« Carter, c'est Pacheco, dit une voix. Au moins cinq insurgés se terrent dans une maison au sommet du village. Pas de civils en vue. Terminé. »

Carter appuya sur le bouton de son talkie-walkie et s'éloigna pour répondre, mais Reshmina entendit tout.

– Bien reçu. Retirez-vous, je vais appeler un oiseau. Terminé.

Carter marqua une pause avant de poursuivre.

– Allô la base, ici Carter. La cible est un bâtiment avec au moins cinq insurgés. Pacheco va vous communiquer les coordonnées. Terminé.

Quelques instants plus tard, le bourdonnement familier d'un Apache se fit entendre. Longeant la rivière, il tournoyait juste au-dessus de leurs têtes. Tout le monde s'accroupit pour se protéger du courant descendant. Une seconde plus tard, on entendit le sifflement d'un missile, et une maison située au sommet du village explosa dans un jet de feu et de pierres.

Reshmina n'osait pas reprendre son souffle. C'était fini, maintenant ?

Soudain, dans un énorme fracas, Reshmina vit avec horreur la maison voisine trembler, puis s'effondrer. La suivante s'écroula à son tour sous le poids des deux premières, et ainsi de suite. Bientôt, toutes les maisons du village tombèrent comme des dominos.

Carter laissa échapper un juron puis se tourna vers tous ceux qui s'étaient levés pour regarder.

– Courez ! Traversez la rivière ! cria-t-il.

Les villageois s'enfuirent dans les champs. Taz suivit Reshmina et sa famille. Quand ils furent en sécurité, ils se retournèrent pour regarder le village glisser vers le néant, avalé par un gigantesque nuage de poussière.

L'hélicoptère resta quelques instants encore en vol stationnaire, puis s'envola. Plus il s'éloignait, plus ses pales dissipaient la fumée et la poussière, laissant voir une colline vide et désolée là où se trouvait le village quelques instants plus tôt.

Tout ce que Reshmina avait toujours connu venait de disparaître.

Carter tapa sur l'épaule de Taz.

– Boum ! lança-t-il. Il suffit de quelques petites bombes pour les renvoyer à l'âge de pierre ! Ça, c'est pour le 11 Septembre !

Sur ce, avec les autres soldats américains, il traversa la rivière. Sauf Taz : il attendit les villageois, l'air abattu.

– Reshmina, je suis vraiment désolé, dit-il. Ce n'était pas censé arriver.

– Et pourtant, ça s'est produit, répondit Reshmina.

– Je suis vraiment désolé, répéta Taz avant de rejoindre ses camarades.

Bouleversée par ce qu'il venait de se passer, Reshmina tomba à genoux. Autour d'elle, les autres villageois criaient et pleuraient.

De la même manière qu'ils ont nommé leurs hélicoptères « Apache » d'après une tribu qu'ils avaient vaincue, les Américains devraient appeler leurs prochains engins « Afghan », songea Reshmina. *Parce que les États-Unis ont détruit l'Afghanistan.*

BRANDON

POUR, PAS CONTRE

Brandon et Richard marchaient main dans la main dans les rues de Manhattan. Tous les deux en état de choc, ils restèrent silencieux pendant de longues minutes. Bientôt, ils arrivèrent dans un petit parc planté d'arbres verdoyants et de fleurs rouges et jaunes. Richard emprunta un téléphone portable à un passant pour tenter une nouvelle fois de joindre sa famille.

Raide comme une statue, Brandon fixait les fleurs. Le parc était magnifique, mais il n'éprouvait aucun plaisir à l'admirer.

Enfin, Richard réussit à joindre sa femme.

– Talisha ! Oh, mon Dieu, chérie, j'ai bien cru ne jamais pouvoir entendre de nouveau ta voix ! Oui, oui, je vais bien. Je suis en sécurité.

Mais allons-nous vraiment bien ? se demanda Brandon. *Sommes-nous vraiment en sécurité ?* Il regarda autour de lui. Ce parc se trouvait à quelques pâtés de maisons de l'enfer où des milliers de personnes avaient perdu la vie – où son père lui-même venait de perdre la vie. Comment se sentir heureux et en sécurité ? Cette petite oasis n'était pas le monde réel. Brandon le savait, maintenant. Il avait vu le monde réel. Il était sombre, maléfique et effrayant – dans ce monde-là, il n'y avait pas de soleil, ni de fleurs ondulant dans la brise.

– Oui, ajouta Richard, je suis avec un garçon qui s'est échappé avec moi. Brandon. Je le ramène à la maison. Ça va prendre un moment, parce qu'il n'y a ni bus ni métros. Non, ne bouge pas. On va marcher. D'accord. Oui, je t'aime aussi.

Brandon et Richard reprirent leur route. Ils décidèrent de quitter Manhattan au plus vite, avec les milliers d'autres personnes qui affluaient vers le pont de Brooklyn. Au lieu de marcher sur la voie réservée aux piétons, ils occupaient le milieu de la route, contournant les voitures abandonnées. Ils croisèrent des personnes en larmes, d'autres qui parlaient tout bas. Mais la plupart, sidérées, s'éloignaient à la hâte en se protégeant le visage avec leur chemise. Une atmosphère de fin du monde.

Trois heures plus tard, Brandon tenait toujours la main de son ami lorsqu'ils entrèrent dans la petite cour de sa maison du Queens. La porte s'ouvrit devant eux et Talisha, la femme de Richard, descendit les marches en courant. C'était une jolie femme noire aux cheveux bouclés, en jean et pull violet. Brandon se rappela la photo, sur le bureau de Richard. Puis un petit chien blanc se précipita sous le porche, suivi de la fille et du fils de Richard. Sur le seuil de la porte, les enfants attendaient, un peu gênés, sans trop savoir pourquoi le retour de leur père à la maison était plus important aujourd'hui que d'habitude.

Talisha se jeta dans les bras de son mari.

– Dieu merci, tu es vivant !

Brandon détourna les yeux pendant qu'ils s'embrassaient.

Enfin, Talisha s'écarta, les yeux baignés de larmes.

– Brandon, je te présente ma femme, Talisha, commença Richard avant de confier à cette dernière : Brandon m'a sauvé la vie…

– Alors je remercie Dieu pour toi aussi, dit Talisha, en s'approchant de Brandon pour déposer un baiser sur le sommet de sa tête.

Mal à l'aise, Brandon ferma les yeux et s'affaissa légèrement, mais il se laissa faire.

– C'est Richard qui m'a sauvé la vie en premier, corrigea-t-il.

– Vous me raconterez ce qu'il s'est passé. Mais d'abord, on dirait que vous avez besoin d'une bonne douche ! lança Talisha en les prenant tous les deux par la main pour les attirer à l'intérieur.

Richard embrassa ses enfants puis les présenta à Brandon. Ils s'appelaient Kiara et Anthony. Richard caressa également Neo, leur chien tout joyeux.

La maison de Richard était exiguë mais confortable. Brandon aperçut des étagères pleines de livres, des poupées et des petites voitures par terre, des photos de famille sur les murs – mais tout était flou. Il était tellement fatigué qu'il était incapable de se concentrer sur quoi que ce soit.

Les enfants de Richard marchaient sur ses talons, suivis de Neo.

– Tu es un fantôme ? lui demanda Kiara.

– Ne dis pas ça ! gronda gentiment Talisha. Laisse-lui un peu de temps.

Elle conduisit Brandon dans une salle de bains et désigna une vieille baignoire à pieds.

– Prends une bonne douche, suggéra Talisha. Ensuite tu mangeras quelque chose.

Anthony et Kiara continuèrent de le fixer, les yeux écarquillés, jusqu'à ce que la porte se referme sur eux. Tout à coup, Brandon se retouva seul.

Il resta debout de longues minutes au beau milieu de la salle de bains carrelée de noir et de blanc, s'imprégnant du calme ambiant. Pour la première fois depuis des heures, il n'essayait pas d'avancer, de survivre. Il avait vu les avions frapper les tours, les gens tomber du ciel dans une épaisse fumée noire et, maintenant que tout était terminé, il ne savait pas ce qu'il était censé faire.

Le silence s'épaissit autour de lui. *Je devrais faire quelque chose*, pensa Brandon. Mais quoi ? Il n'avait ni faim, ni sommeil, ni envie de prendre une douche. Tout ce qu'il voulait, c'était se rouler en boule et disparaître. Hélas, c'était impossible.

Alors il ne fit rien.

Brandon eut un mouvement de recul en captant son reflet dans le miroir. La fille de Richard avait raison : la fine poussière blanche dont il était couvert lui donnait l'apparence d'un fantôme. Pire encore : son regard vide et creux donnait l'impression qu'il était mort à l'intérieur.

Son père était-il mort, lui aussi ? Ou avait-il réussi à sortir de la tour avant qu'elle ne s'effondre ? Cela semblait impossible. Brandon conservait malgré tout un infime espoir, même s'il avait vu les étages supérieurs s'écrouler. Devait-il rentrer chez lui pour attendre son père, au cas où il reviendrait ?

Un léger coup frappé à la porte le fit sursauter.

– Ça va ? demanda doucement Talisha.

– Oui, mentit Brandon.

Il ouvrit le robinet du lavabo et mit sa main sous l'eau, regardant couler le sang, la poussière et la crasse du World Trade Center. Peu à peu, le fantôme redevenait un être de chair et de sang, un jeune garçon bien vivant.

Après sa douche, Brandon enfila des vêtements appartenant à Richard. Talisha avait roulé les manches, mais ils étaient toujours beaucoup trop grands pour lui, comme des habits de clown. Il ne ressemblait plus à un fantôme désormais. Pourtant, il se sentait toujours vide à l'intérieur, et il ne savait pas si cela changerait un jour. Il était très jeune quand sa mère était morte, si jeune qu'il n'avait pas compris pourquoi elle ne revenait pas. Désormais, il était en âge de comprendre que son père avait probablement disparu de sa vie pour toujours. Hélas, alors qu'il était resté auprès de sa mère durant les derniers mois de sa vie, il avait à peine eu le temps de dire au revoir à son père. Cette blessure était encore très fraîche, plus profonde et bien plus douloureuse que la coupure sur sa paume.

– Tu as bientôt fini, petit ? demanda Richard de l'autre côté de la porte.

Brandon n'avait aucune envie de quitter le silence de la salle de bains, mais il ne pouvait pas y rester éternellement. Il alla ouvrir.

Richard s'était lavé, lui aussi, dans l'autre salle de bains, qui jouxtait sa chambre. Il avait revêtu un jean et un T-shirt propres. Il lui saisit la main et la serra contre lui. Aucun d'eux ne prononça un mot. C'était inutile.

Richard finit par briser le silence.

– Je viens de parler à Esther. Elle va bien. Avec Anson et M. Khoury, ils ont réussi à sortir de la tour avant qu'elle ne s'écroule. Le chien aussi est sain et sauf.

Brandon hocha la tête. Il s'était passé tant de choses qu'il avait presque oublié ses compagnons, et il fut surpris de ressentir un tel soulagement. Cela faisait trois personnes sauvées, au moins.

– Il faut que j'appelle chez moi, dit Brandon d'une voix faible et rauque.

Il poursuivit après s'être éclairci la gorge :

– Je dois laisser un message à mon père. Au cas où.

Richard fit mine de parler, puis il se contenta de hocher la tête. Il emmena Brandon dans la cuisine, désigna le téléphone puis le laissa seul. Brandon laissa sonner, espérant que, contre toute attente, son père décrocherait avant que le répondeur ne se déclenche.

Enfin, la voix de son père retentit dans l'écouteur. « Salut, c'est Leo Chavez… » Puis Brandon entendit sa propre voix : « … et Brandon Chavez ! » « Laissez-nous un message ! » lançaient-ils en chœur.

Il savait que son père ne serait pas là, mais il aurait tant voulu qu'il réponde.

– Salut, papa, c'est moi. Brandon, dit-il.

Il cligna des yeux pour chasser ses larmes, et poursuivit :

– Je suis sorti de la tour, comme tu m'as dit de le faire. Je vais bien. Je suis avec Richard, le monsieur à qui tu as parlé. Sa famille est sympa. Je suis chez eux. Si tu as ce message, tu peux me rappeler à ce numéro…

Il marqua une pause. Il ne savait pas quoi dire d'autre, et le temps imparti pour parler serait bientôt écoulé. *De toute façon, papa n'entendra pas ce message*, réalisa-t-il dans un nouveau sanglot.

– Je t'aime, papa, dit-il enfin. Au revoir.

Brandon raccrocha puis retourna s'enfermer dans la salle de bains, où il laissa couler ses larmes. Puis il se rafraîchit le visage avant de rejoindre Richard et sa famille dans le salon.

Assis sur le canapé, Richard et Talisha regardaient la télévision, tandis que Kiara et Anthony jouaient aux Lego. Quand Brandon s'assit près d'eux, Neo lui sauta sur les genoux en remuant la queue. N'importe quel autre jour, Brandon aurait été ravi de jouer avec un chien ; en cet instant, poser la main sur le corps chaud de l'animal pour sentir battre son cœur lui suffisait.

Ils restèrent longtemps ainsi, à regarder défiler des images sur l'écran et à tenter de donner un sens aux événements. Toutes les chaînes sans exception diffusaient en boucle des images des attaques. Très vite, Brandon découvrit tout ce que le monde entier savait jusque-là. Les terroristes avaient détourné deux avions qui avaient heurté les tours nord et sud du World Trade Center. Cela, il le savait. Il y était. *Ground Zero.* C'était ainsi qu'on appelait le tas de décombres et d'acier tordu qu'il restait. On ne pouvait plus parler des tours jumelles, ni du World Trade Center, car il n'existait plus.

Un troisième avion s'était écrasé sur le Pentagone, comme le leur avait dit le vigile muni d'un porte-voix. Situé dans la banlieue de Washington DC, le Pentagone était le siège du secrétariat à la Défense des États-Unis. La télévision montra des images du bâtiment en feu où cent vingt-cinq personnes avaient trouvé la mort.

On ne connaissait toujours pas le nombre des victimes mortes dans l'effondrement des tours jumelles.

Un quatrième avion avait également été détourné. C'est en appelant leurs proches avec leurs téléphones à bord de l'avion pour les prévenir que des terroristes avaient pris le contrôle de l'appareil que les passagers les avaient mis au courant des attaques contre les tours jumelles et le Pentagone. Ils savaient qu'ils seraient les prochains à être sacrifiés et avaient annoncé leur intention de tenter de reprendre l'avion aux pirates de l'air. Quelques minutes plus tard – à peu près au moment où la tour sud s'effondrait, lorsque Brandon et Richard se trouvaient dans le centre commercial souterrain –, leur avion s'écrasait dans un champ en Pennsylvanie, ne laissant aucun survivant.

Les journalistes supposaient que ces quatre avions avaient été choisis précisément parce qu'ils devaient voler de la côte est vers la Californie et que leurs réservoirs de kérosène étaient pleins.

C'était trop à la fois. Trop d'horreur, trop de morts. Et tout cela n'avait aucun sens.

– Qui pourrait nous faire une chose pareille ? demanda Brandon à Richard.

Aux infos, on parlait d'une organisation terroriste islamiste appelée al-Qaida, mais personne n'avait encore de certitude.

– Pourquoi ils nous détestent ?

Richard secoua la tête.

– Je ne sais pas, petit. Je ne sais pas.

Kiara et Anthony s'étaient depuis longtemps lassés de leurs jouets et se pourchassaient dans la pièce en riant. Brandon fronça les sourcils, contrarié. Comment pouvaient-ils jouer dans un moment pareil ? Pourquoi Richard et Talisha ne leur disaient-ils pas de se taire ? D'avoir un peu de respect ?

Richard dut lire la colère sur son visage, car il posa la main sur son genou.

– Ils sont trop jeunes pour comprendre, dit-il avec douceur. Ils savent que quelque chose d'affreux est arrivé, mais ils ne saisissent pas l'ampleur de la catastrophe. Tu ne comprendrais pas non plus, à leur place. Pas vraiment. Tes amis et tes camarades de classe ne comprendront pas non plus. Pas avant d'avoir grandi. Quand tu retourneras au collège, tu les verras rire, jouer et vivre leur vie comme si tout cela n'avait jamais existé, parce qu'ils sont encore trop jeunes pour comprendre. Pas toi, parce que tu l'as vécu. Cela te rend différent. Il ne faudra pas l'oublier.

Brandon hocha la tête dans l'espoir de chasser la colère qui l'avait envahi, mais c'était très difficile.

Plus tard, le président Bush fit une déclaration, prétendant que l'Amérique avait été visée parce qu'elle était la « lanterne de la liberté et des opportunités dans le monde ». Il promit de traquer les responsables et de les traduire en justice.

– Ça va faire mal, avertit Richard. Les gens sont très affectés. Ils sont en colère. C'est légitime. Ils veulent se venger, tout comme moi. Mais se venger de qui ?

Brandon l'ignorait, et il détestait ceux qui avaient fait ça. Il voulait qu'ils paient pour tout ce qu'il venait de traverser. Pour ce qu'ils avaient fait à son père.

À la télévision, le Président affirmait que le pays était fort. Que tous ceux qui n'étaient pas avec les États-Unis étaient contre eux. Il lui faisait penser à son père.

Mais son père était parti, et leur équipe n'existait plus. Maintenant, Brandon était seul contre le monde entier.

Était-il vraiment seul ? Brandon repensa à tous ces gens coincés dans l'ascenseur avec lui. Aux collègues de Richard. À Gayle et Pratik, dans le centre commercial. À tous les pompiers, aux policiers, au vigile avec son porte-voix, à tous ces secouristes et ces ambulanciers – Brandon ignorait s'ils avaient survécu, mais ils avaient sauvé la vie d'autres personnes.

Et puis il y avait Richard, bien sûr. Tous les deux, ils s'étaient entraidés pour survivre, à maintes reprises. Maintenant, Richard et sa femme l'accueillaient alors qu'il n'avait nulle part où aller.

Je ne suis pas seul contre le monde entier, comprit Brandon. *Tous ensemble, nous agissons, non pas contre le monde entier, mais les uns pour les autres.*

C'était ainsi qu'on survivait.

RESHMINA

GROUND ZERO

Reshmina prit une pierre qu'elle lança sur le tas de ruines qui avait été sa maison. Le soleil était presque couché, en ce 11 septembre 2019, et avec Baba, elle fouillait encore dans les décombres à la recherche de quelque objet de valeur. N'importe quoi qui pourrait les aider à survivre.

Le travail était lent, difficile ; Reshmina n'avait pu récupérer qu'un sac de couchage déchiré et une casserole cabossée. La tâche était plus pénible encore pour son père, mais il déblayait le terrain avec une patience à toute épreuve.

Le reste de la famille était descendu dans la vallée. Mor et Marzia installaient un campement pendant qu'Anaa surveillait Zahir. Ils allaient devoir passer au moins une nuit sans toit au-dessus de leurs têtes. Sans doute beaucoup plus.

Les soldats américains étaient restés, appelant en renfort les forces de l'armée nationale afghane pour sécuriser la zone. Une équipe d'Américains allait rencontrer chacune des familles ayant perdu leur maison et leurs biens afin de leur proposer une compensation financière.

Taz était de retour après avoir fait soigner ses blessures. Reshmina le vit grimper la colline pour s'approcher d'elle et de son père. Il portait un uniforme propre et avait quelque chose sur l'épaule.

Reshmina continua à déplacer des débris et ne leva pas la tête jusqu'à ce que Taz soit tout près d'elle.

– Je peux t'aider ? demanda-t-il.

Reshmina l'ignora. Il lui tendit un grand sac de sport. De la nourriture. Et un réchaud portable.

– J'ai apporté des couvertures, aussi, dit-il.

Reshmina finit par articuler :

– Merci.

Sur un signe de tête de Baba, Taz posa le sac et s'apprêta à dégager les débris. Il portait un nouveau fusil en bandoulière, qui glissa quand il se pencha pour ramasser une pierre.

– Il paraît que certains villageois font leurs bagages et partent pour le Pakistan ?

C'était vrai. La moitié des villageois avaient déjà récupéré leur argent auprès de l'armée américaine et étaient partis avant la nuit.

– Est-ce que toi et ta famille allez partir avec eux ? demanda-t-il.

– Non, répondit Reshmina. Ma famille a décidé de rester ici. Pour reconstruire.

– On dirait que tu n'es pas tout à fait d'accord.

– En effet. Pourquoi reconstruire, si c'est pour voir notre maison détruite à nouveau, que ce soit par les Américains ou par le prochain pays qui nous envahira ? Et je n'ai pas davantage d'avenir au Pakistan.

Reshmina s'assit pour reprendre son souffle.

– Et vous ? Avez-vous reconstruit vos deux tours effondrées ?

– Le World Trade Center ? Oui et non. De nouveaux gratte-ciel géants ont été construits à Ground Zero.

– Ground Zero ? répéta Reshmina.

Elle savait ce que ces mots signifiaient, mais pas ensemble.

– Ground Zero désigne l'endroit où se produit une explosion, ou une grosse catastrophe. C'est ainsi qu'on a appelé le périmètre où le World Trade Center se dressait avant les attentats, jusqu'à ce qu'on y érige une nouvelle tour.

Ground Zero... Ce nom aurait également pu désigner le tas de pierres sur lequel elle était assise, car le village avait été rayé de la carte.

– Nous pouvons vous aider à reconstruire votre village, reprit Taz. Nous avons des machines et du matériel, mais je ne sais pas trop comment les acheminer jusqu'ici...

– Il suffit de quelques petites bombes pour les renvoyer à l'âge de pierre ! murmura Reshmina en reprenant son travail. C'est ce qu'un de vos hommes a dit. Juste après que votre Apache a détruit mon village.

– Il n'aurait pas dû parler ainsi, répondit doucement Taz. C'était un accident. Vous serez dédommagés pour toutes les pertes que vous avez subies.

– Je sais, soupira Reshmina en désignant le tas de pierres. Vous avez perdu votre maison et tout ce qu'elle contenait ?

Voici 4 724 dollars américains. Vous avez perdu une chèvre ? Nos sincères excuses, et voici 106 dollars. Une fille ? Tenez, prenez 1 143 dollars. C'est moins que pour un fils, bien sûr, car les filles ont moins de valeur en Afghanistan.

Taz avait honte de tout cela. Mais Reshmina n'avait pas tort, ils le savaient tous les deux.

– Tu seras récompensée pour m'avoir sauvé la vie, dit Taz. Toi et ta famille recevrez plus d'argent que tous les autres.

Reshmina soupira.

– Et que ferons-nous de cet argent ? demanda-t-elle. Il ne se mange pas, ne se trait pas, ne se monte pas, et ne met pas non plus un toit au-dessus de nos têtes. Il n'y a ni magasins, ni rien à acheter, d'ailleurs, ici.

Taz ouvrit la bouche pour répondre, mais Reshmina continua :

– Quant à utiliser l'argent pour aller au Pakistan, dans quel but ? Pour vivre le reste de notre vie dans un camp de réfugiés ? Et encore, si nous avons de la chance et que les talibans ne nous dépouillent pas d'abord !

Reshmina ramassa une pierre et la jeta au loin.

– Vous, les Américains, vous croyez qu'on peut tout régler avec de l'argent, ajouta-t-elle. Votre ami avait raison. Nous sommes revenus à l'âge de pierre, et personne ne nous aidera à nous en sortir. Pas tant que la guerre durera. Vous comprenez ? La meilleure chose que vous puissiez faire pour nous aider est de nous laisser tranquilles.

– Mais les talibans…

– … prendront le relais quand vous partirez, acquiesça Reshmina. Je sais. Pourtant c'est votre pays qui les a aidés à accéder au pouvoir. Vous leur avez donné des armes et les avez entraînés pour chasser les Soviétiques du pays. Nos vieux manuels scolaires le prouvent. Même quand vous essayez de nous aider, vous nous faites du mal. Ainsi qu'à vous-mêmes. Peut-être que ce dont nous avons besoin, c'est que vous arrêtiez de nous « aider ».

Taz secoua la tête.

– Il y a longtemps que j'ai compris que nous n'étions pas seuls contre le monde entier, Reshmina. Ma devise est plutôt : « Un pour tous, tous pour un. »

Reshmina sourit à Taz. Était-il possible qu'il ne comprenne pas ?

– Vous ne pouvez pas à la fois détruire des villages et les reconstruire. Regardez-vous ! L'arme que vous portez en bandoulière vous empêche de vous baisser pour m'aider à déblayer !

Elle avait surpris Taz en train de remettre son fusil sur son dos d'une main pendant qu'il essayait de ramasser une pierre de l'autre. Il rougit en prenant conscience de son geste. Avec précaution, il posa son arme, puis saisit la pierre des deux mains et la jeta au loin. Il leva ensuite les bras, les paumes vers le ciel, comme pour dire : « Tu vois ? Je peux t'aider des deux mains. »

Reshmina eut un sourire triste.

– Vous, peut-être, mais votre pays n'en sera jamais capable, car il construit d'une main et détruit de l'autre.

Taz s'assit à son tour pour se reposer. Il frotta ses mains pleines de poussière.

– Quand les tours se sont effondrées, le monde entier s'est montré solidaire du peuple américain : les États-Unis et leurs alliés ont attaqué l'Afghanistan. Ensuite, avant même d'avoir capturé Ben Laden et neutralisé al-Qaida, ils ont envahi l'Irak. En 2010, nous n'avions toujours pas arrêté les personnes responsables des attaques du World Trade Center. C'est à cette période que je me suis engagé dans l'armée. À vingt et un ans, je rêvais de vengeance.

Reshmina hocha la tête. Elle comprenait ce qu'il avait ressenti.

– Ben Laden a été tué un an plus tard, mais la mission n'était pas terminée, poursuivit Taz. En m'engageant dans ce qu'on a appelé la « *War on Terror*[5] », je pensais défendre une juste cause. Je voulais m'assurer que ce qui nous était arrivé à mon père et moi, des années auparavant, n'arriverait plus jamais. Pourtant, aujourd'hui, je ne suis plus aussi sûr d'avoir raison. Contre qui nous battons-nous ? Comment savoir si nous avons gagné ?

Taz jeta de nouveau une petite pierre au loin, avant de poursuivre :

– Tu sais, je me souviens de m'être demandé, au moment des attentats du 11 septembre, qui pouvait bien nous détester à ce point. Nous sommes les gentils, dans cette histoire…

Reshmina posa la pierre qu'elle venait de ramasser et dévisagea Taz.

– Les gentils ?

Taz leva les mains en signe de reddition.

– Je sais, je sais. C'est justement mon propos : après le 11 septembre 2001, tout le monde a dit qu'al-Qaida nous

5. Nom donné par l'administration américaine du président George W. Bush à ses campagnes militaires faites en réplique aux attentats du 11 septembre 2001. *(N.D.T.)*

avait attaqués parce que ces gens-là détestaient notre mode de vie, notre liberté. Mais cela fait dix ans que je suis ici et je n'ai jamais entendu une seule personne, talibane ou non, exprimer sa haine farouche de la liberté que nous avons en Amérique, ou du café Starbucks, ou des élections libres. Toi et ta famille, vous n'aviez même jusque-là jamais vu une photo de New York !

Taz secoua la tête.

– Nous, les Américains, sommes persuadés que tout le monde s'intéresse à tout ce que nous disons et faisons. Pourtant, la seule chose dont les gens se soucient ici, c'est ce que nous disons et faisons ici même, dit-il en se tournant vers ce qu'il restait du village. Mon père m'a expliqué un jour qu'un tyran, une brute, c'est quelqu'un qui fait ce qu'il veut et à qui on ne demande jamais de comptes. Peut-être que c'est ce que nous sommes. Peut-être que c'est nous, les tyrans.

Reshmina regarda Taz pendant un long moment, puis déclara :

– Votre pays, peut-être, dit-elle enfin, mais pas vous.

– Merci, dit Taz. Il est peut-être temps pour moi de penser à quitter l'armée. Je veux pouvoir utiliser mes deux mains pour vous aider !

Du haut de la colline, un soldat appela Taz. Il faisait presque nuit, et les Américains regagnaient leur base.

– Tu sais, l'armée propose des formations d'interprète, poursuivit Taz en se levant. Si tu travailles en tant qu'interprète pour l'armée américaine ici, en Afghanistan, tu obtiendras une autorisation spéciale pour venir aux États-Unis une fois ta mission terminée. Tu pourras étudier dans une université américaine, voire devenir citoyenne américaine. Je ne connais pas tous les détails, mais je peux me renseigner. Quand tu seras un peu plus âgée, je te recommanderai à mes supérieurs. Ton anglais est excellent et tu es douée pour ce travail, comme la jeune femme que tu as rencontrée ce matin.

– La dame qui est morte ? murmura Reshmina.

– Oui.

Taz baissa la tête, sans doute en pensant à Mariam et à tous ceux qui avaient perdu la vie ce matin-là.

– Ce n'est pas simple, ajouta-t-il. Rien de ce qui est vraiment important ne l'est jamais.

Reshmina acquiesça. Rien que l'idée d'aller aux États-Unis pour étudier dans une de leurs écoles lui donnait des ailes. Mais pour y arriver, Reshmina devrait pactiser avec les gens qui avaient tué sa sœur. Et détruit son village.

– Merci, mais je ne peux pas accepter, dit-elle.

Elle continuerait à apprendre l'anglais à l'école. Peut-être irait-elle vivre à Kaboul quand elle serait assez âgée. Peut-être même trouverait-elle un moyen d'aller étudier aux États-Unis, au Canada ou en Australie. Mais ce serait elle qui déciderait.

– Eh bien, si tu changes d'avis, fais-le-moi savoir, dit Taz. Quoi qu'il arrive, je reviendrai t'aider. Je te le promets.

– Merci de me prévenir, que je me mette à l'abri ! ironisa Reshmina.

Taz sourit.

– Tu es un peu dure, mais je ne l'ai pas volé, reconnut-il.

Il décrocha l'étrange animal en peluche de son gilet et le donna à Reshmina.

– Tiens, prends-le. Il m'a porté chance une fois. Si on peut dire. Peut-être qu'il te portera chance, à toi aussi.

Reshmina prit la peluche poussiéreuse. Elle n'y croyait pas vraiment, mais elle savait combien c'était important pour Taz.

– Merci, murmura-t-elle en inclinant la tête devant Taz.

Elle se souvint de ce qu'elle avait appris en cours d'anglais et ajouta :

– Je vous ajouterai comme ami sur Facebook !

Taz éclata de rire, puis alla remercier le père de Reshmina et lui faire ses adieux.

Quand il fut parti, Reshmina aida son père à se lever. Ils avaient assez travaillé, il était temps de rejoindre le reste de la famille, dans la vallée.

Ils se mirent en chemin, mais Baba avançait lentement. Les marches avaient toujours été trop hautes pour lui, et maintenant elles étaient ensevelies sous des tonnes de bois et de pierre.

– Y a-t-il un autre chemin pour descendre ? demanda-t-il.

Reshmina scruta le flanc de la colline. Le soleil était presque couché. Sur une crête, de l'autre côté de la vallée, la silhouette solitaire d'un garçon se découpait sur le ciel jaune orangé. Il était si loin qu'elle ne distinguait pas son visage, mais elle sut tout de suite qu'il s'agissait de Pasoon. Elle aurait reconnu son frère entre mille.

Il n'était donc pas mort ! Et il revenait les voir. Pourquoi ? Pour s'assurer qu'ils allaient bien ? Ou pour se vanter d'avoir tiré une nouvelle fois sur un drone américain ?

Malgré tout ce qu'il s'était passé, tout ce que Pasoon avait fait, Reshmina avait encore le cœur serré en le voyant. Après tout, il était son jumeau. Une part d'elle-même qui lui manquait toujours lorsqu'ils étaient séparés. Mais il en serait ainsi tant que Pasoon choisirait la vengeance.

Aussi, quand Pasoon leva la main pour lui faire signe, Reshmina se détourna-t-elle.

– Viens, Baba, dit Reshmina à son père. J'ai trouvé un autre chemin.

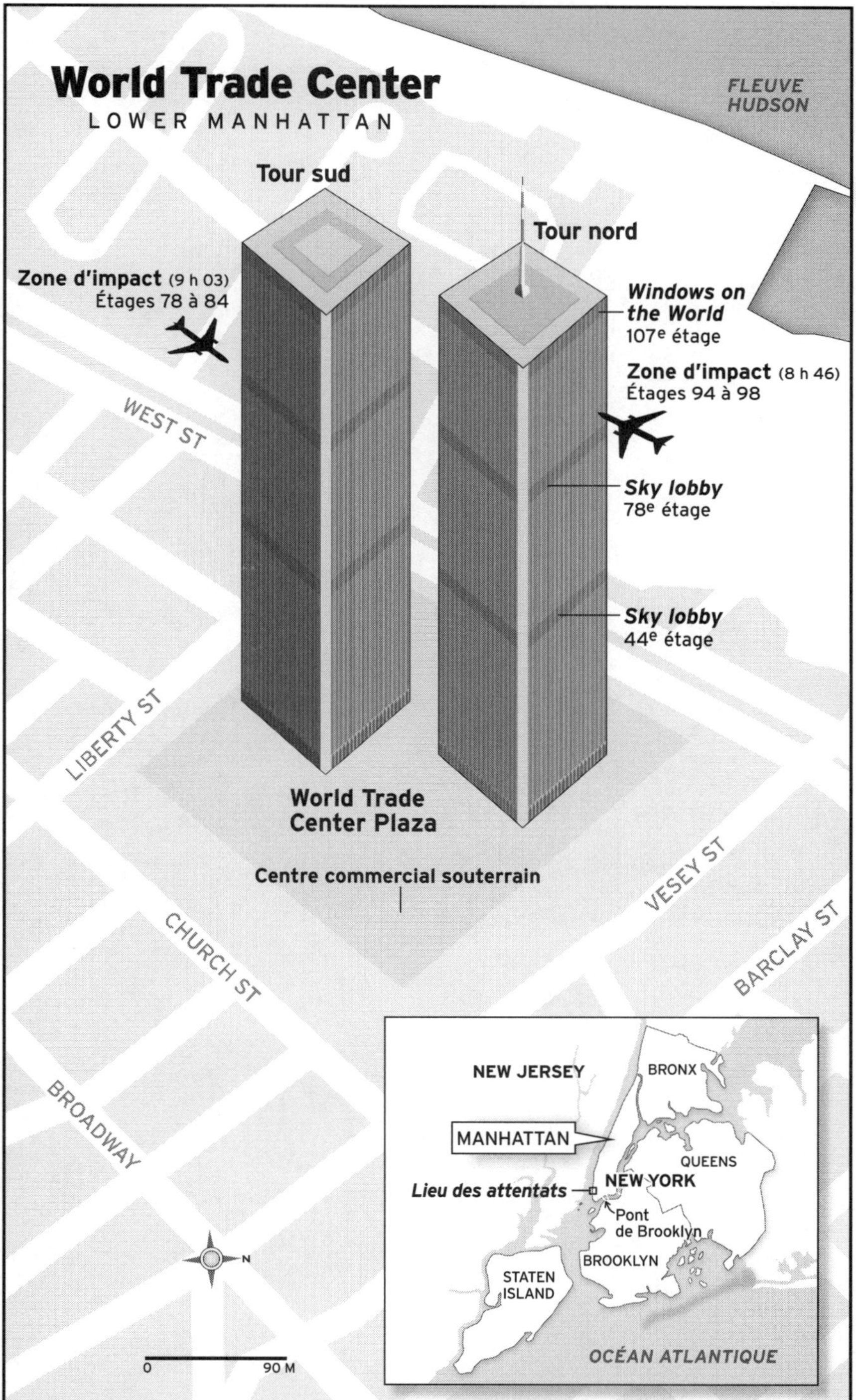
World Trade Center
LOWER MANHATTAN
FLEUVE HUDSON
Tour sud
Tour nord
Zone d'impact (9 h 03)
Étages 78 à 84
Windows on the World
107e étage
Zone d'impact (8 h 46)
Étages 94 à 98
Sky lobby
78e étage
Sky lobby
44e étage
WEST ST
LIBERTY ST
World Trade Center Plaza
Centre commercial souterrain
VESEY ST
CHURCH ST
BARCLAY ST
BROADWAY
N
0
90 M
NEW JERSEY
BRONX
MANHATTAN
QUEENS
NEW YORK
Lieu des attentats
Pont de Brooklyn
BROOKLYN
STATEN ISLAND
OCÉAN ATLANTIQUE

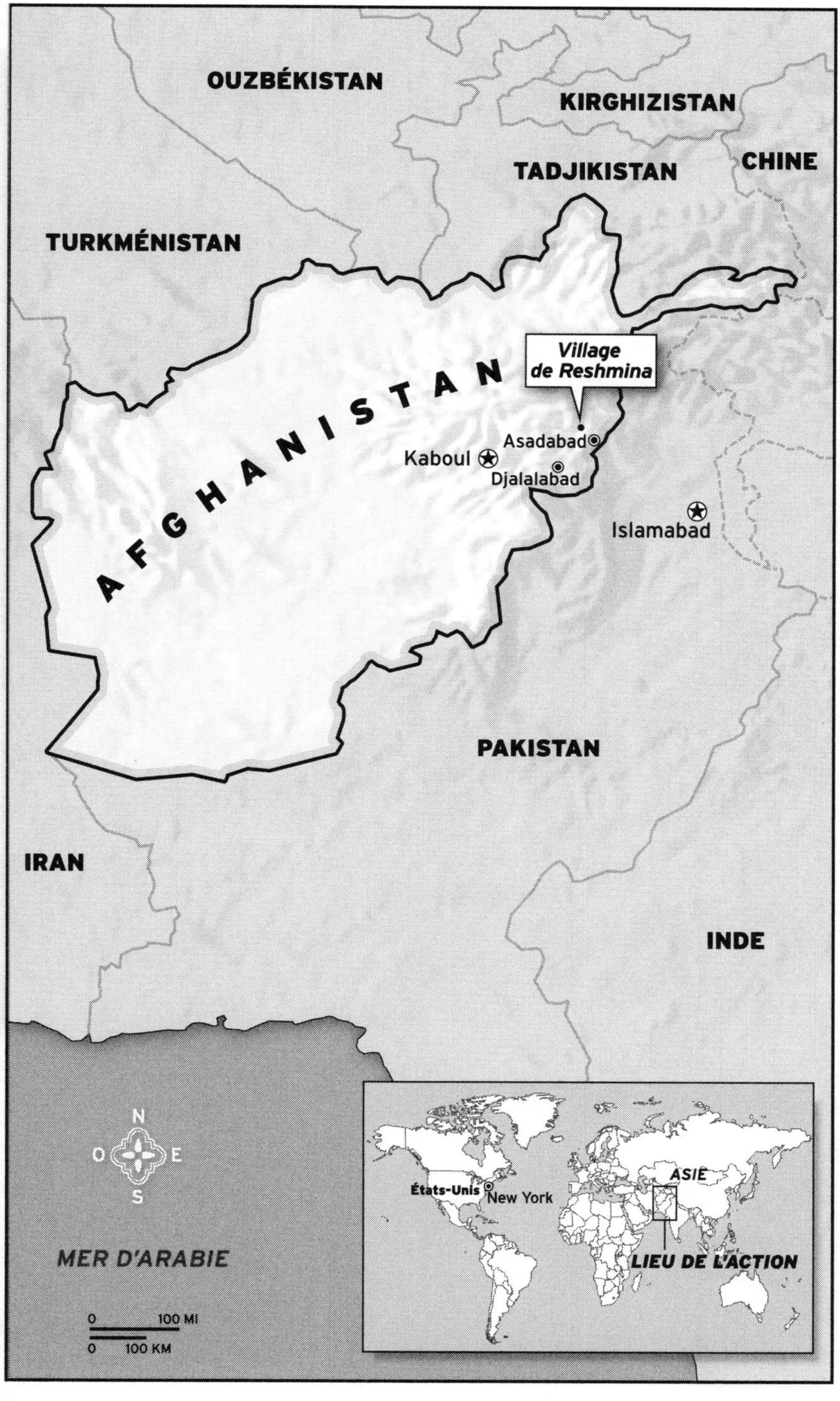
OUZBÉKISTAN
KIRGHIZISTAN
CHINE
TADJIKISTAN
TURKMÉNISTAN
AFGHANISTAN
Village de Reshmina
Asadabad
Kaboul
Djalalabad
Islamabad
PAKISTAN
IRAN
INDE
N
O
E
S
MER D'ARABIE
0
100 MI
0
100 KM
ASIE
États-Unis
New York
LIEU DE L'ACTION

NOTE DE L'AUTEUR

J'ai essayé d'écrire sur le 11 Septembre dans les années qui ont suivi l'événement, mais j'avais l'impression qu'il était trop tôt. Près de vingt ans plus tard, en discutant avec mon éditeur du sujet de mon prochain roman, j'ai finalement senti que j'étais émotionnellement prêt à raconter l'histoire de cette journée – et à montrer comment elle avait changé le monde.

Brandon et Reshmina, ainsi que tous ceux qui les entourent, sont des personnages de fiction. Mais tout ce qu'ils voient et vivent se fonde sur des faits réels. Bien que fictif, le village de Reshmina se situe dans la vraie province de Kunar, une région montagneuse d'Afghanistan où les États-Unis et leurs alliés mènent depuis 2001 une guerre acharnée contre les talibans. Pour les besoins de l'histoire, j'ai rassemblé en une seule journée différents épisodes de la guerre en Afghanistan qui se sont en réalité déroulés sur plusieurs années. La base opérationnelle avancée des États-Unis que Pasoon cible avec son fusil, par exemple, avait été abandonnée longtemps avant qu'il ne soit chargé de la détruire.

De même, dans l'histoire de Brandon, j'ai pris la liberté de transposer dans la tour nord quelques incidents qui se sont en réalité produits dans la tour sud.

LE WORLD TRADE CENTER

Composé de sept bâtiments, le complexe du World Trade Center a ouvert ses portes en 1973, sur la pointe sud de Manhattan. Ses deux plus hauts gratte-ciel, les tours nord et sud – respectivement hautes de 417 et 415 m –, devinrent dès leur construction les plus hauts bâtiments du monde. Au moment des attentats de 2001, le complexe abritait plus de 430 entreprises. On estime à 50 000 le nombre de personnes qui y travaillaient, et à 140 000 le nombre de visiteurs quotidiens, soit plus que la population dans 29 des capitales d'États. Le World Trade Center était si important qu'il avait son propre code postal !

Windows on the World, le restaurant situé aux deux derniers étages de la tour nord, était un établissement réputé. J'y suis allé en février 2001, sept mois avant les attentats, alors que ma femme et moi étions en visite à New York. Les vues étaient en effet spectaculaires. Les cuisines étaient installées au 106e étage, mais j'ai pris la liberté de les placer au 107e dans cet ouvrage.

LES ATTENTATS

Le World Trade Center était un symbole de la puissance américaine. C'est peut-être ce qui en a fait une cible si attrayante pour les terroristes. En 1993 déjà, des terroristes avaient posé 700 kg d'explosifs dans le parking de la tour nord, avec l'intention de faire tomber les deux tours. Les bâtiments ont survécu, mais l'explosion a détruit 5 niveaux souterrains, tuant 6 personnes et en blessant plus d'un millier.

Le matin du 11 septembre 2001, les terroristes ont de nouveau tenté de faire tomber les tours, et cette fois ils ont réussi. 19 terroristes armés de cutters ont détourné quatre avions de ligne et en ont délibérément précipité deux sur le World Trade Center.

Le premier, le vol 11 d'American Airlines, a percuté le 96e étage de la tour nord à 8 h 46, à près de 700 km/h. Il transportait près de 4 tonnes de kérosène qui s'est enflammé à l'impact. Le crash a tué sur le coup les 92 passagers de l'avion et toutes les personnes présentes entre le 94e et le 99e étage de la tour. Les nombreux survivants des étages situés juste au-dessus et en dessous du crash se sont retrouvés piégés. Aucune des 1 402 personnes présentes aux étages 92 à 107 n'a survécu.

Des milliers d'autres personnes qui, comme Brandon, se trouvaient sous la zone de l'impact ont été très choquées et très secouées, mais en ont réchappé. À ce moment-là, personne n'avait encore pris la mesure du danger. Les services de secours qui répondaient aux appels donnaient les consignes qu'ils énonçaient d'ordinaire en cas d'urgence : « Restez où vous êtes et attendez les pompiers. » Les employés de la tour sud qui avaient commencé à l'évacuer après avoir vu et entendu l'explosion dans la tour nord ont été priés de regagner leurs bureaux. Tout allait bien, leur disait-on.

La plupart des gens ont cru que le crash du vol 11 était un accident jusqu'à ce que, 17 minutes plus tard, à 9 h 3, le vol 175 de United Airlines percute la tour sud de biais, détruisant presque tout des étages 77 à 85. Des centaines de personnes ont été tuées sur le coup, dont les 65 passagers de l'avion. L'un des trois escaliers de la tour sud a miraculeusement résisté à l'impact, permettant à 18 personnes du 77e étage de descendre en toute sécurité en contournant la zone dangereuse. Quelque 614 autres personnes n'ont pas eu autant de chance, car ils n'ont jamais trouvé la cage d'escalier.

Les tours jumelles, conçues pour résister aux vents de la force d'un ouragan, étaient également équipées d'extincteurs automatiques et de bouches d'incendie à chaque étage. Mais personne n'aurait pu prévoir les dommages que des milliers de litres de kérosène en feu infligeraient aux structures internes en acier. Les fonctionnaires municipaux étaient convaincus que les bâtiments ne s'effondreraient pas – jusqu'à ce que cela se produise. La tour sud fut la première à tomber, à 9 h 59. La tour nord suivit, à 10 h 28, soit 102 minutes – moins de 2 heures – après le crash du premier avion. Les deux tours sont tombées presque à la verticale, et leurs débris ont causé des dommages considérables dans un large périmètre. Plus tard dans la journée, le bâtiment n° 7 du World Trade Center, de 47 étages, situé au nord du complexe, s'effondrait à son tour, en raison des dégâts causés par la chute de la tour nord.

On estime que 14 000 à 17 500 personnes se trouvaient dans le World Trade Center au moment des attaques, soit beaucoup moins que si les avions avaient frappé plus tard dans la journée. Miraculeusement, la plupart des personnes se trouvant sous les zones d'impact ont survécu.

Le nombre de morts et de blessés n'en est pas moins effrayant : 2 977 victimes ont perdu la vie lors de cet attentat, et on estime à 25 000 le nombre des blessés. Parmi les victimes, on compte 343 pompiers de la ville de New York qui tentaient de sauver des vies. 60 agents du New York City Police Department et de la Port Authority, ainsi que 8 infirmiers et urgentistes, sont morts dans l'effondrement. Depuis, des centaines d'autres secouristes qui intervenaient à Ground Zero ce jour-là et dans les mois qui ont suivi sont morts à cause de l'exposition aux toxines. Les attaques du 11 septembre 2001 restent l'incident le plus meurtrier de toute l'histoire des États-Unis pour les pompiers et les forces de l'ordre, et l'attaque terroriste la plus meurtrière de l'histoire de l'humanité.

Comme Brandon, des enfants étaient présents dans les tours jumelles au moment de l'attentat. Tous ont survécu. Cependant, 8 enfants âgés de 2 à 11 ans ont péri dans le crash des avions qui les transportaient.

20 minutes avant que la tour sud ne s'effondre, un troisième avion, le vol 77 d'American Airlines, s'est écrasé sur le Pentagone, le siège du secrétariat à la Défense des États-Unis, situé à Arlington, en Virginie, tout près de Washington DC. L'impact a tué les 64 personnes à bord, y compris les 5 pirates de l'air, faisant 125 autres victimes dans le bâtiment.

Le quatrième avion, le vol 93 de United Airlines, a été détourné juste après que le deuxième avion a frappé la tour sud. En appelant leurs familles depuis les airs, les passagers du vol 93 ont pris connaissance des attaques contre les tours jumelles et le Pentagone, et compris que leur avion serait le prochain à se crasher. En sécurité à bord d'*Air Force One*, l'avion spécial qui transporte le président des États-Unis, George W. Bush a pris la décision difficile d'ordonner aux chasseurs F-16 d'abattre le vol 93 s'il s'approchait d'une grande ville.

Avant que les pilotes de chasse n'aient à accomplir cette mission inimaginable, un groupe de courageux passagers du vol 93 a lancé un assaut sur le cockpit pour tenter de reprendre aux terroristes le contrôle de l'avion. Pendant la lutte, au moment même où la tour sud s'effondrait, le vol 93 s'est écrasé dans un champ près de Shanksville, dans l'État de Pennsylvanie, tuant tous les passagers. À ce jour, personne ne connaît la cible exacte du vol 93. Comme l'avion volait vers Washington DC, il est possible que la Maison Blanche et le Capitole aient été visés. Quelle qu'ait été la cible, les 40 passagers et l'équipage du vol 93 ont empêché une nouvelle attaque meurtrière et ont peut-être sauvé de nombreuses vies en sacrifiant les leurs.

LES TERRORISTES

Les 19 terroristes étaient tous des hommes. 15 d'entre eux étaient originaires d'Arabie saoudite et tous étaient issus de familles de classes moyenne et supérieure. Leurs parents n'avaient pour la plupart aucune idée que leurs fils étaient devenus des terroristes. Ces jeunes hommes avaient été recrutés, radicalisés et entraînés par al-Qaida, un groupe extrémiste islamique militant fondé en 1988 par Oussama Ben Laden et un groupe d'hommes qui avaient combattu ensemble dans la guerre soviéto-afghane.

Né dans une riche famille saoudienne, Oussama Ben Laden a reçu une éducation d'élite avant de s'installer au Pakistan, où il a financé et formé des moudjahidin qui ont combattu pendant la guerre soviéto-afghane. À la fin du conflit, Oussama Ben Laden a fondé al-Qaida pour chasser les autres « infidèles » des terres musulmanes, renverser les gouvernements arabes soutenus par les pays occidentaux et instaurer un califat islamique dans ces pays. Pour atteindre ces objectifs, al-Qaida a lancé une campagne de bombardements et d'attentats-suicides contre des cibles militaires et civiles, qui se poursuit encore aujourd'hui.

Après avoir choisi les pirates de l'air dans les rangs de leur organisation, Oussama Ben Laden et les dirigeants d'al-Qaida leur ont assigné des cibles. Cinq d'entre eux se sont installés aux États-Unis plus de un an avant les attentats pour suivre des cours de pilotage et s'entraîner sur des simulateurs de vol. Les autres, chargés de maîtriser l'équipage et les passagers, sont arrivés aux États-Unis début 2001. Ben Laden a financé leur hébergement et leur formation, mais ce sont les pirates eux-mêmes qui ont décidé de la date de l'attaque et sélectionné les vols.

Dans les jours qui ont suivi le 11 Septembre, alors que les États-Unis étaient déterminés à découvrir qui avait planifié ces attentats, l'attention s'est portée sur l'Afghanistan, où se trouvaient les quartiers généraux d'Oussama Ben Laden et d'al-Qaida.

LA GUERRE EN AFGHANISTAN

Situé à un carrefour stratégique entre l'Europe et l'Asie, l'Afghanistan, un pays grand comme le Texas, n'a cessé d'être envahi depuis l'époque d'Alexandre le Grand jusqu'à nos jours, comme le souligne Reshmina dans le roman.

L'Union soviétique a envahi l'Afghanistan en 1978 avant de se retirer en 1989. Une guerre civile meurtrière a ensuite éclaté, à l'issue de laquelle les talibans sont arrivés au pouvoir. Après toutes ces années de guerre, le pays était exsangue, mais les talibans refusaient l'aide internationale. Ils souhaitaient créer ce qu'ils appelaient une « société islamique pure » : mesures restrictives pour les femmes et les jeunes filles, prière obligatoire, châtiments exemplaires infligés aux voleurs – auxquels on coupait les mains ou les pieds.

La musique et la télévision ont été interdites, les cinémas fermés et transformés en mosquées. Les talibans n'organisaient pas non plus d'élections, considérant qu'ils régnaient de droit divin.

Les lois religieuses strictes des talibans et leur haine des étrangers convenaient parfaitement à al-Qaida et, en 1996, c'est en Afghanistan qu'Oussama Ben Laden a installé son quartier général et ses camps d'entraînement. Lorsque les attaques du 11 septembre 2001 ont été revendiquées par al-Qaida, les États-Unis ont exigé que le gouvernement taliban d'Afghanistan ferme tous les camps terroristes du pays et leur remette Ben Laden. Devant leur refus, ils ont envahi leur pays, rejoints par une coalition comprenant le Royaume-Uni, le Canada, l'Australie et l'Allemagne. S'appuyant fortement sur les rebelles afghans anti-talibans présents sur le terrain et sur une puissance aérienne internationale supérieure, les États-Unis et leurs alliés ont remporté une victoire rapide et facile en décembre 2001, en battant les talibans et al-Qaida sans aucune perte humaine dans leurs rangs.

Mais Oussama Ben Laden demeurait insaisissable, et il s'est réfugié au Pakistan pour éviter d'être capturé. Ce n'est que dix ans plus tard, en 2011, qu'une unité de Navy Seal l'a débusqué et abattu dans sa retraite pakistanaise, avant de jeter son corps à la mer.

AUJOURD'HUI

En 2004, l'Afghanistan a formé un nouveau gouvernement démocratiquement élu, avec le soutien des États-Unis et de leurs alliés. Ce changement de cap a apporté plus de liberté aux femmes et aux filles, amélioré les soins de santé et le système éducatif. Pour autant, la vie en Afghanistan reste difficile. Près de la moitié de sa population vit en dessous du seuil de pauvreté, ce qui en fait le deuxième pays le plus pauvre du monde. Moins de 15 % des terres afghanes sont cultivables et environ 35 % de la population n'a pas accès à l'eau potable. Il y a très peu d'hôpitaux en Afghanistan, et les médecins afghans manquent souvent de formation et de matériel. L'espérance de vie à la naissance est l'une des plus faibles de la planète.

Les talibans, vaincus mais non soumis, poursuivent leur combat contre le nouveau gouvernement afghan et ses alliés occidentaux. Depuis le début de la guerre, près de 2 500 soldats américains sont morts et plus de 22 000 autres ont été blessés tandis que, côté afghan, plus de 65 000 membres de l'armée nationale (alliée des États-Unis en Afghanistan) ont été tués, ainsi que 70 000 insurgés talibans (mais cela n'est qu'une estimation). Plus frappant encore, plus de 40 000 civils afghans seraient morts. Selon l'Organisation des Nations unies, 2018 a été l'année la plus meurtrière pour les civils en Afghanistan depuis une décennie. Mais les talibans ne sont pas les seuls responsables de toutes les morts de civils. En 2019, les États-Unis et leurs alliés afghans ont causé la mort de 29 % de toutes les victimes civiles, dont 30 % étaient des enfants.

Pour échapper aux combats, de nombreux Afghans choisissent de fuir par-delà la frontière vers les pays voisins, comme le Pakistan et l'Iran. Selon l'Agence des Nations unies pour les réfugiés, 2,7 des 25,9 millions de réfugiés dans le monde en 2019 provenaient d'Afghanistan, ce qui place ce pays au deuxième rang après la Syrie. Près de 500 000 Afghans sont considérés comme des personnes déplacées internes, c'est-à-dire forcées d'abandonner leurs maisons à cause de la guerre et vivant maintenant dans des camps de réfugiés de fortune, à l'intérieur de leur propre pays.

Bien que les opérations de combat américaines en Afghanistan aient officiellement pris fin en 2014, des milliers de soldats américains restent dans le pays pour former, conseiller et aider l'armée afghane. Les négociations entre les États-Unis et les talibans, censées mettre un terme aux combats, n'ont pas abouti. La guerre que les États-Unis mènent en Afghanistan est officiellement la plus longue de leur histoire[6].

La vie en Amérique a également beaucoup changé depuis le 11 septembre 2001. Aussitôt après les attentats, des policiers et des sauveteurs sont venus de tout le pays pour aider à rechercher des survivants à Ground Zero, et les dons de sang ont augmenté. Malheureusement, les crimes de haine ont également connu une forte recrudescence. De nombreux musulmans et Sud-Asiatiques ont été harcelés. Des mosquées et des commerces musulmans ont aussi été vandalisés et incendiés.

Les mois et les années qui ont suivi le 11 Septembre ont été marqués par la restriction ou la perte d'un certain nombre de droits, au nom de la sécurité nationale. Le Patriot Act, voté en octobre 2001, accorde aux forces gouvernementales le droit de fouiller les domiciles et les entreprises, de lire les courriels et d'écouter les appels téléphoniques privés sans la permission d'un juge. Les voyages en avion ont changé :

---

6. Le 14 avril 2021, le président américain Joe Biden a annoncé sa décision de rapatrier les troupes déployées en Afghanistan. *(N.D.E.)*

avec la nouvelle Transportation Safety Administration (TSA), les passagers doivent désormais se soumettre à des restrictions sur les bagages à main, à des contrôles poussés et à des fouilles.

Près de vingt ans après le 11 septembre 2001, les États-Unis sont toujours en état d'urgence nationale. Le World Trade Center a été reconstruit, et le nouveau bâtiment du One World Trade Center a officiellement remplacé les tours jumelles en 2014. La hauteur du bâtiment – 1 776 pieds – commémore la date de la signature de la Déclaration d'indépendance des États-Unis. Le Mémorial et musée national du 11 Septembre, inauguré en 2011, se trouve à proximité. Deux bassins carrés creusés dans le sol marquent les contours de l'emplacement des tours jumelles, et le musée abrite des objets récupérés parmi les débris – poutres d'acier tordues, escaliers endommagés – ainsi que des pièces provenant des avions détournés. Il accueille près de 10 millions de visiteurs par an.

Alors que je pensais être prêt à affronter mes propres souvenirs et mes propres émotions du 11 Septembre, *Ground Zero* s'est révélé l'un de mes livres les plus difficiles à écrire.

Quoi qu'il en soit, le monde dans lequel nous vivons a été remodelé et redéfini par ce qu'il s'est passé au cours de ces 102 minutes effroyables, par un beau matin ensoleillé de septembre 2001. Et je crois qu'il est plus important que jamais que les nouvelles générations comprennent comment ce terrible événement a fait de nous ce que nous sommes aujourd'hui.

Alan Gratz

Mai 2020

REMERCIEMENTS

Un immense merci à ma formidable directrice de collection, Aimee Friedman, qui la première m'a suggéré d'écrire un livre sur le 11 Septembre et m'a accompagné tout au long du chemin. Merci également à mon éditeur, David Levithan, pour son indéfectible soutien ; à la préparatrice de copie Shari Joffe et à la correctrice Jody Corbett, ainsi qu'à tous ceux qui travaillent dans les coulisses de Scholastic : Ellie Berger, responsable des droits ; Lauren Donovan, du service publicité ; Erin Berger, Rachel Feld et Julia Eisler du service marketing ; Lizette Serrano, Emily Heddleson, Michael Strouse, Matthew Poulter et Danielle Yadao pour l'organisation des visites d'écoles, de bibliothèques et de salons ; Olivia Valcarce, assistante d'édition d'Aimee ; Josh Berlowitz, Elizabeth Krych, Erin O'Connor, Leslie Garych, Joanne Mojica et toute l'équipe du service fabrication ; Yaffa Jaskoll pour la magnifique couverture et la maquette ; Jim McMahon, le cartographe ; Jazan Higgins, Stephanie Peitz, Jana Haussmann, Kristin Standley, Robin Hoffman et tous les responsables des organismes et des salons professionnels ; Jennifer Powell et son équipe pour les droits et les coéditions ; Alan Smagler, Elizabeth Whiting, Jackie Rubin, Savannah D'Amico, Dan Moser, Nikki Mutch, Sue Flynn, Chris Satterlund, Roz Hilden, Terribeth Smith, Randy Kessler, Betsy Politi et tous les responsables des ventes ; Lori Benton, John Pels et Paul Gagne pour leur travail incroyable, comme toujours, sur la version audio de *Ground Zero* ; tous les représentants qui sillonnent le pays et travaillent si dur pour faire connaître mes livres.

Je remercie tout particulièrement le sergent Matthew Peterson, qui a servi dans l'armée américaine en Afghanistan, et Hanif Sufizada, coordinateur des programmes d'éducation et de sensibilisation du Centre d'études afghanes de l'université du Nebraska à Omaha, qui ont lu les chapitres consacrés à Reshmina et Taz et m'ont transmis leurs annotations. Vos commentaires m'ont été très précieux. S'il subsiste des erreurs, elles ne peuvent être que de mon fait.

Merci, comme toujours, à mon grand ami Bob et à mon agent littéraire, Holly Root, chez Root Literary, ainsi qu'à mes publicitaires préférées, Lauren Harr et Caroline Christopoulos, chez Gold Leaf Literary – c'est grâce à votre travail que je peux faire le mien. Et merci encore à tous les enseignants, bibliothécaires et libraires qui mettent mes livres entre les mains des jeunes lecteurs – vous êtes géniaux !

Enfin, et surtout, beaucoup d'amour et de remerciements à ma femme, Wendi, et à ma fille, Jo.

Ce n'est pas nous contre le monde entier ; c'est nous tous, ensemble, les uns pour les autres.

À PROPOS DE L'AUTEUR

Alan Gratz est l'auteur de plusieurs livres pour jeunes lecteurs, dont *Réfugiés*, un best-seller consacré par le *New York Times* et publié aux éditions Milan.

Alan vit en Caroline du Nord avec sa femme et sa fille.

Pour en savoir plus, consulte le site Internet alangratz.com.

DU MÊME AUTEUR